# Zonder een spoor

# Danielle Steel

# Zonder een spoor

Vertaald door Stevie Martens

LUITINGH-SIJTHOFF

Oorspronkelijke titel *Without A Trace*
Vertaling Stevie Martens
Omslagontwerp Bij Barbara
Omslagbeeld persoon Danny Lehman/Getty Images
Omslagbeeld klif Flottmynd/Getty Images
Overige omslagbeelden Shutterstock
Foto auteur Brigitte Lacombe
Opmaak binnenwerk Crius Group, Hulshout

ISBN 978 90 210 5387 5
ISBN 978 90 210 5390 5 (e-book)
ISBN 978 90 210 5389 9 (luisterboek)
NUR 302

www.daniellesteel.com
www.lsuitgeverij.nl
www.boekenwereld.com

Uitgeverij Luitingh-Sijthoff vindt het belangrijk om op milieuvriendelijke en verantwoorde wijze met natuurlijke bronnen om te gaan. Bij de productie van dit boek is daarom gebruikgemaakt van papier waarvan het zeker is dat dit niet tot bosvernietiging heeft geleid.

Aan mijn dappere, geliefde,
geweldige kinderen,
Beatie, Trevor, Todd, Nick,
Samantha, Victoria, Vanessa,
Maxx en Zara,

Dat jullie altijd veilig en wijs en geliefd mogen zijn,
en dapper genoeg om jullie fouten
recht te zetten als dat nodig is,
en van koers te veranderen.

Dat jullie lief mogen hebben
en vreugde en vrede jullie dagen mogen vullen.

Dat jullie voor altijd gezegend mogen zijn.

Ik hou van jullie,
Mama/d.s.

# 1

Charles Vincent zat al meer dan twee uur in zijn kantoor in Parijs op zijn baas te wachten. Het was vrijdagmiddag en hij had zijn vrouw Isabelle beloofd dat hij op tijd zou vertrekken. Hij had een rit van drie uur voor de boeg, waarvan het laatste deel over smalle, ruwe landweggetjes langs de kust van Normandië voerde. Er verbleven dit weekend gasten in hun chateau; vrienden van Isabelle, hoewel hij ze ook kende. Hij werkte zo vaak tot laat en reisde zoveel voor zijn werk dat ze een heel sociaal leven had waar hij geen deel van uitmaakte. Hij vond dat niet erg. Ze hadden een brede vriendenkring en daarnaast had ze haar eigen vrienden, onder wie een groep toegewijde vriendinnen wier echtgenoten net zoveel werkten als Charlie, of die gescheiden waren. Isabelle had dus nooit gebrek aan gezelschap als Charlie het druk had. Ze vond het niet erg om zonder hem naar feestjes te gaan of ze te geven, maar hij had beloofd dat hij er vanavond zou zijn. De echtgenoot van een van haar vriendinnen was jarig en

Isabelle had hem en zijn vrouw uitgenodigd om zijn verjaardag in het chateau te vieren. Ze was heel trots op hun prachtige kasteel, dat aan de rand van een klif stond en uitzicht bood op de ruige kustlijn.

Charles was de CEO van Jansen Plastics, de grootste kunststoffabrikant in Frankrijk. Het was zijn tweede carrière, een reïncarnatie na een eerder leven. Zijn baan bij Jansen had hem elf jaar geleden gered.

Hij wachtte op Jerome Jansen, de eigenaar en oprichter van Jansen Plastics, die ondanks zijn leeftijd van tweeëntachtig jaar nog steeds vitaal in het leven stond. Jansens enige zoon was jaren geleden naar de Verenigde Staten verhuisd om daar zijn geluk te beproeven en was getrouwd met een Amerikaanse. Hij was inmiddels een Amerikaanse staatsburger en Frankrijk was verleden tijd voor hem. Nadat hij zijn eigen fortuin had verworven in de fastfoodindustrie in Los Angeles en Zuid-Californië, had hij zijn vader eindelijk duidelijk kunnen maken dat hij niet van plan was terug te keren naar Frankrijk en in zijn voetsporen te treden. En dus was Jerome Jansen op zoek gegaan naar een CEO die hem kon helpen zijn bedrijf te leiden met een scherp verstand en een ijzeren hand.

Jerome Jansen was de eigenaar van het grootste speelgoedbedrijf in Frankrijk, naast een aantal fabrieken die plastic producten maakten voor andere doeleinden. Het was een enorme onderneming en Charlies pad had dat van Jansen op het juiste moment gekruist.

Charlies vader was een schrijver geweest met een aanzienlijke literaire reputatie in Frankrijk – ondanks het feit dat zijn boeken commercieel niet erg succesvol waren – en dat was mede de reden dat Charlie na zijn studie voor een carrière in de uitgeverswereld had gekozen. Hij was dol op boeken en alles wat daarmee te maken had, op schrijven na. Zijn razendsnelle opkomst was verbazingwekkend en indrukwekkend geweest en hij merkte dat hij genoot van het vak. Zelf had hij geen schrijftalent en als enige zoon had hij hard moeten knokken om de goedkeuring van zijn vader te verwerven. Uiteindelijk had hij die weten te verdienen, maar dat was slechts van korte duur geweest. Charlies vader overleed twee jaar nadat hij aan de slag was gegaan bij een uitgeverij. Het was moeilijk geweest om aan de wensen van zijn vader te voldoen. Zijn moeder was liever voor hem, maar ze was gestorven toen hij nog jong was. Charlie was gedreven en leergierig en had een uitstekende opleiding achter de rug. Hij was dol op zijn werk en alles wat ermee te maken had, op Gilles Vermier na, de tiran die het bedrijf waar hij in dienst was gekomen bezat. Hij maakte Charlies leven tot een hel gedurende de zestien jaar dat hij er werkte. Ondanks zijn tirannieke baas boekte Charlie indrukwekkende successen, waardoor hij werd beschouwd als de ster binnen de uitgeverswereld. Hoewel de uitgeverij waarvoor hij werkte al een indrukwekkende stal van auteurs had voordat hij er aan de slag ging, had Charlie met succes zowel Franse als buitenlandse schrijvers met een grote reputatie weten te strikken, wat de uitgeverij nog meer aanzien had opgeleverd. Zijn vooruitstrevende beleid zorgde ervoor dat ze als eerste e-books waren gaan uitgeven en naar voorbeeld van de Amerikaanse markt voegde hij luisterboeken toe aan hun backlist voordat andere uitgeverijen in Frankrijk dat deden. Hij had een aangeboren gevoel voor marketing en dankzij zijn eigen moeilijke vader begreep hij schrijvers en hun eigenaardigheden als geen ander.

Vijf jaar nadat hij was aangenomen, had Charlie een uitstekende reputatie in het vak weten op te bouwen en na tien jaar werd hij zelfs onfeilbaar geacht. Zijn baas wist dat ook en haatte hem erom. Hij verzette zich tegen elke verbetering die Charlie wilde aanbrengen, maar in plaats van op te geven, streed Charlie voor de dingen waarvan hij wist dat ze goed zouden verkopen. Charlie had Vermiers uitgeverij tot een van de grootste van Frankrijk gemaakt. Hij erkende dit feit met tegenzin, maar op persoonlijk gebied had hij een hekel aan hem. Charlie had vaak het gevoel dat Vermier hem haatte omdat hij leefde. Vermiers zoon was namelijk jong gestorven nadat hij betrokken was geraakt bij een autoongeluk.

Uiteindelijk viel Charlies carrière vanwege een erekwestie net zo snel in duigen als hij was opgekomen. Een kleine ruzie liep uit de hand. Het ging over het toevoegen van softporno aan hun backlist om puur commerciële redenen. Charlies baas was voor, maar zelf was hij tegen. Vermiers enorme ego werd op de proef gesteld en hij huurde een buitenstaander in om hem te dwingen hun standpunt te steunen. Wat volgde was een strijd van twee jaar, tot Charlie de situatie niet langer kon tolereren. Ze hadden hem langzaam in een hoek gedreven en hij kon nog maar twee dingen doen: zijn trots inslikken en toegeven of ontslag nemen. Hij koos voor het laatste. In een vlaag van trots en woede diende hij zijn ontslag in, er zeker van dat hij zonder moeite een baan zou vinden met een redelijke baas aan het roer, die er waarden op nahield die vergelijkbaar waren met de zijne.

Hij nam twee weken voor zijn veertigste verjaardag ontslag en ontdekte al snel dat hij niet langer werd beschouwd als de ster in het boekenvak. Zijn voortdurende strijd met zijn baas had Charlies reputatie geschaad. Hij klopte aan bij alle uitgeverijen en ontdekte dat niemand hem nog in dienst wilde nemen omdat hij als 'moeilijk' werd beschouwd. Hij was te snel, te hoog opgeklommen, zijn salaris was te hoog geweest en hij had te lang geprobeerd om zijn eigen zin door te drammen. Het was een vernederende en harde les voor hem. Hij had verwacht binnen een mum van tijd een nieuwe baan te vinden, maar de waarheid was dat dat vrijwel onmogelijk bleek.

De uitgeverij waar hij had gewerkt promoveerde intern iemand om zijn plaats in te nemen en die werknemer deed zonder verzet te bieden braaf wat zijn baas van hem verlangde. De softporno waar Charlie zich zo hard tegen had verzet werd uitgegeven, al deed die het niet zo goed als gehoopt. De uitgeverij leed eronder en een aantal van de grote auteurs die Charlie had binnengehaald vertrokken gelijk met hem, maar Charlie zat twee jaar lang zonder werk. Zijn wereld stortte in en daarmee ook zijn privéleven.

Isabelle, zijn vrouw, was grappig, energiek en vurig

toen ze net afgestudeerd waren. Ze had kunstgeschiedenis gestudeerd en was intelligent. Ze kwam uit een respectabele familie, had een uitstekende opleiding genoten en korte tijd in het Louvre gewerkt, maar nadat ze met Charlie was getrouwd, koos ze ervoor om te stoppen met werken en voor hun kinderen te zorgen. Ze had nooit echt ambities gehad wat haar carrière betrof. Ze zorgde voor hun zoon Olivier en zes jaar later ook voor hun dochter Judith. Isabelles vader was de eigenaar van een aantal luxemerken – een champagnehuis, luxe lederwaren en een sieradenlijn – die stuk voor stuk zeer winstgevend waren. Ze was niet opgevoed om carrière te maken, maar om de vrouw te worden van een zeer succesvolle man, iemand zoals haar vader. Ze was gewend aan de extraatjes die hoorden bij het succes van eerst haar vader en daarna haar echtgenoot. Ze was sociaal, modieus en intelligent – de perfecte vrouw voor een succesvolle zakenman, niet voor een mislukking, wat Charlie van de ene op de andere dag was geworden. Ze maakte hem elke dag nadat hij ontslag had genomen duidelijk dat ze verwachtte dat hij onmiddellijk weer ergens een baan aan de top zou verwerven.

Charlie was opgevoed om intellectuele uitmuntendheid te respecteren en daar zelf naar te streven en zijn vader had zich altijd verbaasd over zijn interesse in ‘commercie’. Zijn moeder was overleden toen hij op de universiteit zat. Ze was een lieve vrouw geweest, een bekroond dichter en een professor aan de Sorbonne. Niets van dat alles betekende echter iets voor Isabelle, die dezelfde meedogenloze houding had als haar vader.

Haar drie zussen waren getrouwd met vooraanstaande mannen, maar geen van hen was zo succesvol als Charlie zestien jaar lang was geweest. In die jaren was ze er trots op geweest zijn vrouw te zijn, maar die trots verdween zodra hij werkloos werd.

Haar vader had Charlies enorme potentie altijd erkend, maar nadat zijn schoonzoon twee jaar werkloos was geweest, zei hij tegen zijn dochter dat hij zijn gedrevenheid kwijt was. Charlie was het daarmee eens. Hij was het zat om voortdurend te moeten vechten voor wat hij dacht dat juist was. Hij wilde een eenvoudigere baan en een beter leven. Hij wilde niet elke dag een zinloze strijd voeren tegen onredelijke mannen met enorme ego's. Hij zou nooit zo succesvol worden als Isabelles vader. Tijdens zijn strijd voor wat in zijn ogen het juiste was, had hij zijn kansen in de uitgeverswereld verpest. Doordat hij de reputatie had gekregen koppig, te onafhankelijk en moeilijk om mee te werken te zijn, had hij twee jaar lang geen baan kunnen vinden, ook niet in een lagere positie. De uitgeverijen waar hij solliciteerde zagen het niet zitten om met hem samen te werken of hij was overgekwalificeerd.

Charlie was wanhopig geworden. Hij had veel van zijn spaargeld moeten aanspreken en Isabelle had geld van haar vader moeten lenen, wat ze als een enorme vernedering beschouwde. Charlie deelde die mening, en hoewel hij elke cent had terugbetaald zodra hij weer werk had, was het al te laat; zijn vrouw beschouwde hem als een mislukking. Ze kon hem niet langer respecteren en koesterde niet meer dezelfde gevoelens voor hem. Hun huwelijk was net zo dood als zijn carrière.

In materieel opzicht had Jerome Jansen alles voor hem veranderd. Hij was op zoek naar een uitzonderlijke CEO voor zijn bedrijf, aangezien zijn zoon een succesvol leven leidde in L.A. en niet van plan was om terug te komen. Hij had over Charlie gehoord via een wederzijdse vriend die hem als voorbeeld had gebruikt van wat er kan gebeuren als je de top bereikt, uit trots een gedurfde stap zet en daarna geen andere baan op hoog niveau in je vakgebied meer kunt vinden. Charlie zat toen al iets meer dan twee jaar zonder werk en Isabelle had hem een ultimatum gesteld: of hij vond onmiddellijk een baan, of ze wilde scheiden. Ze was nu al twee jaar getrouwd met een werkloze man en dat was meer dan ze kon verdragen. Dat Charlie geld van haar vader had moeten lenen was de druppel geweest. Ze konden niet eens de privéschool van Judith betalen, of Olivier naar de particuliere universiteit laten gaan waar hij was toegelaten. Daar betaalde Isabelles vader ook voor, nog een vernedering voor Charlie. Isabelle wees hem er steeds weer op dat hij niet eens de opleiding van zijn kinderen kon betalen en dat ze zich te erg schaamde om nog met haar vriendinnen af te spreken. Charlie leefde al twee jaar in een waas van toenemende wanhoop toen Jerome Jansen hem belde. Hun wederzijdse vriend had voor Charlie ingestaan en gezegd dat hij briljant was. Jansen had geaarzeld omdat Charlie nog nooit in de industrie had gewerkt, maar de vriend had hem ervan overtuigd dat het de man aan de top was die het verschil maakte, niet het product dat hij verkocht. Hij was er zeker van dat Charlie de overstap kon maken. Jansens bedrijf zat op dat moment in het slop en hij wilde iets drastisch doen om het daar weer uit te trekken. Hij besloot Charlie uit te nodigen voor een gesprek en hij begreep meteen wat hun wederzijdse vriend bedoelde. Hoewel hij lang niet meer zo zelfverzekerd was als twee jaar geleden, had Charlie iets speciaals. Hij was slim, creatief en vindingrijk. Hij wist toen helemaal niets van kunststoffen en hoewel Isabelle de bedrijfstak in eerste instantie beneden haar stand vond, veranderde ze meteen van gedachten toen ze hoorde wat Charlie zou gaan verdienen. Ze was ook onder de indruk van de bonussen die haar echtgenoot zou krijgen als hij de winst van het bedrijf aanzienlijk wist te vergroten en ervoor kon zorgen dat ze meer geld binnenhaalden dan hun concurrenten. Charlie was geïntrigeerd door de uitdaging. Het vooruitzicht om iets nieuws te leren zorgde ervoor dat hij voor het eerst sinds hij zijn baan was verloren het gevoel had dat hij weer leefde.

Charlie bestudeerde de kunststofindustrie aandachtig en leerde alles wat er te weten viel over de speelgoedbusiness. Hij kwam terug bij Jansen met een heleboel goede, innovatieve ideeën. Jansen verhoogde zijn salarisaanbod en Charlie nam de baan aan. Binnen een paar jaar had hij zijn beloften waargemaakt en hetzelfde kon gezegd worden over zijn werkgever. Ze waren nu de marktleider in de speelgoedindustrie, een zeer lucratieve bedrijfstak – in elk huis in Frankrijk waar kinderen woonden was wel een berg speelgoed van Jansen te vinden. Binnen vijf jaar had het bedrijf astronomische proporties aangenomen en elf jaar nadat hij was aangenomen, was Charlie een van de invloedrijkste zakenmannen in Frankrijk. Zijn salaris bij de uitgeverij viel compleet in het niet bij wat hij nu verdiende. Hij was nu een rijke man met een respectabele positie. Hij genoot bij lange na niet zoveel van deze baan als van zijn baan bij de uitgeverij, maar het ging hem er niet meer om dat hij een baan had waar hij van hield. Hij deed dit werk om zijn gezin te kunnen onderhouden, om ervoor te zorgen dat hij ze op een dag iets kon nalaten en om zijn huwelijk in stand te houden.

Hoewel Charlie nog steeds een aantrekkelijke man was, met donker haar en bruine ogen, koesterde Isabelle al jaren geen warme gevoelens meer voor hem. Hij werkte nu elf jaar voor Jerome Jansen en hij had hard moeten werken voor elke cent die hij verdiende. Jansen was prettiger om voor te werken dan Gilles Vermier, zijn vorige baas. Jerome verzette zich net zo tegen verandering en nieuwe ideeën, maar hij wist dat Charlie onfeilbare instincten had en was meestal slim genoeg om naar hem te luisteren. Jansen was echter net zo gevoelig voor goedkope, soms slinkse oplossingen en ideeën als Vermier was geweest. Hij had een lijn seksspeeltjes onder een andere merknaam uit willen brengen, een belachelijk idee dat Charlie hem met veel pijn en moeite uit zijn hoofd had weten te praten. Niemand zou hun speelgoed nog kopen als ze erachter kwamen dat het bedrijf ook seksspeeltjes produceerde en kinderspeelgoed vormde veruit hun grootste inkomstenbron. Daarover had Jerome gelukkig naar Charlie geluisterd, maar hij nam Charlies advies lang niet altijd ter harte. Hij had er een hekel aan om veiligheidswaarschuwingen op speelgoed te zetten, omdat hij ervan overtuigd was dat het daardoor minder goed verkocht zou worden. Ze waren wettelijk verplicht om bepaalde waarschuwingen op het speelgoed dat ze maakten op te nemen, maar Jerome deed niet meer dan absoluut noodzakelijk was. Hij vond de waarschuwingen lelijk en was van mening dat ze het speelgoed minder aantrekkelijk maakten. Charlie stond er echter op dat alle waarschuwingen op het speelgoed kwamen te staan, zelfs de waarschuwingen die niet wettelijk verplicht waren. Hij wilde dat elk kind dat hun speelgoed gebruikte veilig was. Hoewel Jansen kleinkinderen had, die hij overigens zelden zag omdat zijn zoon in L.A. woonde, hield hij niet van kinderen. Hij gaf niets om het welzijn en de veiligheid van kinderen, hij was alleen geïnteresseerd in het geld van hun ouders. Jerome was een zakenman, geen familieman. Charlie hechtte echter wel waarde aan het welzijn van kinderen en als dat betekende dat er een lelijke sticker op een pop moest komen of dat er op elk zwembadspeeltje een waarschuwing moest staan, dan was dat maar zo. Charlie had een hart en een geweten. Jerome Jansen niet.

Isabelle was niet veel beter. Ze hield van de levensstijl die Jansen Plastics haar had gegeven. Het kon haar niets schelen wat ze produceerden. Ze was ook volkomen eerlijk over het feit dat ze alleen met Charlie getrouwd was gebleven omdat hij zijn belofte aan haar had waargemaakt en weer aan de top was gekomen. Het enige waar ze om gaf was dat haar vriendinnen jaloers op haar waren en dat ze zoveel kon uitgeven als ze maar wilde.

Een jaar nadat Charlie voor Jerome was gaan werken en ze Isabelles vader hadden terugbetaald, had Charlie een chateau voor Isabelle gekocht aan de Normandische kust, drie uur buiten Parijs. Het verkeerde in slechte staat en ze hadden het een jaar lang verbouwd volgens Isabelles specifieke wensen. Het project werd haar obsessie. De locatie was prachtig; het chateau stond aan de rand van een kleine klif en keek uit over de zee en de ruige kustlijn. Ze veranderden het in Isabelles droom van luxe en comfort. Hij had het gekocht om haar te bedanken dat ze bij hem was gebleven tijdens de zware jaren van zijn werkloosheid.

Ze dacht er vaak aan dat als ze een paar maanden eerder van hem was gescheiden, wat ze eigenlijk van plan was geweest, ze het chateau nooit zou hebben gehad. Het was het waard geweest om voor getrouwd te blijven, maar blies haar gevoelens voor hem geen nieuw leven in. Ze had haar respect en interesse in hem verloren tijdens de twee jaar dat hij werkloos was geweest. Ze vond het vreselijk om getrouwd te zijn met een mislukkeling. Naar haar mening hing haar aanzien af van zijn succes. Ze had alle hoop verloren dat hij erbovenop zou komen en weer iets van zichzelf zou maken, maar hij had haar ongelijk bewezen en Jerome Jansens vertrouwen in hem gerechtvaardigd. Ze wist dat Charlie een hekel had aan zijn baan en dat de omgang met zijn baas meestal een kwelling voor hem was. Hij had echter geen andere keuze dan zijn huidige baan te behouden.

Hij wilde absoluut niet nogmaals in de diepe put belanden waarin hij had gezeten toen hij twee jaar werkloos was geweest en hij wist dat Isabelle bij hem weg zou gaan zodra hij ontslag nam. Hoewel hij pas drieënvijftig was, wist hij dat hij tot zijn pensioen voor Jerome zou werken.

Zijn zoon Olivier, die negenentwintig was, was inmiddels onafhankelijk en had een goede baan in Londen. Judith was op haar drieëntwintigste nog maar net klaar met haar studie en werkte in New York. Ze vroeg hem vaak om advies. Ze was afgestudeerd aan de prestigieuze École Hôtelière de Lausanne in Zwitserland. Isabelle was bereid om over lijken te gaan om de wereld te laten zien dat ze getrouwd was met een winnaar en niet met een verliezer. Ze was tweeënvijftig, een jaar jonger dan Charlie, maar de tijd waarin Charlie werkloos was geweest had haar getekend en haar angst ingeboezemd dat ook zij kon verliezen wat ze het meest koesterde: haar levensstijl. Haar huwelijk had haar echter ook dingen gegeven om mee te pronken: een prachtig volledig gerenoveerd chateau vol kunst, antiek en voorwerpen van grote waarde en een appartement in Parijs in het 7e arrondissement aan het prachtige Champ-de-Mars met een perfect uitzicht op de Eiffeltoren. Ze had alle statussymbolen die ze wilde. Ze wilde iemand zijn op wie mensen jaloers waren, niet met wie ze medelijden hadden. Haar baan was getrouwd zijn met Charlie, ook al genoot ze niet van zijn gezelschap. Ze hadden niets meer gemeen en alle verlangens en liefde die ze voor elkaar hadden gevoeld waren jaren geleden al verdwenen. Wanneer dat gebeurd was deed er niet toe, het was gewoon weg. Isabelle bracht het grootste deel van haar tijd door met haar vriendinnen – ze gingen winkelen, aten in chique restaurants en gingen regelmatig een weekje naar de spa, allemaal op Charlies kosten. Dat was wat er van hem verwacht werd. Hij wist dat hij er zelf niet langer toe deed voor haar. Het enige wat telde waren de materiële dingen die hij haar kon geven. Maar hij was bereid alles te doen om zijn huwelijk in stand te houden. Hij geloofde dat het huwelijk voor altijd was en dat bracht nu eenmaal verplichtingen met zich mee. Gelukkig vond hij troost in zijn liefde voor boeken en zijn passie voor oldtimers.

Hij wist ook dat de discussies die hij had met Jerome gingen over dingen die voor hem essentieel waren maar Jerome weinig konden schelen – of het nu ging over zijn beleid of zijn gebrek aan bezorgdheid over de veiligheid van het speelgoed. Hij was net zo goed getrouwd met Jerome als met Isabelle. Ze bezaten hem en hij zat gevangen door het salaris dat hij verdiende en de enorme bonussen die Jansen hem elk jaar betaalde, omdat het succes van het bedrijf de pan uit bleef rijzen dankzij Charlies visie en gave voor zakendoen.

Isabelle was net een menselijke rekenmachine. Ze wist precies hoeveel Charlie verdiende en gaf zijn geld overvloedig uit. Ze zei dat ze hun huis voor hem inrichtte met dure spullen en dat ze chique kleding droeg om zijn imago te verbeteren, net zoals Jerome deed alsof het salaris dat hij Charlie betaalde een filantropisch gebaar was, terwijl het in feite bloedgeld was dat hij hem betaalde om te voorkomen dat hij meteen ontslag zou nemen. Tot nu toe had het steeds gewerkt. Charlie had altijd gedaan wat Jerome van hem verwachtte en hij deed ook precies wat Isabelle van hem verlangde. Hij was een man van zijn woord. Hij wist dat Isabelle van hem zou scheiden zodra hij ontslag nam, dus bleef hij bij Jansen Plastics werken. Hij had een tweede kans gekregen en die ging hij niet verpesten. Dat zou Isabelle niet tolereren.

Het was tien voor halfacht 's avonds toen Jerome eindelijk in Charlies kantoor verscheen, die geduldig aan zijn bureau e-mails en appjes zat te beantwoorden. Er was nu toch geen hoop meer dat hij op tijd in het chateau zou zijn voor het etentje, of zelfs voor de verjaardagstaart erna. Isabelle was gewend aan de grillen van Jerome en het kon haar niet schelen dat hij tot laat moest werken. Ze zouden het zonder hem moeten stellen, wat Isabelle uitstekend kon. Charlie vroeg zich af welk excuus ze zou geven. Waarschijnlijk zou ze zeggen dat hij het druk had en dat zijn vergadering was uitgelopen, wat meestal waar was. Hij had nooit haast om naar huis te gaan. Soms treuzelde hij op vrijdagmiddag zelfs expres zodat hij laat genoeg op het chateau aankwam om de etentjes en feestjes te missen die zijn vrouw bijna elk weekend voor haar vrienden organiseerde.

Hij beleefde geen plezier aan die avonden, ze vormden simpelweg een plicht. Zijn leven werd beheerst door Isabelles torenhoge verwachtingen en Jerome Jansens trucs om hem in het gareel te houden. Jerome genoot van hun discussies. Hij moest altijd 'winnen'. Isabelle en Jerome bezaten Charlie op verschillende manieren en om verschillende redenen, hoewel het resultaat hetzelfde was: het leverde hen iets op, maar hem niet. Hoewel hij het nooit hardop zei, voelde hij zich hun gijzelaar. Het voelde alsof hij door Jerome gegijzeld werd omdat hij hem de tweede carrière had gegeven die hem had gered, samen met een veel lucratiever salaris dan voorheen, maar hij gaf niets om de branche waarin hij werkte en kon geen ontslag nemen. En hij was Isabelles gijzelaar omdat hij wist dat als hij niet aan haar hoge eisen voldeed, ze een punt achter hun huwelijk zou zetten. En hoewel hun kinderen al volwassen waren, zouden ze daar kapot van zijn, of dat beweerde Isabelle althans. En Charlie hield meer van zijn kinderen dan van wat dan ook. Hij wist dat ze in de illusie verkeerden dat hun ouders een goed huwelijk hadden en wilde ze niet confronteren met het feit dat één kleine misstap genoeg was om alles te laten instorten. Hij en Isabelle bleven bij elkaar uit plichtsgevoel, gewoonte en traditie, en hij geloofde in alle drie. Hij kon zich niet eens meer herinneren wanneer hij was opgehouden van haar te houden, of zij van hem. Het deed er ook niet toe wanneer het gebeurd was, het was wat het was en Charlie maakte zich er geen illusies over. Hij voelde zich soms net een robot, hij had al zijn levenslust verloren. Zijn leven draaide enkel om verplichtingen. Hij was altijd aan het werk, hij zag zijn vrienden nauwelijks en hij had geen tijd meer voor de hobby's waar hij vroeger zo van had genoten. Hij was een rijke man, maar gelukkig kon je hem niet noemen. Hij vond het chateau aangenaam, maar het betekende niet voor hem wat het voor Isabelle betekende. Zij had het nodig voor haar status. Hij was er graag op winterdagen, als de lucht grijs was en hij in zijn eentje lange wandelingen kon maken. Dan voelde hij zich er thuis. In de weekenden waarop Isabelle haar feestjes gaf, voelde het als het huis van iemand anders waar hij per ongeluk in terecht was gekomen. Hij voelde zich dan een ongewenste vreemdeling. Het chateau was van Isabelle, hij had het aan haar gegeven om haar te bedanken dat ze bij hem was gebleven. Wat ze er deed en wie ze er vermaakte was geheel aan haar. Ze had hem er nooit over geraadpleegd, niet dat ze dat over andere dingen wel deed. Ze was een egocentrische vrouw die volledig tot bloei was gekomen nadat haar kinderen het huis uit waren. Ze had de volledige controle over alles wat belangrijk voor haar was. Charlie wist niet zeker of hij er wel toe deed voor haar, maar hij wist wel beter dan die vraag te stellen. Ze leek de kinderen nooit te missen, maar Charlie miste hen ontzettend.

Charlie en Isabelle leefden over het algemeen als twee parallelle lijnen langs elkaar heen. Af en toe raakten ze elkaar, maar nooit op een diep niveau. De routekaart van zijn leven lag vast en hij wist precies hoe zijn toekomst eruit zou zien: weekenden in het chateau en doordeweekse dagen in hun appartement in de stad. Zij ging op reis met haar vriendinnen en hij reisde voor zaken, zijn enige kans om af en toe ontrouw te zijn. Het gebeurde niet vaak en het betekende niets. Hij was nooit verliefd geworden op een andere vrouw. Hij was gewend geraakt aan een liefdeloos bestaan. Hij kon zich niet eens meer herinneren hoe liefde voelde, of hoe het was om een baan te hebben die echt belangrijk voor hem was. Hij was een respectabel man die zijn hele leven al deed wat hij beloofde en wat er van hem werd verwacht, behalve dat ene gedurfde moment toen hij zijn baan als uitgever had opgezegd, en daar was hij zwaar voor gestraft. Hij had zijn ziel verkocht om Isabelle gelukkig te houden en hij, Jerome en Isabelle wisten dat allemaal. Zelfs zijn schoonvader was tevreden geweest toen hij een baan in de kunststofindustrie aannam. In zijn ogen deden goede mannen dat om hun huwelijk te redden. Charlie had geen jonge kinderen meer om voor te zorgen, maar hij had wel een reputatie hoog te houden.

Toen Jerome Charlies kantoor binnenliep, keek hij ontevreden. Charlie was er vrij zeker van dat de nieuwe stickers met veiligheidswaarschuwingen die hij had laten drukken en op een hele speelgoedlijn had laten plakken de reden van de misnoegde blik op het gezicht van zijn baas waren.

'Het ziet er niet uit. Wat heeft het voor zin om ouders te waarschuwen dat hun kinderen hun nek kunnen breken, of een arm of een been? Waarom plak je dan niet meteen een sticker op de doos met de tekst: "Koop dit speelgoed niet".' Zijn woede deed Charlie niets. Hij had het allemaal al eerder gehoord. Het was een terugkerende ruzie tussen hen.

'Je kunt het product niet verkopen zonder de stickers. Je wilt niet dat iemand gewond raakt, Jerome. Denk aan de rechtszaken die dat zou veroorzaken.' Charlie wist dat Jerome niets gaf om de veiligheid van de kinderen voor wie zijn bedrijf speelgoed maakte, maar dat een rechtszaak zijn grootste angst was. In dit geval betrof het speelgoed in kwestie trampolines van verschillende groottes. Kinderen van alle leeftijden waren er dol op, maar de trampolines konden zonder toezicht best gevaarlijk zijn.

'Ze klagen ons toch wel aan, zelfs met jouw vervloekte stickers. Ik wil dat je ze eraf haalt.'

'Dat is niet verstandig, Jerry, en dat weet je.' Ogenschijnlijk bleef Charlie kalm, respectvol en beleefd, zoals altijd.

'Maak ze dan kleiner en plak ze op de onderkant van het product, waar ouders ze niet kunnen zien.'

'Dan hebben ze geen nut. Ik wil niet dat er iemand gewond raakt omdat de veiligheidswaarschuwingen niet duidelijk waren, en jij ook niet. Stel je voor dat een meisje verlamd raakt omdat haar oudere broer haar zijn trampoline laat gebruiken.' Die gedachte vervulde Charlie met afschuw, maar Jerome dacht daar duidelijk anders over.

'We zijn speelgoedfabrikanten, geen babysitters. Het is de taak van de ouders om op hun kinderen te letten, niet de onze,' zei hij onverschillig.

'Het is onze taak om de ouders eraan te herinneren dat sommig speelgoed gevaarlijk kan zijn,' hield Charlie vol. 'Ik geef je tot maandag om het product terug te roepen en je verdomde stickers eraf te halen voordat we het op de markt brengen.' Jerry kreeg doorgaans wat hij wilde als hij begon te dreigen, maar Charlie wist hoe hij met hem moest redeneren. Meestal won hij hun discussies, maar Jerry moest hem eerst even door het slijk halen. Als het echt moest, gaf Charlie toe, maar deze keer niet. Deze kwestie was te belangrijk. Jerry zorgde er altijd voor dat zijn producten binnen de richtlijnen van de overheid bleven, maar met dit specifieke product wilde Charlie verder gaan. Het was te gevaarlijk om dat niet te doen.

'Ik roep de stickers niet terug, Jerry,' zei Charlie resoluut.

'Je doet verdomme wat ik je opdraag. Vergeet niet van wie deze tent is. Mijn naam staat op de voorkant van het gebouw, niet de jouwe. Ik maak hier de dienst uit!' schreeuwde Jerry zo hard tegen hem dat een aantal werknemers ineenkrompen. Charlie was echter niet onder de indruk.

'Je betaalt me om je advies te geven op het gebied van marketing en merchandise. Luister naar je gezonde verstand en maak van zoiets belangrijks als dit geen geldkwestie.'

'Vertel me niet wat ik moet doen!' schreeuwde Jerry, waarna hij Charlies kantoor uit stormde en de deur met een klap achter zich dichtsloeg. Charlie sloot zijn ogen even in een poging rustig te blijven. Voor het eerst in elf jaar kwam hij in de verleiding om te doen wat hij eerder had gedaan: op staande voet ontslag nemen en maken dat hij wegkwam uit deze vreselijke plek. Maar hij wist wat er daarna zou gebeuren. Toen hij veertig was, had hij al moeite gehad om een nieuwe baan te vinden, en als hij nu in een vlaag van woede ontslag zou nemen, zou het weleens helemaal onmogelijk kunnen zijn om iets nieuws te vinden, en daar was hij nog niet klaar voor. Hij wist ook wat Isabelles reactie zou zijn. Ze zou haar vaders advocaat morgenochtend meteen bellen om een scheiding in gang te zetten. Charlie had wat geld gespaard, maar dat was niet genoeg om haar levensstijl lang te kunnen ondersteunen. Hij moest nog jaren blijven werken. Hoeveel was dan wel genoeg? Dat wist hij eerlijk gezegd niet zeker. Het was in ieder geval altijd meer dan hij dacht, want er was altijd wel iets waar zijn vrouw niet zonder kon.

Charlie keek op de klok en toen hij zag dat het acht uur was, stond hij op om te vertrekken. Hij had een rit van drie uur voor de boeg, wat in het weekend doorgaans langer was vanwege al het verkeer. Hij overwoog of hij onderweg zou stoppen om iets te eten, maar na Jerry's geschreeuw had hij geen trek meer. Hij kon de restjes van het etentje eten als hij bij het chateau aankwam. En hij had vanmiddag uitgebreid gegeten tijdens een zakenlunch. Hij snakte naar een borrel, maar de tweede helft van de weg naar het chateau was bochtig en verraderlijk, dus dat was niet verstandig. Het liefst van alles wilde hij echter Jerry's kantoor binnenstormen en ontslag nemen, maar hij wist wel beter. Hij kon niet alleen maar ontslag nemen om zichzelf een beter gevoel te bezorgen. Het was de ernst van de gevolgen niet waard, hoezeer het ook aan zijn ziel knaagde om voor Jerry te werken.

Charlie was moe toen hij in zijn auto stapte, die in

de parkeergarage onder het kantoor van Jansen Plastics stond, dat zich in het 11e arrondissement bevond. Zijn parkeervak was speciaal voor hem gereserveerd. Hij reed in een kleine, compacte auto, waarmee hij makkelijker door de drukke Parijse straten kon rijden dan in een van die grote, chique dingen. Isabelle reed in een Mercedes. Hij hield niet van opzichtige, dure auto's, hoewel hij ervan droomde op een dag een Aston Martin te bezitten. Misschien als hij met pensioen ging, wanneer dat ook mocht zijn. Hij had een tijdje geleden overwogen om er een te kopen die hij zelf moest restaureren, maar daar had hij de tijd simpelweg niet voor.

Hij volgde het verkeer de stad uit. Het was druk op de weg; zelfs een uur nadat de meeste kantoren gesloten waren, moesten mensen hun werk nog verlaten. Hij had een appje gekregen van Isabelle waarin stond dat hij beter morgenochtend kon komen als hij te moe was om te rijden, omdat hij het etentje toch al zou missen. Hij nam niet de moeite om te antwoorden. Ze zou vanzelf wel zien wanneer hij aankwam. Hij was in gedachten verzonken over de ruzie met Jerry en zijn eis om de waarschuwingsstickers van de trampolines te halen. Hij was het zat om constant de strijd met Jerry aan te moeten gaan. Misschien zou hij zich maandag beter voelen, maar nu voelde hij zich een schooljongen die een standje had gekregen van zijn vader of het schoolhoofd. Omdat hij enig kind was, hadden alle verwachtingen van zijn vader op hem gerust. Hij had geprobeerd eraan te voldoen, maar zijn vader was een strenge man geweest, en soms zelfs oneerlijk. Nu waren het Isabelle en Jerry die veel van hem verwachtten. Het was soms te veel om te dragen.

Charlie was nog steeds een knappe man, zelfs nu hij al in de vijftig was. Hij had donker haar, dat alleen een beetje grijs was bij zijn slapen, en warme bruine ogen. Bovendien had hij een vriendelijke uitstraling, wat zijn knappe uiterlijk alleen maar versterkte. Hij was lang, atletisch en fit, hoewel het zijn vrouw al jaren niet meer opviel of iets kon schelen hoe hij eruitzag.

De rit naar het chateau was gemakkelijk tot hij bij Étretat van de snelweg af moest. Vanaf daar ging de route via smallere landwegen met haarspeldbochten, die hem gevaarlijk dicht bij de rand van de enorme kliffen brachten. Sommige waren wel dertig meter hoog. Langs de weg lagen veel herdenkingsmonumenten met bloemen en zelfgemaakte kruizen op plekken waar onoplettende bestuurders over de rand van de klif waren gereden en op de rotsen eronder om het leven waren gekomen. Het diende als een goede herinnering om altijd voorzichtig te zijn.

De zee glinsterde in het maanlicht op de warme juniavond, en genietend van de rit en de schoonheid van het landschap kon Charlie zich eindelijk ontspannen. Het chateau was groter dan hij prettig vond, hoewel het perfect paste bij Isabelle. Hij vond het vooral heerlijk om er alleen naartoe te rijden, wat hij meestal ook deed. Het kalmeerde hem na een lange dag. Isabelle gaf er de voorkeur aan om in de middag te rijden, maar zelf reed hij het liefst in de avond.

Hij voelde dat zijn lichaam ontspande terwijl hij de

bekende haarspeldbochten nam. Deze weg was een van de weinige plekken waar hij zijn rijvaardigheden kon uitdagen en even voelde hij zich net een autocoureur. Als kind had hij daar altijd van gedroomd. Hij was altijd al dol geweest op auto's en hij wist er veel van. In zijn vrije tijd ging hij dan ook graag naar autoshows.

Hij glimlachte. Er was hier niets anders dan de donkere weg, de kliffen en de zee die hij door het open raam van zijn auto tegen de rotsen kon horen beuken. De dichtstbijzijnde huizen bevonden zich kilometers verderop, wat de omgeving nog vrediger maakte.

Terwijl hij nog een bocht nam, iets sneller dan normaal, vielen zijn oogleden dicht. Hij droomde dat hij over een racecircuit scheurde en glimlachte nog steeds toen de auto van de weg raakte. Hij schrok wakker en besefte meteen wat er aan de hand was: de auto was van de negen meter hoge klif gestort, richting de rotsen. Hij kon niets doen om het te stoppen. De auto knalde en schraapte over de klif op weg naar beneden. Het duurde slechts enkele seconden, maar het voelde alsof het jaren duurde. In het licht van de volle maan kon hij de rotsen en de zee onder hem duidelijk zien. Hij voelde hoe zijn lichaam slap werd. Hij stootte zijn hoofd, maar merkte het nauwelijks. Een uitstekende rots raakte de scharnieren van het bestuurdersportier hard, waardoor het opengetrokken werd, maar Charlies gordel voorkwam dat hij uit de auto viel. Hij wist dat hij op het punt stond om te sterven en gek genoeg voelde hij zich vredig. Hij vond het niet erg om dood te gaan. Er viel toch niets tegen te doen. Hij wist dat zijn leven voorbij was toen de auto de rotsen raakte en in de zee belandde. Hij had niet verwacht dat sterven zo gemakkelijk zou zijn. Hij was niet bang, hij was opgelucht. Het was eindelijk voorbij.

# 2

Charlie werd met een schok wakker toen de auto van de rotsen stuiterde, in het water viel en werd opgeslokt door de golven. Een moment lang kon hij zich niet bewegen, maar toen nam zijn instinct het over. Omdat het portier aan de bestuurderskant openstond, vulde de auto zich binnen een paar seconden met water. Met veel moeite slaagde hij erin zijn gordel los te krijgen. Hij had films gezien waarin mensen er niet in slaagden uit ondergelopen auto's te komen en erin verdronken, maar omdat het portier wijd openstond, kon hij uit het voertuig zwemmen voordat het nog dieper zonk. Het voelde alsof hij zich een eeuwigheid onder water bevond en net toen hij dacht dat zijn longen zouden barsten, bereikte hij het wateroppervlak. De stroming duwde hem naar de rotsen toe en toen hij dichtbij genoeg kwam, greep hij een rots beet en hield hij zich stevig vast. Het ruwe rotsoppervlak sneed in zijn handen, maar dat merkte hij nauwelijks. Even schoot de gedachte door zijn hoofd dat het misschien niet eens zo erg zou zijn om de rots waaraan hij zich vastklampte los te laten en te verdrinken, maar toen nam zijn overlevingsinstinct het over. Hij vond houvast en klauterde op een rots aan de voet van de klif. Daar bleef hij een lange tijd liggen, tot hij weer een beetje op adem was gekomen. Hij keek omlaag, naar de rotsen en de zee waar hij net uit was geklauterd. Hij kon niet geloven dat hij nog leefde en een moment lang was hij bijna teleurgesteld. Zijn kleren waren doorweekt, zijn jas was weg en zijn overhemd was gescheurd. De veterschoenen die hij naar kantoor droeg had hij nog aan, en hoewel zijn zolen glad waren, voorkwamen ze dat hij zijn voeten aan de scherpe rotsen opensneed.

Hij keek naar de rotswand en zag verschillende plekken waar hij naar boven kon klimmen zodra hij daar de kracht voor had. Opnieuw vroeg hij zich af of het niet makkelijker zou zijn om zichzelf terug in de zee te laten glijden en te verdrinken. De gedachte was verleidelijk. Slechts een paar minuten geleden was hij er klaar voor geweest om te sterven. Maar nu, doorweekt en ijskoud, dacht hij dat hij de rotswand wel aan zou kunnen. Het was een kans om te overleven, als hij dat wilde. Hij dacht er niet over na, hij deed het gewoon. Behoedzaam baande hij zich een weg over de rotsen, greep hij zich vast aan rotsblokken en bereikte hij de voet van de klif, waar hij een klein rotsplateau zag waar hij op kon staan. Met een kleine sprong landde hij erop en hij vond de hele weg naar boven houvast, alsof God hem had uitgedaagd om in leven te blijven en hem had geholpen zodra hij ervoor had gekozen dat te doen. De beslissing werd voor hem genomen.

Hij had geen idee hoeveel tijd het hem kostte om weer boven op de klif te komen of hoe laat het was. Zijn horloge was weg. Toen hij de top bereikte, rolde hij de weg op, waar hij een lange tijd bleef liggen. Hij vroeg zich af hoeveel anderen de val die hij zojuist had gemaakt hadden overleefd. Niet veel, te oordelen naar de bloemen die hij langs de kant van de weg had zien liggen. Hij had er geen spijt meer van dat hij het had overleefd, maar het verbaasde hem wel dat hij dat had gedaan en gewild.

Zijn benen trilden toen hij eindelijk opstond. Hij dacht niet dat hij iets had gebroken en hij kon lopen, hoewel zijn handen en benen onder het bloed zaten. Toen hij zijn gezicht voorzichtig aanraakte, voelde hij dat dat ook bloedde, maar het deed geen pijn. Omdat hij niet wist wat hij anders kon doen, begon hij te lopen. Hij wist niet waar het eerstvolgende huis zich bevond, maar hij wist wel dat er in dit gebied weinig huizen stonden.

Hij liep de richting uit waarin hij had gereden, naar het chateau toe. Hij had het gevoel dat de val, de tijd in het water en het weer omhoogklimmen uren hadden geduurd, maar hij was in feite elk besef van tijd kwijt.

Als zijn benen begonnen te trillen van vermoeidheid, rustte hij even uit op een omgevallen boom of rots voordat hij zijn weg vervolgde. Het voelde alsof hij al uren aan het lopen was, hoewel het waarschijnlijk hooguit een uur was. Toen hij het gevoel had dat hij geen stap meer kon zetten, liep hij de weg af naar een open plek tussen de bomen. Misschien kon hij daar in het gras of op wat bladeren gaan liggen en zijn weg morgen weer vervolgen. Nog verder lopen was nu echt te veel gevraagd en zijn telefoon was samen met zijn auto in zee verdwenen.

Ineens zag hij licht door de bomen schijnen. Hij strompelde ernaartoe, struikelend over hoog gras en ondoordringbare struiken, en zag links van hem een onverharde oprit. Zijn benen voelden aan als rubber tegen de tijd dat hij bij een huisje aankwam en op de deur klopte. Hij zag binnen licht branden, maar er klonk geen geluid in het huisje. Niemand deed open, dus klopte hij nogmaals op de deur. Toen hij voetstappen en een vrouwenstem hoorde, viel hij bijna flauw van opluchting.

'Wie is daar?' De vraag werd argwanend uitgesproken, wat niet vreemd was; het moest immers al midden in de nacht zijn.

'Het spijt me... Ik... ik heb hulp nodig... Ik heb een ongeluk gehad,' wist hij met veel moeite uit te brengen. De vrouw opende de deur behoedzaam en hapte naar adem toen ze hem zag. De man voor haar zag eruit alsof hij in shock was. Zijn gezicht was geschaafd en zat onder het bloed, net als zijn armen en handen. Zijn overhemd hing in flarden om zijn lichaam. Zijn broek was gescheurd en zijn benen waren bebloed. Ze opende de deur zodat hij binnen kon komen en met trillende benen stapte hij het huisje in.

'O mijn god, wat is er gebeurd?' Ze leidde hem naar de keuken en trok een stoel voor hem naar achteren. Hij ging met een zucht zitten en meteen begon de kamer te draaien. Hij zag erg bleek. Ze haalde een glas water en gaf het aan hem.

'Het spijt me dat ik je lastigval,' zei hij, terwijl hij achteroverleunde in de stoel. 'Mag ik je telefoon misschien even gebruiken?' Hij had geen idee hoe laat het was, maar het voelde alsof het midden in de nacht was. Zijn vermoeden werd bevestigd toen hij op de klok keek, die naast een schildersezel hing. De vrouw droeg een mannenoverhemd en een spijkerbroek, die allebei onder de verf zaten. Ze was mooi, met lang blond haar en groene ogen, en keek hem verontschuldigend aan.

'Ik heb geen telefoon en mijn mobiel is kapot. Ik neem me steeds voor om een nieuwe te kopen, maar ik heb er hier eigenlijk geen nodig. Ik kan je morgen naar het dorp brengen om er een te halen of om te bellen. Waar heb je je auto gelaten? Heeft iemand je aangereden, of ben je tegen een boom gereden?'

'Ik ben van een klif gereden. Het is een paar uur geleden gebeurd, rond tien uur. Ik viel in slaap en de auto stortte de klif af de zee in.' Ze kon niet geloven dat hij dat had overleefd en hij ook niet. Ze hield een schone handdoek onder de koude kraan en maakte de schaafwonden op zijn gezicht voorzichtig schoon. Hij zat daar zonder te bewegen. Het voelde alsof hij in een surrealistische droom verkeerde. Hij had nog steeds geen pijn en had het gevoel dat hij zweefde terwijl ze zijn gezicht schoonmaakte.

'Hoe ben je de klif weer opgekomen?' vroeg ze hem.

'Ik weet het niet zeker... Ik ben geklommen. Er waren genoeg steunpunten waaraan ik me omhoog kon trekken. En daarna ben ik hierheen gelopen.'

'Het is een wonder dat je het hebt overleefd en niet van de klif bent gevallen.' En nog een groter wonder dat hij niet verdronken was toen de auto in de zee terechtkwam. Toen ze klaar was met het schoonmaken van zijn verwondingen, verliet ze de kamer om verband te halen, waarna ze hem hielp met het uittrekken van zijn gescheurde overhemd, spijkerbroek en geruïneerde schoenen. Hij begon stijf te worden en was zo uitgeput dat hij nauwelijks nog een woord kon uitbrengen. 'Er is geen ziekenhuis in de buurt, maar ik kan je naar een ziekenhuis in Le Havre brengen als je wilt,' bood ze aan.

'Ik weet niet zeker of ik de kracht heb om weer op te staan.' Hij glimlachte naar haar en kromp ineen toen ze de sneeën in zijn armen, die dieper waren, en de lelijke schaafwonden op zijn handpalmen begon schoon te maken. Ze gaf hem een van de oude herenoverhemden die ze gebruikte om te schilderen, en kwam even later terug met een overall die onder de verfspetters zat. Het ding leek groot genoeg om hem te passen en moest dus wel enorm zijn voor haar. Ze was lang en heel slank. Ze sloeg een deken om hem heen en maakte de wonden op zijn benen schoon. Aan zijn nette kapsel en chique schoenen kon ze zien hij er respectabel moest hebben uitgezien voordat hij met zijn auto van een klif was gereden en bijna was verdronken in de zee.

Hij vroeg zich af of Isabelle zich al zorgen om hem maakte, of dat ze het te druk had met haar gasten en gewoon aannam dat hij laat was. Hij kon haar vanuit hier op geen enkele manier bereiken en hij was te moe en te erg in shock om ergens anders heen te gaan. Zijn wonden waren over het algemeen oppervlakkig en hoefden niet gehecht te worden. De sneeën in zijn handpalmen waren het diepst, door het beklimmen van de klif. Hij was gewoon doorgegaan en had de pijn niet gevoeld.

'Ik heb een huis anderhalf uur verderop, in de buurt van Veules-les-Roses,' zei hij, waarna hij begon te trillen. Ze sloeg de deken steviger om hem heen en toen ze tegenover hem ging zitten, viel haar oog op de trouwring om zijn vinger.

'Wil je iets eten? Heb je honger?' Hij schudde zijn hoofd, te moe om te praten. 'Probeer wat te slapen.'

'Mijn naam is Charles Vincent,' zei hij.

'Ik ben Aude Saint-Martin,' zei ze, waarna ze beddengoed ging halen en een bed voor hem maakte op de bank. 'We kunnen morgen beter even langs het ziekenhuis gaan om te controleren of je niets gebroken hebt.'

'Ik denk het niet. Ik heb een heel eind moeten lopen om hier te komen. Ik heb mijn hoofd gestoten en wat schrammen en sneeën, maar verder ben ik ongedeerd.'

'Je bent een wonder, weet je dat,' zei ze met een ongelovige glimlach.

'Ik voel me anders geen wonder, maar eerder alsof ik van een klif ben gereden,' zei hij met een wrange glimlach. Ze leidde hem naar de bank en hij ging dankbaar liggen, waarna hij zijn hoofd op het kussen legde en de deken die ze hem had gegeven over zich heen trok. Hij kon zijn ogen nauwelijks openhouden en bleef maar aan haar denken. Ze was duidelijk een kunstenares en hij vroeg zich af wat ze in haar eentje in dit afgelegen huisje deed. Ze had niet geaarzeld om hem binnen te laten toen ze zag dat hij gewond was. Hij kon haar horen rondlopen in de keuken, wat geruststellend was. Hij voelde zich vredig en veilig en nog steeds stomverbaasd dat hij nog leefde. Hij was uitgeput en viel in slaap met de geluiden uit de keuken op de achtergrond.

Aude probeerde stil te zijn terwijl Charlie op de bank lag te slapen. Ze ging in de keuken zitten en dacht aan wat hij had meegemaakt en hoe ongelooflijk het was dat hij het had overleefd. De adrenalinestoot van het verzorgen van zijn wonden en het proberen in te schatten of hij professionele medische hulp nodig had, zorgde ervoor dat ze zelf klaarwakker was. Hoewel zijn sneeën en schaafwonden ongetwijfeld pijnlijk moesten zijn, was hij verbazingwekkend ongeschonden uit het ongeluk gekomen, gezien het feit dat hij van een klif was gereden en bijna was verdronken. En het was een diepe val naar beneden. Zijn tijd was duidelijk nog niet gekomen.

Ze luisterde of hij nog wakker was, maar hoorde niets. Rond drie uur 's nachts liep ze op haar tenen langs hem heen naar haar slaapkamer en bleef ze staan om nog eens goed naar hem te kijken. Ze kon horen dat hij ademde en was verbaasd toen zijn ogen open fladderden. Hij staarde haar aan en glimlachte toen hij haar herkende.

'Ik blijf dromen dat ik val,' fluisterde hij. Opnieuw viel het hem op hoe mooi ze was, vooral in het maanlicht dat door de ramen naar binnen scheen. Haar fijne gelaatstrekken leken wel gebeeldhouwd.

'Ik denk dat dat een herinnering is, geen droom,' zei

ze zachtjes. Ze vroeg zich af of hij hier nachtmerries aan zou overhouden. Het zou haar niet verbazen na wat hij had meegemaakt. 'Ga maar weer slapen.' Ze sprak tegen hem zoals ze tegen een kind zou spreken. Ze stopte hem voorzichtig in en hij liet haar haar gang gaan. Hij vond het geruststellend dat ze hier bij hem was.

'Ik blijf maar denken aan het moment waarop de auto over de rand van de klif reed. Ik wist zo zeker dat ik dood zou gaan, maar ik was niet bang. En nu ben ik hier. Het is allemaal zo onwerkelijk. Het spijt me trouwens als ik je bang heb gemaakt.'

'Dat heb je niet gedaan. Ik ben niet bang om hier alleen te zijn,' zei ze. Na een tijdje voegde ze eraan toe: 'Je vrouw maakt zich vast zorgen om je.'

'Dat denk ik niet.' Hij was inmiddels klaarwakker. 'Ze denkt waarschijnlijk dat ik besloten heb om 's ochtends pas te gaan rijden. Ik had ruzie met mijn baas,' bekende hij. Ze ging naast hem op de bank zitten en luisterde zwijgend. Hij voelde zich veilig en op zijn gemak bij haar, alsof hij een ander universum had betreden, bijna alsof hij gestorven was en nu een geest was. Het was een vreemd gevoel, als een buitenlichamelijke ervaring. Zijn geest voelde gescheiden van zijn lichaam.

'Waar ging jullie ruzie over?' Ze was nieuwsgierig naar hem; wie hij was en waar hij vandaan kwam. Het was alsof hij zomaar uit het niets voor haar deur was verschenen.

'Een product dat we aan het maken zijn en dat gevaarlijk kan zijn voor kinderen. We maken speelgoed. Vroeger was ik uitgever,' zei hij. Zijn gedachten dwaalden alle kanten op. 'Dat vond ik leuker, werken met schrijvers en boeken. Mijn vader was schrijver.'

'Waarom ben je gestopt als uitgever?'

'Ook vanwege een ruzie met mijn baas.'

Ze glimlachte. 'Je hebt met veel mensen ruzie.'

Daar dacht hij even over na. Ze spraken nog steeds zachtjes, maar ze fluisterden niet.

'Daar zou je weleens gelijk in kunnen hebben. Ik leid de bedrijven, maar zij zijn de eigenaren. Soms ben ik het niet eens met de dingen die ze van me verwachten.' Het was een eenvoudige manier om het uit te leggen, maar het was waar. Hij zag er moe uit nadat hij het haar had uitgelegd. Het kostte hem duidelijk moeite.

'Vind je je werk leuk?' vroeg ze hem zachtjes. Hij schudde zijn hoofd.

'Nee. Heel even, net voor de auto het water raakte, vond ik het niet erg dat ik dood zou gaan. Ik had er vrede mee. Maar toen belandde de auto in het water en zwom ik eruit. Ik denk dat ik toch niet klaar was om te sterven.' Hij klonk verbaasd toen hij het zei, en een beetje teleurgesteld. Ze vond het droevig dat hij bereid was geweest om te sterven, al was het maar voor even. Het zei niet veel goeds over zijn leven.

'Ik ben blij dat je niet dood bent gegaan,' zei ze zachtjes. Ze kende hem niet, maar hij leek haar een aardige man en hij had vriendelijke ogen. Ze vroeg hem niet naar zijn vrouw, dat voelde te opdringerig. Dat hij had toegegeven dat hij het niet erg had gevonden om te sterven leek belangrijker. Ze legde haar hand voorzichtig op de zijne. Een paar minuten lang zeiden ze niets.

'Ik ben ook blij dat ik niet dood ben gegaan,' zei hij uiteindelijk. 'Ik voel me net een geest. Ik had nu dood kunnen zijn.' Die gedachte jaagde hem geen angst aan. Hij had de dood in de ogen gekeken en was er niet bang voor.

'Ik weet zeker dat heel veel mensen heel verdrietig zouden zijn als je doodging,' zei ze, maar hij schudde zijn hoofd.

'Ik weet niet zeker of dat waar is. Het zou vervelend voor ze zijn als ik zou sterven, maar dat is niet hetzelfde als verdrietig zijn. Er zijn mensen die afhankelijk van me zijn.'

'Heb je kinderen?' vroeg ze hem. Instinctief pakte hij haar hand. Het voelde zo natuurlijk om dat te doen en om hier met haar te praten. Het voelde alsof hij op de juiste plek was bij de vrouw die zijn wonden met zoveel zorg had schoongemaakt en verbonden.

'Ik heb een zoon en een dochter. Mijn zoon woont in Londen en mijn dochter in New York. Ze zijn volwassen, dus ze hebben me niet meer nodig. Ik weet eerlijk gezegd niet zeker of er überhaupt iemand is die me nodig heeft. Misschien voelde ik daarom vrede met de gedachte dat ik zou sterven. Maar ik ben toch uit de auto gezwommen en de klif op geklommen, dus dat zegt denk ik wel iets over mijn wil om te leven.'

'Je gaat nog lang niet dood,' zei ze, waarna ze zijn gezicht voorzichtig aanraakte. Ineens zag ze dat zijn voeten over de rand van de bank staken. 'Kom,' zei ze. 'Je bent te lang voor de bank.' Ze pakte de deken en hielp hem overeind. Zijn lichaam voelde stijf, maar hij was minder wankel dan daarstraks. Ze pakte zijn hand en leidde hem naar haar slaapkamer. 'Ik heb mijn bed vanochtend verschoond, dus ik heb er nog niet in geslapen,' zei ze terwijl ze hem in bed hielp en hem instopte.

'Waar slaap jij dan?' vroeg hij met een bezorgde blik op zijn gezicht.

'Op de bank,' zei ze glimlachend. Ze wilde weglopen, maar hij pakte haar hand.

'Niet weggaan,' smeekte hij haar. Hij wilde het niet hardop zeggen, maar hij had het gevoel dat hij misschien zou sterven als hij alleen zou slapen. Maar als zij bij hem was, wist hij zeker dat hij veilig zou zijn. Ze was de Engel des Levens, niet de Engel des Doods die hij van de klif de zee in was gevolgd.

Ze ging naast hem op de deken liggen en hij rolde langzaam naar haar toe om haar te kussen. Hoewel ze vreemden van elkaar waren, voelde het voor hen beiden natuurlijk. Ze was de draad die hem met het leven verbond, als een dun en delicaat spinnenweb. Het voelde alsof hij zonder haar niet zou kunnen bestaan. Hij voelde ineens het overweldigende verlangen om de liefde met haar te bedrijven, om het leven te omarmen en aan hen beiden te bewijzen dat hij leefde. De dood voelde nog steeds dichtbij en het leven zo vluchtig en kostbaar.

Ze trok haar kleren uit en kroop bij hem onder de dekens. Ze was naakt en wist niet zeker of ze dit wel moesten doen, maar ze was plotseling net zo wanhopig als hij. Voorzichtig bedreven ze de liefde, rekening houdend met zijn verwondingen. Daarna sloeg ze haar armen om hem heen en viel hij in een diepe slaap. Ze hield hem urenlang vast, bang dat ze hem wakker zou maken als ze bewoog. Het was echter niet zij, maar het felle zonlicht waardoor hij 's ochtends wakker werd. Hij glimlachte toen hij zag dat ze nog naast hem lag. Ze was af en toe ingedommeld terwijl ze hem vasthield, klaar om wakker te worden als hij haar nodig had. Ze had het gevoel dat hij naar haar toe was gestuurd, zodat ze voor hem kon zorgen en hem weer tot leven kon brengen.

De nacht ervoor voelde onwerkelijk, maar de vrouw die naakt naast hem lag, was duidelijk levensecht. Ze was echter dan wat of wie dan ook in zijn leven.

'Ik heb het gevoel dat ik je ken, Aude,' fluisterde hij tegen haar. Ze lagen dicht tegen elkaar aan en ze hield hem nog steeds vast, alsof ze hem wilde beschermen. Ze zouden zich dit moment en de nacht ervoor allebei voor altijd blijven herinneren. Het was magisch. Ze wist dat hij niet kon blijven. Hij had een leven waar hij terug naartoe moest. Maar voor nu, voor dit ene moment in hun leven, waren ze van elkaar. Het voelde eenvoudig en eerlijk. Het was het moment van zijn wedergeboorte, het moment waarop hij besloot om weer te gaan leven. Ze zorgde ervoor dat hij blij was dat hij nog leefde. Zo had hij zich in jaren niet gevoeld. Het was alsof hij bijna had moeten sterven om zich weer levend te kunnen voelen. Het voelde voor hen beiden als een droom. Het was alsof ze de avond ervoor met hem in zijn droom was gestapt toen ze de liefde bedreven.

Hij had nog nooit iemand als zij ontmoet. Ze leek zo vrij. Ze gaf hem kracht. Hij keek naar haar lange, sierlijke lichaam en besloot opnieuw de liefde met haar te bedrijven. Daarna hielp ze hem naar de badkamer en liep ze naar de keuken om ontbijt voor hem te maken. Een paar minuten later voegde hij zich bij haar om naar haar te kijken. Hij had het overhemd en de overall aangetrokken die ze hem had gegeven. Zelf had ze een badjas aangedaan, maar hij wist inmiddels precies wat er zich onder de stof bevond.

Ze zette een heerlijk ruikend bord vol eieren en spek voor hem neer en dronk van haar koffie terwijl ze naar hem keek. Alles leek opeens anders. De geluiden, de geuren, de kleuren – alles voelde levendiger.

'Ik breng je naar het dorp zodra de winkels open zijn, zodat je kunt bellen,' zei ze na het ontbijt, terwijl ze de afwas in de gootsteen zette.

Hij glimlachte naar haar. 'Afgelopen nacht voelt als een droom. Ik hoop dat het echt was.'

'Ik ook,' zei ze, hoewel ze wist dat het geen werkelijkheid kon worden.

'Is er een garage in de buurt waar ik een auto kan huren om naar huis te rijden?' Die vraag herinnerde haar eraan dat hij aan anderen toebehoorde. Gisteravond was hij van haar geweest, maar dat kon hij nooit meer zijn. Het maakte de momenten die ze samen hadden alleen maar kostbaarder. Ze zouden nog een paar uur samen zijn en dan ging hij weg en zou ze hem nooit meer zien. Maar ze zouden zich de nacht die ze hadden gedeeld voor altijd blijven herinneren.

'Er bevindt zich een garage in het dorp. De eigenaar, Armand, kan je vast een auto lenen om naar huis te rijden,' zei ze zachtjes. Ze bood niet aan om hem te brengen, omdat ze wist dat het niet gepast zou zijn als ze zijn wereld zou betreden. Hij moest haar hier achterlaten en teruggaan naar de plek waar hij thuishoorde. Daarom had ze de vorige avond de liefde met hem bedreven.

Hij zag zijn gezicht in de badkamerspiegel toen hij na het ontbijt ging douchen en schrok ervan hoe slecht hij eruitzag. Hij had blauwe plekken, snijwonden en schrammen over zijn hele gezicht en donkere kringen onder zijn ogen. Maar hij had een vredige blik in zijn ogen die er eerder niet was geweest. Hij had de dood in de ogen gekeken en het op de een of andere manier overleefd. 'Ik lijk wel een monster,' zei hij beschaamd.

'Nee, je ziet eruit als een man die van een klif in de zee is gereden en bijna is verdronken. Je hebt ontzettend veel geluk gehad,' verbeterde ze hem. Hij knikte. Hij was dankbaar dat hij nog leefde en hier bij haar was, wat onwennig was, want hij had al lang geen dankbaarheid meer gevoeld.

Ze douchten samen en kleedden zich langzaam aan, genietend van elkaar en zich ervan bewust dat hun tijd samen opraakte, als zand in een zandloper. Hij trok het overhemd en de overall weer aan, zij kleedde zich om in een spijkerbroek en een rode trui en samen reden ze naar het dichtstbijzijnde dorp, Vattetot-sur-Mer.

Het leek wel alsof het dorpje volledig uit poppenhuizen bestond. Alles was er pittoresk, klein en vredig. Hand in hand liepen ze over straat. Hij wist dat hij het ongeluk bij de politie moest melden, maar daar had hij de energie op het moment niet voor, dus besloot hij het op een later moment telefonisch te doen. In de garage herinnerde hij zich dat hij zijn identiteitsbewijs, geld en creditcards kwijt was. Aude leende hem het geld om een auto te huren, een oude, versleten Renault die de garagehouder net gerepareerd had. Armand kende Aude en vond het geen probleem dat Charlie de auto een paar dagen leende. Hij kon zien dat Charlie een respectabele man was, ondanks de vreemde kleren die hij droeg. Aude kocht ook een shirt, een spijkerbroek en nieuwe schoenen voor Charlie, zodat hij zijn kapotte schoenen kon weggooien. De zolen waren losgekomen van het leer. Hij gaf haar de kleren die ze hem geleend had terug. Ze bewaarden niets van elkaar als herinnering aan hun tijd samen.

En toen kuste Charlie Aude nog een laatste keer en stapte hij in de auto. Hij zwaaide naar haar en ze wist zeker dat ze hem nooit meer zou zien. Ze had één kostbare nacht met hem gehad, de nacht waarin hij eindelijk weer tot leven was gekomen. Ze wist dat ze zich die nacht allebei voor altijd zouden blijven herinneren, maar ook dat hij terug moest naar zijn eigen leven, en daar hoorde zij niet thuis.

Terwijl ze toekeek hoe hij wegreed, stroomden de tranen over haar wangen. Armand keek verbaasd toe. Hij had haar nog nooit samen met een man gezien. Daarna stapte ze in haar auto en reed ze naar huis, waar ze in bed ging liggen en zijn geur opsnoof, die in haar lakens en kussen hing. Ze vroeg zich af naar wat voor leven hij was teruggegaan. Ze wist dat hij een hekel had aan zijn werk en zijn baas en dat hij dacht dat zijn vrouw hem niet zou missen als hij stierf, maar zijn kinderen wel, ook al woonden ze ver weg. Het klonk als een treurig leven. Hoewel hij gisteren pas in haar leven was verschenen, miste ze hem nu al. Ze had nog nooit iemand ontmoet zoals hij en ze wist dat het de juiste beslissing was geweest om haar hart voor hem te openen, al was het maar voor één nacht. Wat ze ook zeker wist, was dat ze hem nooit meer zou zien en nooit meer zou vergeten.

# 3

Het chateau stond op een prachtige locatie, iets meer dan drie uur van Parijs vandaan. In de buurt bevond zich het Château de Cany, een ander chateau dat enige bekendheid genoot in de regio. Dat lag op ongeveer een halfuur rijden bij het chateau van Charlie en Isabelle vandaan. Zij woonden in de buurt van Veules-les-Roses, dat zeshonderdvijftig inwoners telde en beschouwd werd als een van de mooiste dorpen in Normandië.

Isabelle zat met haar gasten in de eetkamer en kreeg haar ontbijt geserveerd door de butler die ze inhuurde als ze in het weekend feestjes hield. Ze had ook een kok ingehuurd om eten voor hen te maken. Het eten in het chateau was altijd uitstekend. Daar stond ze bekend om. En om haar goed gevulde wijnkelder. Haar beste vriendin, Stephanie Bonnard, zat naast haar. Stephanie had een scherp verstand, een scherpe blik en een nog scherpere tong, en Isabelle genoot altijd van haar gezelschap. Ze kon eerlijk tegen haar zijn en het tweetal was genadeloos als ze het over hun vrienden hadden. Isabelle had een veel hechtere band met Stephanie dan met haar zussen, die ze bekrompen en saai vond en zelden zag. Charlie had ook niet veel op met hun echtgenoten, die hij saai en hoogdravend vond.

Stephanie was veel pittiger. Ze was twee keer gescheiden en had het financieel goed voor elkaar. Haar reputatie was na haar tweede scheiding echter aangetast. Ze was getrouwd met een veel oudere, rijke man en haar bedoelingen waren overduidelijk geweest. Ze gaf Isabelle goed advies hoe ze Charlies geld het beste kon besteden. De twee vrouwen reisden graag en deden dat ook vaak, naar kuuroorden of chique hotels in Londen, Rome en Milaan om te winkelen.

'Is Charlie gisteravond op een of ander goddeloos uur thuisgekomen?' vroeg Stephanie aan Isabelle terwijl ze van haar koffie nipte. Isabelle haalde haar schouders op, terwijl de andere gasten met elkaar kletsten. Isabelle had vijf stellen uitgenodigd en twee singles: Stephanie en Edmond, een uiterst charmante vrijgezel. Stephanie had hem meegevraagd. Hij was een betrouwbare, zeer hoffelijke gast en gastvrouwen hadden hem graag in hun gezelschap. Isabelle had Stephanie gevraagd hem mee te nemen, hoewel ze wist dat Charlie hem niet mocht. Hij vond Edmond pretentieus en gluiperig en ging hem waar mogelijk uit de weg. Stephanie mocht hij ook niet. Hij vond dat ze een slechte invloed had op Isabelle en dat ze een golddigger was die steeds minder aantrekkelijk werd naarmate ze ouder werd. Hij was er vrij zeker van dat als Isabelle niet rijk was geweest, Stephanie haar geen blik waardig had gekeurd. Hoewel Stephanie regelmatig te gast was in het chateau, tolereerden zij en Charlie elkaar nauwelijks. Hij doorzag haar en zij vond hem een sukkel zonder ruggengraat die waarschijnlijk ontrouw was aan Isabelle. Ze dacht dat Isabelle veel beter kon krijgen en moedigde haar altijd aan om haar ogen open te houden voor nieuwe mogelijkheden. Isabelle had alles uit Charlie gehaald wat erin zat en hun huwelijk was jaren geleden al doodgebloed. Stephanie vond dat ze op zoek moest gaan naar iemand die ouder en rijker was, eventueel met een titel om haar sociale status te verhogen. Charlie had haar nooit het sociale leven gegeven dat haar vriendin volgens Stephanie verdiende en waar ze zelf ook naar streefde.

'Waarschijnlijk is zijn vergadering van gisteravond uitgelopen en besloot hij om in zijn appartement in de stad te overnachten,' zei Isabelle. 'Ik heb hem geappt dat hij beter in de stad kon blijven als hij moe was, maar daar heeft hij niet op gereageerd. Maar ik weet zeker dat hij hier voor de lunch is,' zei ze onverschillig. Stephanie zei niets. Ze was een kleine vrouw met grote borstimplantaten, waar haar eerste echtgenoot voor had betaald, en haar dat iets te rood was geverfd, maar ze kleedde zich goed en ze bezat indrukwekkende sieraden. Ze hielp Isabelle altijd met het uitzoeken van de cadeaus die Charlie moest kopen voor haar verjaardag en met Kerstmis. Charlie vond haar een onruststoker, die Isabelle aanmoedigde om extravaganter te zijn.

'Misschien is hij gisteravond op stap geweest en slaapt hij uit,' zei Stephanie uiteindelijk. Isabelle knikte. Zolang hij maar op tijd kwam voor de lunch kon het haar niet schelen.

Na het ontbijt ging de groep wandelen en de tuinen bewonderen. Isabelle genoot van de complimenten van haar gasten. Daarna gingen ze in kleinere groepjes op de patio zitten en genoten ze van de late voorjaarszon. Er stond een aangenaam zeebriesje en de lucht was helderblauw. Vier van de gasten besloten te gaan tennissen en Isabelle liep naar de keuken om het met de kok over de lunch te hebben. Gisteravond hadden ze kaviaar gegeten en vandaag stond er kreeft op het menu. Eigenlijk was Isabelle wel blij dat Charlie er nog niet was, dan kon hij ook niet klagen over het eten. Hij vond dat ze te veel geld uitgaven aan hun weekendgasten. Isabelle had bovendien een paar van de beste wijnen uit hun wijnkelder voor hen ingeschonken, wat hem ook zou hebben geïrriteerd.

Charlie was er nog steeds niet toen ze om halftwee aan tafel gingen voor de lunch. Isabelle had hem twee keer gebeld, maar zijn telefoon ging meteen over op voicemail. Ze wist dat hij nooit opnam als hij aan het rijden was, dus dat verbaasde haar niet, al maakte het haar behoorlijk pissig. Een van de gasten zei dat ze hoopte dat hij niet ergens met pech stond of een ongeluk had gehad, iets wat tot op dat moment nog niet bij Isabelle was opgekomen.

Tegen halfvier, toen ze van tafel gingen na een heerlijke maaltijd en nog meer uitstekende wijn, begon Isabelle zich inmiddels wel zorgen te maken. Ze sprak haar zorgen uit tegen Stephanie toen ze alleen waren, nadat de gasten uiteen waren gegaan voor een wandeling of om naar het nabijgelegen dorp te rijden.

'Hij neemt zijn telefoon nog steeds niet op. Zou er iets met hem gebeurd zijn?' Het was inmiddels vier uur. 'Hij gaat deze keer echt te ver. Ik weet dat hij een hekel heeft aan dit soort weekenden, maar hij kan toch niet zomaar helemaal niet komen opdagen. Wat moet de rest wel niet denken? Misschien is er gisteren iets gebeurd tijdens de vergadering en durft hij het me niet te vertellen.' Het was onwaarschijnlijk, maar Isabelle was altijd bang dat Charlie in een vlaag van woede ontslag zou nemen of ontslagen zou worden tijdens een van zijn verhitte discussies met Jerome. Het was haar grootste angst na de twee afschuwelijke jaren waarin hij werkloos was geweest en ze kon de gedachte om het chateau te verliezen niet verdragen.

'Ik zou me inmiddels ook zorgen maken,' gaf Stephanie toe. 'Misschien moet je een paar ziekenhuizen bellen, gewoon zodat je weet dat hem niets is overkomen. En daarna kun je boos op hem zijn,' voegde ze er grijnzend aan toe, en Isabelle lachte. 'Ik weet zeker dat hij in orde is, maar je weet het maar nooit en misschien wilde hij je niet ongerust maken.'

'Dat zou echt iets voor hem zijn. Hij kwam een keer opdagen met zijn arm in het gips nadat hij van de trap was gevallen bij de tennisclub, zonder dat ik wist dat hij überhaupt naar de spoedeisende hulp moest. Hij is echt een macho; als hij pijn heeft, wil hij dat nooit toegeven.'

Ze liep naar haar slaapkamer en belde vier ziekenhuizen, maar in geen van hen stond een patiënt geregistreerd onder de naam Charles Vincent. 'Hij is dus niet gewond,' zei ze tegen Stephanie voordat de gasten terugkwamen van hun middagactiviteiten. 'Mag ik nu boos worden?' vroeg ze aan haar vriendin, en Stephanie lachte.

'Natuurlijk. Geef hem vooral de wind van voren als hij opduikt. Het feit dat hij je heeft laten zitten in het bijzijn van je gasten en je ongerust heeft gemaakt, vereist op zijn minst een heel mooi cadeau van Van Cleef. Zeg maar tegen hem dat je de hele ochtend gehuild hebt.'

'Je bent echt duivels,' berispte Isabelle haar vriendin, hoewel het plan haar ook goed in de oren klonk. Stephanie wist dingen altijd naar haar hand te zetten en ze gaf Isabelle goed advies. 'Ik moet toegeven dat ik me wel een beetje zorgen maak. Hij is nog nooit zo laat geweest.'

'Hij is veel te slim om op zo'n overduidelijke manier vreemd te gaan met een of andere sloerie, dus daar zou ik me geen zorgen over maken. Hij had waarschijnlijk gewoon geen zin om te komen, of misschien is hij ziek geworden of heeft hij voedselvergiftiging opgelopen.' Ze doorliepen verschillende scenario's en toen de andere gasten terugkwamen, zette Isabelle haar zorgen opzij. Ze organiseerde een spelletje bridge, waar ze erg goed in was. Meestal won ze, met Stephanie als haar partner.

De kleine motorboot met daarin twee lokale vissers bleef dicht bij de kust, waar ze hun hengels uitwierpen. Jacques en Emile hadden tot nu toe een goede dag gehad. Ze hadden genoeg vis gevangen voor een goede maaltijd en nog wat extra om te verkopen op de plaatselijke markt. Het was een prachtige dag en er was vis in overvloed. De twee mannen visten al jarenlang samen in het weekend. Ze gingen nooit te ver de zee op, maar bleven altijd vlak bij de kust. Ineens haalde een van hen iets binnen dat duidelijk geen vis was. Toen het zompige zwarte voorwerp met een plof in de boot landde, zagen ze dat het een portemonnee was. Ze haalden hem van de haak waaraan hij was blijven hangen en Jacques sperde zijn ogen wijdopen toen hij erin keek.

'Dit geloof je niet.' Ze haalden het geld uit de portemonnee, dat drijfnat, maar verder onbeschadigd was, en telden het. Er zat veertienhonderd euro in de portemonnee, een maandsalaris voor elk van de twee mannen, die timmerman en loodgieter waren. Ze zagen dat er ook creditcards in zaten, en een kletsnat rijbewijs. De portemonnee was van ene Charles Louis Vincent en op het rijbewijs stond een adres in Parijs. Emile keek teleurgesteld naar zijn vriend.

'Het is te veel geld, we kunnen het niet houden. We moeten de portemonnee naar de politie brengen.' Jacques was het met zijn vriend eens. De creditcards maakten het ook lastig om de portemonnee zelf te houden. 'Hij zal blij zijn om zijn geld terug te krijgen.' Ze smeten de portemonnee op een bankje in de boot en gooiden hun lijnen weer uit. De portemonnee was een goede afleiding geweest en ze zouden hem aan het eind van de dag naar het politiebureau brengen. De eigenaar had misschien nog niet eens gemeld dat hij hem kwijt was. Als hij wist dat hij hem in de zee had laten vallen, ging hij er waarschijnlijk vanuit dat hij voor altijd weg was, en dat was waarschijnlijk ook het geval geweest als de vissers er niet waren geweest. Charles Louis Vincent, wie hij ook mocht zijn, was een geluksvogel. Hij was zijn geld en creditcards niet kwijt, hoewel hij wel een nieuwe portemonnee nodig had en zijn rijbewijs moest vervangen. De twee vrienden visten de rest van de middag door terwijl de portemonnee veilig lag te drogen in de zon, omdat hij was gevonden door twee eerlijke mannen.

Aude ging een uur op bed liggen, omdat zij en Charlie de vorige nacht niet veel hadden geslapen. Ze genoot van zijn geur, die nog in het kussen hing, en stond uiteindelijk met tegenzin op om de afwas te doen. Overal in haar kleine huisje waren sporen van hem te vinden. Ze vouwde de deken op die hij op de bank had achtergelaten toen ze naar haar slaapkamer gingen. Ze kon zijn voorzichtige aanraking nog steeds voelen en herinnerde zich de blik in zijn ogen. Ze had geen enkel aandenken aan hem, behalve herinneringen. Met een treurige zucht borg ze de deken op in de kast. Ineens hoorde ze een geluid achter zich. Ze draaide zich om en hapte geschrokken naar adem toen ze hem midden in de woonkamer zag staan.

Charlie keek ernstig toen ze zich naar hem toe haastte. Hij sloeg zijn sterke armen om haar heen en ze klampte zich aan hem vast terwijl hij haar kuste. Hij glimlachte naar haar toen hij de kus na een tijdje verbrak om op adem te komen.

‘Wat doe je hier? Ik dacht dat je inmiddels wel thuis zou zijn.’ Ze wist nog steeds niet dat zijn huis feitelijk een chateau was, niet dat dat haar iets kon schelen.

‘Ik ben halverwege van gedachten veranderd,’ zei hij, terwijl hij haar naast zich op de bank trok en zijn arm om haar heen sloeg.

‘Heb je je vrouw gebeld? Ze is vast doodongerust over je.’

Hij schudde zijn hoofd. ‘Wat als ze dat niet is? Wat als het niemand iets kan schelen of ik er ben of niet?’ Dat leek hem een veel aannemelijker scenario, Isabelle kennende en de mensen die dit weekend in het chateau verbleven. ‘Waarschijnlijk drinken ze nu van mijn wijn en zijn ze volmaakt gelukkig zonder mij, dus ik dacht eraan om nog een paar dagen bij jou te blijven.’

‘Maar denk je niet dat ze de politie zal bellen om naar je te laten zoeken?’

‘Ik heb geen bank beroofd, Aude. Ik ben van een klif gereden. Ik dacht eraan om te zeggen dat ik een ongeluk heb gehad en mijn hoofd heb gestoten en dat ik daardoor een paar dagen half bij bewustzijn en verward ben geweest. Of zoiets. Mijn vrouw maakt zich echt geen zorgen om me, ze zal alleen maar kwaad zijn. Het kan haar niets schelen of ik er ben of niet. Het is maar voor een paar dagen. Ik wilde gewoon niet op deze manier vertrekken,’ zei hij, waarna hij haar weer kuste.

‘Ik wilde ook niet dat je ging,’ gaf ze toe. ‘Maar ik wist dat het moest.’

‘Misschien hoeft het niet.’ Hij wist dat mensen wel vaker verdwenen en dan na een paar dagen weer opdoken met een ongeloofwaardig excuus. Meestal om tijd door te brengen met een vriendin of minnares. Hij kon gewoon nog geen afscheid van Aude nemen. Hij wist niet wat er hierna zou gebeuren, maar hij had het gevoel dat er gisteravond iets belangrijks was voorgevallen. Hij was er nog niet klaar voor dat het voorbij was, hij wilde zo veel mogelijk tijd met deze vrouw doorbrengen. Het kon hem niet schelen dat Isabelle woedend zou zijn als hij weer opdook. Ze waren al jaren niet meer met elkaar naar bed geweest en gek genoeg vond hij dat dat hem het recht gaf op deze gestolen momenten met de vrouw op wier huisje hij gisteravond doorweekt en bebloed gestuit was.

Er verscheen een brede glimlach op haar gezicht. Zijn plan beviel haar wel, hoewel ze zich wel een beetje schuldig voelde. Hoewel hij zei dat het niet zo was, wist ze dat zijn vrouw zich zorgen om hem zou maken. Ze voelde zich echter niet schuldig genoeg om hem te zeggen dat hij weg moest gaan. Dat wilde ze niet en ze wist niet of ze het kon verdragen om hem nog een keer te zien wegrijden. Dit en het feit dat hij de val van de klif overleefd had, voelde als een geschenk. Misschien was het wel voorbestemd.

'Misschien een paar dagen,' zei ze, waarna ze haar trui over haar hoofd trok en haar volle borsten onthulde. Ze had geen beha aangetrokken toen ze zich vanochtend aankleedden. Haar lichaam was slank en gespierd en hij realiseerde zich dat hij niet wist hoe oud ze was. Hij wist niets over haar, behalve dat ze de mooiste vrouw was die hij ooit had gezien, dat hij dit nog nooit voor iemand had gevoeld en dat hij gek op haar was.

'Hoe oud ben je?' vroeg hij haar.

'Hoezo? Vind je me te oud?' vroeg ze bezorgd. Hij lachte. 'Te jong misschien, maar zeker niet te oud! Zelf ben ik drieënvijftig en ik wil alles over je weten.'

'Ik ben zesendertig,' zei ze behoedzaam. Zelf had hij haar tweeëndertig of drieëndertig geschat.

'Waar kom je vandaan? Waar ben je opgegroeid?'

'In Bordeaux, totdat ik naar de Beaux-Arts in Parijs ging om schilderkunst te studeren. Daar heb ik acht jaar gewoond.'

'Heb je altijd geschilderd?'

'Ja, al sinds ik een kind was.'

'Heb je broers of zussen?'

Ze schudde haar hoofd. 'Ik ben enig kind. Mijn ouders waren al wat ouder toen ze me kregen. Ze dachten dat ze geen kinderen konden krijgen, dus ik was een verrassing. Ze waren echt geweldige ouders. Ze waren allebei leraar.'

'Dat hebben we dan gemeen. Ik ben ook enig kind en mijn moeder was professor aan Sorbonne. Ze was een geweldige moeder. Mijn vader was een redelijk bekende schrijver. Ze stierven toen ik nog jong was.'

'Mijn ouders stierven in een brand in huis toen ik aan de Beaux-Arts studeerde. Hun kerstboom vatte vlam en ze konden nergens heen. Ze stierven op kerstavond. Ik heb hun huis verkocht en een tijdje van de opbrengst geleefd zodat ik aan de kunstacademie kon blijven studeren. Ik verkocht mijn werk aan een galerie in Parijs. Ze verkopen nog steeds werk voor me als ik geld nodig heb.'

'Heb je een relatie?' Hij slaakte een opgeluchte zucht toen ze haar hoofd schudde. 'Ben je ooit getrouwd geweest?'

Het duurde even voordat ze antwoordde. 'Ja,' zei ze eerlijk. Ze wilde niet tegen hem liegen. 'Ik ben na de dood van mijn ouders in Parijs getrouwd. Ze waren allebei enig kind, dus ik had geen andere familie. Ik was eenzaam en bang. Ik ontmoette Paul via vrienden op de Beaux-Arts. Hij was een verschrikkelijk persoon, maar ik was te jong om dat te beseffen. Hij was heel geslepen en loog veel. Hij was ook ontzettend jaloers; hij heeft me meerdere keren geslagen, alleen omdat ik met andere mannen praatte. Toen werd ik verliefd op een jongen met wie ik samen in Bordeaux op school had gezeten. Hij studeerde architectuur aan de Beaux-Arts. Hij was aardig en getalenteerd en een goed mens. Op een dag betrapte mijn man me met hem. Hij sloeg mij in elkaar en vermoordde hem.' Ze keek verdrietig terwijl ze haar verhaal vertelde. 'Hij is ervoor naar de gevangenis gegaan.' Fronsend hield Charlie haar hand vast terwijl hij naar haar luisterde. Het was vreselijk wat haar als jonge vrouw was overkomen, en dan was ze ook nog eens alleen op de wereld geweest, zonder familie om haar te beschermen. Ze leek zo kwetsbaar, zelfs nu nog. Fragiel en sterk tegelijk.

'Waar is hij nu?'

'Hij zit nog steeds in de gevangenis. Ik heb al jaren niets van hem gehoord. En ik ben verhuisd zodat hij me niet kan vinden als hij vrijkomt. Ik ben van hem gescheiden toen hij de gevangenis in ging. Ik verbrak het contact met iedereen die ik in Parijs kende, behalve met mijn galerie, en ben mijn leven hier opnieuw begonnen, waar niemand mijn verhaal kent. Ik schaamde me. Hij komt pas over een aantal jaar vrij. Hij is veroordeeld voor tien tot twaalf jaar en zit nu acht jaar vast, voor zover ik weet in een gevangenis in Réau.'

'Wat heb je veel meegemaakt, Aude. Mijn verleden is een stuk minder spannend. Ik ben opgegroeid in Parijs en heb een heel gewone jeugd gehad. Mijn moeder was een lieve vrouw en mijn vader was streng voor me. Hij wilde dat ik schrijver werd, maar daar had ik het talent niet voor, hoewel ik van boeken en lezen hou. Daarom koos ik ook voor een carrière als uitgever. Ik heb aan de HEC Paris gestudeerd,' een van de beste businessschools in Parijs, wist ze, 'en ben daarna gaan werken als uitgever en getrouwd met een meisje dat ik tijdens mijn studie ontmoette. Ze was grappig en slim en ik vond haar opwindend. Ze was stoutmoedig en zelfverzekerd, wat ik bewonderde. Ik denk dat we uit elkaar begonnen te groeien nadat de kinderen kwamen. Ze wilde een glamoureuzer leven dan ik haar kon geven of in geïnteresseerd was. Ik realiseerde het me toen niet, maar ze was verwend en verwachtte dat ik iemand was die ik helemaal niet wilde zijn. De eerste tien jaar ging het goed tussen ons en ik was dol op mijn baan in de uitgeversbranche, maar ik had nogal een opvliegend karakter en kreeg ruzie met mijn bazen over het soort boeken dat ze wilden uitgeven. Ze wilden erotische boeken gaan uitgeven en ik vond dat dat afbreuk deed aan de reputatie van de uitgeverij. Ik nam ontslag en kon twee jaar lang geen andere baan vinden. Het gerucht deed de ronde in de uitgeverswereld dat ik "moeilijk" was om mee te werken, en de twee jaar waarin ik werkloos was en we het financieel moeilijk hadden, betekenden bijna het einde van mijn huwelijk. Mijn vrouw maakte heel duidelijk dat ze me als een mislukking beschouwde, wat ook moeilijk was voor de kinderen. Ze waren toen nog jong, tien en zestien. Tegen de tijd dat ik een baan vond in een andere branche, was er niets meer over van ons huwelijk en had mijn vrouw een hekel aan me. Ze is er nooit overheen gekomen en ik ook niet. Ik realiseerde me toen wat voor persoon ze werkelijk is. We zijn inmiddels dertien jaar verder en het is veel te laat om ons huwelijk te herstellen. En dat willen we ook geen van beiden. Het is nu eenmaal niet anders.'

'Dat is een lange tijd om ongelukkig getrouwd te zijn,' zei ze zachtjes.

'Het went. Ik verwacht niet dat het nu nog zal veranderen, maar ik ben iemand die waarde hecht aan principes en tradities, dus ben ik gebleven.'

'Ben je weleens vreemdgegaan?' Ze wilde ook alles over hem weten.

'Ja.' Ze was eerlijk tegen hem geweest, dus wilde hij dat ook tegen haar zijn. 'Maar niet vaak, en het waren altijd korte flirts. Ik ben nooit met een andere vrouw naar bed geweest en ik ben nooit meer verliefd geworden. Ik dacht dat dat ook nooit meer zou gebeuren... tot gisteravond,' zei hij zachtjes, waarna hij haar kuste. Ze waren in korte tijd veel over elkaar te weten gekomen. Ze gingen terug naar haar slaapkamer en bedreven opnieuw de liefde, maar deze keer waren ze geen vreemden meer.

Naderhand gingen ze naar de keuken om iets te eten. Charlie keek verbaasd naar Aude toen hij zag dat de koelkast vrijwel leeg was. 'Eet jij niet?'

'Niet veel,' zei ze lachend. 'De koelkast is klein en ik doe alleen boodschappen als ik iets nodig heb. Ik kook niet graag voor één persoon.' Zijn blik viel op haar schilderijen. Ze waren prachtig; ze had duidelijk talent. Er stonden een paar stillevens tegen de muur, samen met een paar beklemmende schilderijen van de zee en een portret van een klein meisje met droevige ogen dat op haar leek. 'Dat ben ik als kind. Ik heb het een paar maanden geleden gemaakt.'

'Dat dacht ik al.'

'Ik heb geprobeerd er een van mijn moeder te maken, maar dat is niet erg goed gelukt. Portretten zijn lastig, maar ik zou er graag een van jou maken.'

'Ik denk dat we daar beter mee kunnen wachten tot mijn gezicht genezen is.'

Ze maakte een omelet voor hen voor de lunch, samen met een salade, die ze met brood en kaas verorberden. Ze deelden een perzik, genoten van een glas wijn en gingen daarna terug naar bed, waar ze de rest van de dag doorbrachten. Ze was van plan om de volgende dag met hem naar de boerenmarkt te gaan. Voor Charlie was het een perfecte dag, precies het leven dat hij altijd had willen leiden. Het was het tegenovergestelde van het leven dat hij nu al zoveel jaren leidde, met de grandeur van het chateau dat hij voor Isabelle had gekocht, hun chique appartement in Parijs, een baan waar hij een hekel aan had en kinderen van wie hij hield, maar die hij te weinig zag omdat ze volwassen waren. En een echtgenote die niet meer van hem hield, als ze dat überhaupt ooit had gedaan. Dit leven met Aude was alles waar hij altijd van gedroomd had, maar hij had zich wijsgemaakt dat het niet bestond om het lege leven dat hij leidde te kunnen verdragen.

Ze reden naar een strand in de buurt en wandelden lachend en pratend over het zand. Op de terugweg stopten ze bij een bistro in Vattetot-sur-Mer, waar ze een eenvoudige maaltijd aten. Hij schaamde zich dat hij haar moest laten betalen; hij was zijn portemonnee tijdens het ongeluk verloren en had geen contant geld of creditcards.

'Ik hou bij wat je allemaal betaald hebt en betaal je terug zodra ik weer geld heb. Ik ben je ook nog geld schuldig voor de gehuurde auto en de kleren die we vanmorgen hebben gekocht.' Het was moeilijk te geloven dat hij diezelfde morgen had geprobeerd haar te verlaten en erachter was gekomen dat hij dat niet kon. En het was nog moeilijker te geloven dat hij haar gisteravond pas had ontmoet. Hij was nog nooit zo op zijn gemak geweest bij iemand, of een vrouw gekend van wie hij zoveel hield. In vierentwintig uur tijd was zijn hele leven veranderd. Hij had zich nog nooit zo levend gevoeld. Aude betaalde voor het eten en ze reden terug naar het huisje, dat nu al als zijn thuis voelde.

# 4

Op zaterdagmiddag meldde iemand die door het gebied reed aan de lokale politie dat er een ongeluk leek te hebben plaatsgevonden. Er was geen teken van een voertuig en er was geen gewonde ter plaatse, maar er waren wel tekenen dat er een auto van de weg was geraakt en van de klif was gereden; er misten stukken van de weg en er leidden bandensporen over de rand van de klif. De bestuurder meldde het bij de politie en reed weer verder, en aangezien er niemand gewond was, namen die de tijd om het uit te zoeken. Ze hadden belangrijkere en dringendere dingen te doen. Er was een inbraak geweest in een aangrenzend dorp, een uur eerder was er ook al een ongeluk gemeld en eerder op de dag was er een dronkaard dood aangetroffen. Ze hadden hun handen vol en kwamen pas laat op de middag op de plaats van het vermeende ongeluk aan. Ze bestudeerden de bandensporen op de weg en keken met verrekijkers over de rand van de klif, waar ze onderdelen van de auto tussen de rotsen zagen liggen, onder meer de zijspiegel, die blonk in het zonlicht. Beide agenten slaakten bij het zien hiervan een vermoeide zucht.

'Hier is inderdaad een auto van de weg geraakt, maar hij is nergens te bekennen.' Ze waren het erover eens dat het voertuig het water in moest zijn gereden. Ze zouden duikers nodig hebben om ernaar te zoeken, en naar het lichaam dat erin vastzat, als het niet om meer dan één persoon ging. Er was de afgelopen vierentwintig uur niemand als vermist opgegeven, dus het moest iemand zijn geweest die op doorreis was. Het leek vreemd dat niemand het had gemeld, maar het was duidelijk dat niemand het ongeluk had zien gebeuren en er waren geen huizen in de buurt.

De politie belde de zeehavenpolitie, maar het was te laat op de dag voor hen om nog iets te doen. Ze beloofden zondagochtend een patrouilleboot met duikers te sturen. Het was inmiddels eb, maar de auto kon al een flink eind meegesleurd zijn. Het was akelig om zo'n zoektocht uit te moeten voeren. De politie had geen idee of er iemand uit de auto had kunnen komen. Met een beetje geluk zouden de duikers wat er nog over was van het voertuig en de eventuele inzittenden kunnen vinden. Maar dat zou tot morgen moeten wachten, zelfs als ze een lichaam zouden vinden dat aangespoeld was aan de kust, al waren daar tot nu toe nog geen meldingen van geweest.

De twee vissers die de portemonnee hadden gevonden waren te lang op de vismarkt gebleven om hun vangst te verkopen en besloten de portemonnee de volgende dag in te leveren. Het kon wachten. Het waren eerlijke mannen, dus hij was veilig bij hen.

In het chateau organiseerde Isabelle opnieuw een elegant etentje zonder Charlie. Ze verzon een smoes voor zijn afwezigheid om haar gasten niet van streek te maken. Alleen Stephanie wist dat Isabelle zich zorgen maakte. 'Denk je dat hij een affaire heeft?' fluisterde Isabelle tijdens het eten tegen haar. 'Of wat als hij een ongeluk heeft gehad en gewond is?'

'Je hebt alle ziekenhuizen gebeld en daar was hij niet,' stelde Stephanie haar vriendin gerust. 'Mannen zijn vreemde wezens. Misschien moest hij er gewoon even tussenuit. Martin heeft dat ook eens gedaan. Hij ging zonder iets te zeggen naar Monte Carlo om te gokken en kwam na drie dagen pas weer opdagen. Zo ben ik aan mijn saffieren ring gekomen,' zei ze glimlachend. 'De politie had het je inmiddels heus wel laten weten als hij een ongeluk had gehad. Jij bent immers zijn contactpersoon in geval van nood. Nee, hij is zich waarschijnlijk gewoon ergens aan het bezatten. Hij komt morgen vast wel weer opdagen als iedereen weg is. Je weet dat hij een enorme hekel heeft aan dit soort weekenden.'

'Hij had me op zijn minst kunnen bellen.' Isabelle was inmiddels zowel boos als bezorgd. 'Dit is zo egoïstisch van hem.' Ze was dan wel niet meer verliefd op Charlie, ze waren nog steeds getrouwd.

'Mannen zijn nu eenmaal egoïstisch. Die doen wat ze willen.'

'Je hebt gelijk. Er is helemaal niets met hem gebeurd, hij is gewoon een eikel,' zei Isabelle, meer om te rechtvaardigen dat ze boos op hem was dan omdat ze dat echt geloofde. Door helemaal niet op te komen dagen had hij haar in verlegenheid gebracht tegenover haar gasten.

'Precies,' stemde Stephanie in, die Charlie altijd al een eikel had gevonden.

Isabelle ging die avond boos op Charlie naar bed. Hij was nog nooit een heel weekend weggebleven. Ze hoopte dat het ook meteen de laatste keer was. Hun huwelijk was al slecht genoeg zonder dat hij er mysterieuze verdwijningen aan toevoegde. Ze was het zat om het hele weekend voor hem te moeten liegen. Er stond hem nog wat te wachten als hij eindelijk op kwam dagen. Ze hoopte dat hij geen ontslag had genomen of ontslagen was, dat kon ze niet nog een keer aan. Hun leven was eindelijk precies zoals ze het wilde. Nee, als hij zijn baan kwijt was, ging ze bij hem weg. Ze was zo boos dat ze de slaap niet kon vatten. Ze wist al precies wat ze tegen hem zou zeggen als ze hem weer zag, wat waarschijnlijk zondagavond in de stad zou zijn. Het leek haar onwaarschijnlijk dat hij dit weekend nog naar het chateau zou komen.

De patrouilleboot van de zeehavenpolitie arriveerde zondagochtend om negen uur bij de plaats van het ongeluk. Ze verwittigden de lokale politie in Vattetot toen ze begonnen met de zoektocht. Aanvankelijk was er in het ondiepe deel niets te zien, maar na twee uur vonden ze het voertuig toch. Het was verder meegesleurd door het tij dan ze hadden verwacht. De auto was leeg en het bestuurdersportier stond open. Het voertuig was duidelijk zwaar beschadigd door de val van de klif. De veiligheidsgordel zat los, wat betekende dat de bestuurder hem niet om had gehad of dat hij zich had weten te bevrijden. Het lichaam was nergens te bekennen en hoewel er een kleine kans bestond dat het ergens zou aanspoelen, was de kans veel groter dat ze het nooit zouden vinden. Het was duidelijk dat er geen overlevenden waren. Als die er wel waren geweest, had de politie dat inmiddels wel geweten. Mensen hielden een ongeluk als dit niet geheim als ze nog leefden.

De auto zou door een bergingsbedrijf naar de oppervlakte moeten worden gebracht. De duikers noteerden het kenteken, zodat de gegevens van de eigenaar konden worden opgezocht en de familie op de hoogte kon worden gebracht. De duikers waren rond het middaguur terug aan boord van de patrouilleboot, precies op tijd voor de lunch. Ze waren opgelucht dat ze geen lichamen naar de oppervlakte hoefden te brengen. Alleen de auto moest nu nog uit het water worden gehaald, maar dat was hun taak niet. Nadat ze de politie het kenteken hadden gegeven, was hun missie volbracht.

De twee vissers brachten Charlies portemonnee dezelfde ochtend naar het politiebureau op de terugweg van de kerk. Omdat niemand een gestolen portemonnee had gemeld, besloot de politie te wachten tot iemand hem kwam opeisen. Een verloren portemonnee was niet dringend. Ze legden geen verband met de auto die de duikers hadden gevonden. Aangezien niemand het ongeluk overleefd had, zouden ze de registratiegegevens maandag pas krijgen, wanneer de afdeling voertuigregistratie openging. Een jonge agent die avonddienst had bracht de kwestie wel ter sprake, maar het moest allemaal wachten tot maandagochtend. Er was niemand als vermist opgegeven, dus niemand was op zoek naar de bestuurder van het gezonken voertuig. Voorlopig bleef het een mysterie.

Isabelles weekendgasten vertrokken zondagmiddag na de lunch en bedankten haar uitvoerig voor het geweldige weekend. Diezelfde middag reed ze in haar eentje woedend terug naar de stad. Stephanie was terug naar Parijs gegaan met Edmond. Isabelle verwachtte dat Charlie in het appartement was, met een of ander slap excuus waarom hij niet was komen opdagen, en ze was van plan om hem eens flink de waarheid te vertellen omdat hij haar en hun gasten had laten zitten. Ze vond het niet erg om zonder hem etentjes te geven, maar een heel weekend zonder dat hij liet weten waar hij was en waarin ze smoesjes voor hem moest verzinnen was meer dan ze aankon.

Tot haar verbazing was Charlie niet in het appartement en lag er ook nergens een briefje van hem. Wat hij ook aan het doen was, hij was nog altijd niet thuisgekomen. Eerst maakte dat haar nog kwader, maar tegen de avond begon ze zich oprecht zorgen te maken. Ze belde Stephanie.

'Hij is nog steeds niet thuis. Ik denk dat er iets gebeurd is. Ik bel morgen de politie om hem als vermist op te geven.'

'Als er iets ergs was gebeurd, had de politie je al wel gebeld,' zei Stephanie, die Charlie nog steeds van overspel verdacht. Het feit dat haar vriendin zich geen zorgen maakte, kalmeerde Isabelle een beetje. Stephanie had gelijk, de politie zou haar gebeld hebben als er iets ergs was gebeurd, zoals een ongeluk. Isabelle wist het niet, maar ze was op weg naar huis langs de plek gereden waar Charlie van de weg was geraakt. Ze kon die nacht de slaap weer niet vatten en besloot dat ze morgenochtend eerst naar Charlies kantoor zou bellen om te zien of hij daar was komen opdagen. Als dat niet het geval was, zou ze alsnog de politie bellen.

Aude en Charlie gingen op zondag naar de boerenmarkt in Vattetot om boodschappen te doen en kookten die avond samen, maar het was duidelijk dat er Aude iets dwars zat.

'Wanneer ben je van plan terug te gaan?' vroeg ze uiteindelijk. Ze vond het belangrijk om dit te weten zodat ze zich erop kon voorbereiden. Ze hadden twee heerlijke dagen samen doorgebracht en geen van beiden wilde dat het eindigde, maar ze wist dat dat op een gegeven moment moest gebeuren. Hij had een leven waar hij terug naartoe moest, een vrouw en kinderen.

'Ik heb er veel over nagedacht,' zei hij. Toen hij gisterochtend terugkwam, had hij gezegd dat hij nog een paar dagen bij haar wilde zijn voordat hij voorgoed wegging, maar hij had nog niet genoeg tijd met haar doorgebracht. Hij wilde meer. 'Misschien over een paar dagen.'

'Kan dat zomaar? En je werk dan?'

'Ze kunnen wel een paar dagen zonder me.'

'En hoe zit het met je vrouw? Is het niet wreed om haar niets te laten weten? Ze maakt zich vast ontzettend veel zorgen om je.'

'Dat denk ik niet. Ik weet zeker dat ze een geweldig weekend heeft gehad met haar vrienden. Ze kan mijn bloed waarschijnlijk inmiddels wel drinken, maar ik weet zeker dat het haar geen zorgen baart dat ik al een heel weekend weg ben. Ik wil niet terug, Aude. Mensen verdwijnen zo vaak een tijdje en sommigen keren zelfs helemaal nooit meer terug.' Hij had die mogelijkheid ook overwogen, maar hij wilde Aude niet voor het blok zetten. 'Sommige mensen krijgen een kans als deze en laten hun oude leven achter zich.'

'Zou jij zoiets doen?' vroeg ze geschokt. 'Het lijkt me gewoon niets voor jou.' Ze wist inmiddels dat hij een verantwoordelijk persoon was, niet iemand die zomaar weg zou lopen uit zijn eigen leven, maar het was duidelijk dat hij zeer ongelukkig was met zijn vrouw en op zijn werk. 'En hoe zit het met je kinderen?' Hij sprak met zoveel trots en liefde over hen, ze kon zich gewoon niet voorstellen dat hij ze in de steek zou laten.

'Ik neem uiteindelijk wel weer contact met ze op. Ik kan er niet mee leven om ze nooit meer te zien. Ik wil gewoon meer tijd met jou, dat is alles. Ik kan nog niet terug. Dat wil ik niet.' Hij had een vastberaden uitdrukking op zijn gezicht die ze nog niet eerder had gezien. Dat was nieuw. Alles was op dit moment nieuw tussen hen. Ze hadden nog veel over elkaar te leren. 'Ik weet niet of ik terugga. Misschien is dit mijn kans om een nieuw leven op te bouwen.'

'Dat kun je niet als je daarmee mensen pijn doet. Dat is niet wie je bent.' Dat wist ze in elk geval zeker.

'Ik weet niet meer wie ik ben. Ik heb een ticket naar de vrijheid gekregen en dat wil ik gebruiken voordat iemand het afpakt en me weer opsluit in een kooi. Het leven dat ik leid betekent niets voor me. Dat leven heeft niets waar ik naar terug wil keren. Alles wat ik wil, bevindt zich hier.'

'Hoe zie je je leven hier dan voor je?'

Hij glimlachte om die vraag. 'Ik zou een baan kunnen zoeken. Ik weet veel van auto's, dus misschien zou ik in de garage van je vriend Armand kunnen werken.'

Ze hadden de auto die hij had geleend inmiddels teruggebracht. Hij had hem nu niet meer nodig. Hij ging nergens heen.

'Is dat wat je wilt? Automonteur worden?' Zijn antwoord verbaasde haar. Na wat hij haar had verteld over zijn opleiding, zijn baan en zijn verantwoordelijkheden leek een baan als automonteur haar niets voor hem.

Hij lachte om haar vraag. 'Wie weet. Het zou leuk kunnen zijn voor een tijdje.'

'Charlie, doe even serieus. Ik wil ook dat je blijft, maar het is nogal wat om je hele leven achter je te laten en de mensen die van je houden te laten denken dat je dood bent.'

'Ze hebben alles wat ze nodig hebben. Ik weet zeker dat Isabelle er de voorkeur aan zou geven. Mijn kinderen zouden een tijdje verdrietig zijn, maar ik zie ze nu ook nauwelijks. Ik laat ze uiteindelijk heus wel weten dat ik nog leef, maar ik wil gewoon nog niet terug naar

Isabelle en mijn werk. Ik wil hier bij jou blijven.' Voor het eerst in zijn leven voelde hij zich onverantwoordelijk en daar genoot hij ontzettend van. Het voelde vrij.

'Er zijn andere manieren om dat te doen,' zei ze hoofdschuddend.

'Dat weet ik, en misschien kies ik daar uiteindelijk ook wel voor, maar op dit moment wil ik gewoon verdwijnen en genieten van mijn tijd met jou. Vind je het goed als ik blijf?' Ze knikte. 'Ik ga weg als je dat wilt.'

'Ik wil niet dat je weggaat, maar ik wil ook niet dat je een puinhoop van je leven maakt.'

'Ik kan altijd zeggen dat ik aan geheugenverlies leed. Dat is niet gek als je van een klif bent gereden en je hoofd hebt gestoten.'

'Ga je iedereen echt laten denken dat je dood bent?'

'Ja, of in ieder geval voor een tijdje. Het gekke is dat ik me dankzij jou levendiger voel dan ik me in lange tijd heb gevoeld. Ik kan doen wat ik wil en dat voelt geweldig.'

'Zorg er dan ook voor dat je dat gevoel blijft houden. Ga terug naar je oude leven, neem ontslag en scheid van Isabelle. Ik geloof echt dat je beter eerlijk tegen ze kunt zijn. Dat is wie je bent.'

'Het is wie ik altijd ben geweest, maar nu wil ik gewoon een tijdje dood zijn. Dat maakt het leven veel eenvoudiger. Ik ben al verdwenen, dus alles wat ik moet doen is het pad blijven bewandelen waar ik me nu op bevind.' Ze zag dat hij meende wat hij zei. Dit was wat hij wilde. Ze vroeg zich echter wel af hoelang het zou duren, hoelang hij tevreden zou zijn met een eenvoudig leven met haar en een eenvoudige baan.

'Ik wil een ander leven dan ik had. Ik ben er nog niet uit hoe ik dat precies ga doen, en tot ik dat wel weet, blijf ik gewoon dood. Maar als je wilt dat ik wegga, moet je dat zeggen.' Hij wilde zich niet aan haar opdringen.

'Ik wil niet dat je weggaat, ik wil dat je blijft,' zei ze met een zachte, hese stem. 'Ik heb mijn hele leven op je gewacht. Ik wil je niet verliezen. Ik wil gewoon niet dat je iets doet waar je later spijt van krijgt.'

'Ik heb absoluut geen spijt van deze keuze. Ik ben nog nooit in mijn leven ergens zo zeker van geweest.' Ze glimlachte en hij sloeg zijn armen om haar heen. Hij mocht dan dood zijn, hij was nog nooit in zijn leven zo gelukkig geweest.

Op maandagochtend controleerde de politie in Vattetot-sur-Mer het kenteken van Charlies auto en werd duidelijk dat hij geregistreerd stond op naam van Charles Louis Vincent in Parijs. Er was een kantoornummer om naar te bellen, een privénummer en een adres. Dezelfde jonge agent controleerde de identiteitskaart in de portemonnee die de vissers hadden ingeleverd. De info kwam overeen met de gegevens die ze hadden achterhaald via het kenteken, waardoor het ineens een heel ander verhaal werd. Charles Vincent was duidelijk van de klif gereden, zat in de auto toen die in het water stortte, had daarbij zijn portemonnee verloren en was meegesleurd naar de open zee. Zijn lichaam was niet gevonden en dat zou waarschijnlijk ook nooit gebeuren, maar het was duidelijk dat hij tijdens het ongeluk was gestorven en dat zijn lichaam zich nu ergens in de oceaan bevond.

De politieagent betwijfelde of hij ooit gevonden zou worden. Zijn lichaam kon aanspoelen op de kust, maar het was onwaarschijnlijk dat dat zou gebeuren.

En nu moesten ze zijn vrouw bellen en haar op de hoogte brengen van de dood van haar man. Ze belden de politie van het 7e arrondissement, waar het echtpaar woonde. De agent die opnam beloofde binnen het uur agenten naar Isabelles appartement te sturen om haar het nieuws te vertellen. De lokale politie in Normandië benijdde hen niet om deze taak. Het verbaasde hen dat niemand Charles als vermist had opgegeven, maar misschien was hij nog niet lang genoeg weg om echt gemist te worden.

Om twee uur 's middags parkeerde de politieauto voor het gebouw aan de Champ-de-Mars. Er stapten twee agenten uit. Nadat de beheerder van het gebouw hen door de buitendeur binnen had gelaten, drukten ze op de intercom. Isabelle zag op het videoscherm dat er twee politieagenten voor de deur stonden en liet ze binnen. Ze had het vreselijke gevoel dat ze slecht nieuws kwamen brengen. Ze leidde hen naar de woonkamer en nodigde ze uit om te gaan zitten terwijl ze wachtte tot ze dat zouden doen.

Ze legden uit dat de auto van haar echtgenoot van de weg was geraakt en van de klif de zee in was gereden, en dat zijn lichaam naar alle waarschijnlijkheid uit de auto was gedreven en naar open zee was getrokken.

Ze vertelden haar dat het onwaarschijnlijk was dat ze het lichaam ooit zouden vinden, maar dat er geen twijfel over bestond dat haar man hetzij tijdens het ongeluk was overleden of naderhand was verdronken. Ze vonden het heel erg en bleven bij Isabelle tot ze weer een beetje tot zichzelf was gekomen. Ze was in shock. Charlie was dood. Waarschijnlijk was hij vrijdagavond overleden. De meer ervaren agent legde haar uit dat de politie een verklaring zou afgeven die de dood van haar man zou bevestigen, met het bewijsmateriaal dat voorhanden was. Omdat er geen lichaam was, zou ze de verklaring van de politie in de rechtbank moeten laten bevestigen. Daarna zou ze een overlijdensakte krijgen, waardoor zijn levensverzekering kon worden uitgekeerd, zijn testament kon worden uitgevoerd en zijn nalatenschap kon worden verdeeld onder zijn erfgenamen. De agenten verzekerden Isabelle ervan dat er geen twijfel over bestond dat Charles Vincent dood was. De rechtszitting zou slechts een formaliteit zijn zodat het testament kon worden uitgevoerd.

Isabelle had het gevoel dat haar wereld instortte. Ze had geen idee wat er in Charlies testament stond; of ze in staat zou zijn om het chateau te houden. Ze wist niet of hij een levensverzekering had en of ze de successierechten wel kon betalen. Ze besefte plots hoeveel ze niet wist. Ze was zo in shock dat ze nog niet eens gehuild had.

Nadat de politie vertrokken was, belde ze Stephanie.

'Hij is dood,' zei ze zodra haar vriendin opnam.

'Wie is er dood?' Stephanie begreep duidelijk niet wat ze bedoelde.

'Charlie. Hij is op weg naar het chateau van een klif gereden en verdronken. Hij is sinds vrijdag al dood.' Die gedachte maakte haar misselijk; terwijl haar man dood was, had zij een feestje gegeven.

'O mijn god. Nee, dat kan niet. Waarom heeft de politie je niet eerder gebeld?'

'Ze hebben zijn dood vanochtend pas kunnen bevestigen via de gegevens van de autoregistratie. De auto zelf ligt nog steeds op de oceaanbodem. Ik moet Charlies baas bellen. Steph, ik heb geen idee hoe ik dit moet doen. En wat als hij niet genoeg geld heeft nagelaten, of überhaupt niet aan mij? Dan kan ik alles verliezen.' Isabelle had pas net gehoord dat haar man dood was, maar ze dacht alleen aan haar eigen toekomst. 'Omdat ze zijn lichaam waarschijnlijk nooit zullen vinden, moet ik naar de rechtbank om de overlijdensakte te krijgen, die gebaseerd is op het politierapport.'

'Hij was een verantwoordelijke man. Hij laat je heus niet met niets achter,' probeerde Stephanie haar vriendin gerust te stellen.

'Het is andere mensen ook overkomen, dus het kan net zo goed met mij gebeuren.'

'Ik ben over tien minuten bij je. Probeer kalm te blijven, we komen er wel uit. En je moet het de kinderen vertellen voordat ze het van iemand anders horen.'

'Niemand weet het nog, behalve jij.' Isabelle staarde verdwaasd voor zich uit. Ze was te bang om te huilen. Het enige waar ze aan kon denken was het geld dat Charlie haar al dan niet had nagelaten en hoe het nu verder moest. Ze kon zich niet voorstellen hoe het moest zijn om van een klif te rijden en in de zee te verdwijnen, en dat wilde ze ook niet. Ze hoopte dat hij niet geleden had. En nu moest ze het aan hun kinderen vertellen. Ze had geen idee hoe ze de komende dagen door moest komen. Ze wilde boos op Charlie zijn, maar ze voelde geen woede. Ze voelde zelfs geen verdriet. Het enige wat ze voelde was angst, omdat haar toekomst in één klap onzeker was geworden.

# 5

Isabelle voelde zich verdoofd toen ze de deur opendeed om Stephanie binnen te laten. Ze arriveerde twintig minuten na Isabelles telefoontje en zag er net zo geschokt uit als de weduwe.

Het tweetal liep naar de woonkamer en ging zitten, precies op de plek waar de politie eerder had gezeten. Isabelle kon nog steeds niet begrijpen wat ze allemaal precies hadden gezegd. Ze vertelde Stephanie wat de politie haar had verteld, maar hoewel de woorden nu uit haar eigen mond kwamen, bleven ze lastig te geloven.

'Hij vertrok laat uit de stad,' zei ze zachtjes. 'De politie denkt dat hij achter het stuur in slaap gevallen moet zijn of om de een of andere reden de macht over het stuur verloren is. Toen hij eenmaal over de rand was, was hij ten dode opgeschreven.' Isabelle zag dat Stephanie haar vreemd aankeek, alsof ze niet geloofde wat haar vriendin zei.

'Wat is er?' vroeg ze nerveus. 'Ik vertel je wat de politie mij verteld heeft. Het is allemaal giswerk, behalve dat zijn auto van de klif is gestort. Ze konden duidelijk bandensporen zien in het zand en ze hebben zijn auto in zee gevonden. Het is dus niet moeilijk om te bedenken wat er met Charlie gebeurd is,' snauwde ze tegen haar vriendin, gestrest door alles wat er was gebeurd. 'Ze zeiden dat het zeker is dat hij dood is.'

'Ik had gewoon een vreemde gedachte,' zei Stephanie. 'Soms doen mensen alsof ze dood zijn. Ze gebruiken een kans als deze om uit hun eigen leven te stappen en ergens anders opnieuw te beginnen. Ik zeg niet dat hij dat gedaan heeft, maar het is een intrigerende gedachte. Of misschien was hij depressief en is hij opzettelijk van die klif gereden.'

'De politie vroeg ook al of ik dacht dat hij misschien suïcidaal was of dat hij in de financiële problemen zat.'

'En wat heb je tegen ze gezegd?'

'Dat hij nooit zelfmoord zou plegen. Hij hield te veel van mij en de kinderen om zichzelf van het leven te beroven en ons zonder hem achter te laten,' zei Isabelle heel stellig, alsof ze zichzelf probeerde te overtuigen.

'Misschien heeft hij het gedaan zodat hij even weg kan van zijn werk?' ging Stephanie verder.

'Dat is een walgelijk idee! Charlie zou zijn verantwoordelijkheden nooit ontlopen. Hij zou er nooit zomaar vandoor gaan, zelfs niet voor een paar dagen. Zo'n soort man was hij niet. En dat heb ik ook tegen de politie gezegd.'

'Wat denk jij dan dat er echt gebeurd is?' vroeg Stephanie haar vriendin botweg. 'Wat zegt je gevoel?'

'Mijn gevoel en hersenen werken op het moment niet,'

zei Isabelle met een zucht, 'maar ik denk dat het gebeurd is zoals de politie zei. Charlie is achter het stuur in slaap gevallen en van de klif gestort. Ik denk niet dat hij depressief was. Hij had geen enkele reden om zelfmoord te plegen of om zijn dood in scène te zetten en te verdwijnen. Hij was een gelukkig mens met een perfect leven. Hij hield van de kinderen en mij. We waren misschien niet meer smoorverliefd, maar we hadden een geweldig leven samen en hij had een fantastische baan. Hij had alles wat zijn hartje begeerde.' Isabelle klonk overtuigd, maar Stephanie deelde die overtuiging niet.

'Had hij echt alles wat zijn hartje begeerde? Jullie zijn al lang niet meer gelukkig samen en een baan in een speelgoedfabriek was nooit zijn droom. Hij was dol op zijn oude baan, maar daar verpestte hij zijn kansen omdat hij die driftbui kreeg. Je hebt zelf gezegd dat Charlie een nog grotere hekel had aan zijn huidige baas dan aan zijn vorige en voortdurend ruzie met hem had. Misschien had hij dat die vrijdagavond ook en was hij daarom laat. Misschien was het één ruzie te veel bij het werk waar hij een hekel aan had. Wie zou er soms niet uit zijn leven willen stappen? Het is de perfecte fantasie. Dat er iets gebeurt waardoor je gewoon kunt verdwijnen en al je problemen achter je kunt laten. Ik zie Charlie dat wel doen. Hij is geen vechter. Ik denk dat hij liever zou verdwijnen dan dat hij zou blijven om te vechten voor vrijheid en respect.'

'Ik respecteerde hem,' zei Isabelle verontwaardigd. Ze snapte niet wat haar vriendin zei of waarom. Stephanie was geen vriendelijke vrouw, ze kon soms hard zijn en nam geen blad voor de mond, vooral als het haar beste vriendin betrof.

'Deed je dat echt?' vroeg Stephanie, en Isabelles wangen werden rood. 'Ik vraag me af of hij daar hetzelfde over dacht.'

'Natuurlijk dacht hij daar hetzelfde over. Hij bereikte dertien jaar geleden een dieptepunt, maar daar kwam hij overheen en daarna wist hij een zelfs nog betere baan te bemachtigen.'

'Beter voor wie? Jij kreeg alles wat je wilde nadat hij die baan bij Jansen aannam, maar wat kreeg hij? Een betere titel en meer salaris. Jullie huwelijk is er nooit van hersteld, dat heb je zelf gezegd. Luister, ik weet niet wat er gebeurd is en jij bent zijn vrouw, dus jij kent hem beter dan ik, maar soms doen mensen rare dingen. Als hij uit de auto kon komen nadat die in het water belandde, had hij die mogelijkheid. Ik weet niet of hij daar gebruik van heeft gemaakt of niet, maar het zou kunnen. Had hij schulden?' Stephanie wist niet precies waarom, maar het maakte haar wantrouwig dat ze Charlies lichaam niet hadden gevonden. De politie had daar een logische verklaring voor gegeven, maar toch was ze niet overtuigd. Isabelle had echter geen twijfels. Ze geloofde de politie en het ergerde haar dat Stephanie in twijfel trok wat ze zeiden en in plaats daarvan met allerlei verontrustende theorieën kwam.

'Nee, hij had geen schulden,' zei ze tegen haar vriendin. 'Hij hield niet van gokken.'

'Vaak zijn het juist de eerlijke, respectvolle mannen die je het meest verbazen. Maar je hebt waarschijnlijk gelijk, Charlie zou jou en de kinderen nooit in de steek laten. Hij vond het altijd vreselijk om mensen teleur te stellen. Het was gewoon een interessante gedachte.'

'Dit is geen roman of tv-serie,' zei Isabelle geërgerd. 'Dit is het echte leven. Niemand met gezond verstand loopt zomaar weg van zijn gezin en carrière.' Het gebeurde misschien niet vaak, maar mensen deden het wel, dacht Stephanie. Vreemd genoeg vond ze het geen laffe daad, maar juist moedig. 'Dat zou hij de kinderen nooit aandoen,' zei Isabelle stellig.

'Dus wat gebeurt er nu?' vroeg Stephanie aan haar vriendin.

'Ik moet een uitvaart gaan regelen… en ik moet Jerome Jansen en de kinderen vertellen wat er is gebeurd. Ik blijf maar denken dat Charlie elk moment de kamer kan binnenlopen om me te vertellen dat het allemaal een vergissing was en hij alleen autopech had.'

'Ik ook,' gaf Stephanie toe. 'Het voelt gewoon nog niet echt. Het ene moment was hij er nog en nu ineens niet meer. En een uitvaart zonder lichaam is altijd vreemd.'

'Het is nog steeds mogelijk dat hij ergens op een strand aanspoelt, maar de politie zei dat dat onwaarschijnlijk is. Als hij meegesleurd is door de getijden zullen ze hem nooit vinden. Ik zal via de rechtbank dus een overlijdensakte moeten krijgen, op basis van het politierapport.'

Daarna belde Isabelle Jerome Jansen. Nadat ze hem had verteld dat Charlie was overleden, volgde er een lange stilte.

'Is het vrijdagavond gebeurd?' vroeg hij geschokt.

'Ze denken van wel, maar niemand heeft het zien gebeuren. Vissers hebben zaterdagochtend zijn portemonnee gevonden, dus het is daarvoor gebeurd. Hij zou in het weekend naar het chateau komen, want we hadden gasten, maar hij had een gesprek met jou dat uitliep, dus hij vertrok later dan waarschijnlijk zijn bedoeling was.'

'We hadden een meningsverschil over waarschuwingsstickers,' zei Jerome, die zich nu schuldig voelde. 'We hoefden ze niet per se op onze nieuwe trampolines te plakken, maar Charlie was bang dat er zonder die stickers kinderen gewond zouden raken. Hij was altijd overdreven voorzichtig. Weet de politie zeker dat hij is gestorven toen de auto van de klif stortte?'

'Ze zeiden dat hij het onmogelijk heeft kunnen overleven. De auto is zeker negen meter naar beneden gevallen, waarna hij de rotsen raakte en in zee belandde.' Ze waren allebei even stil terwijl ze het zich voorstelden. Het leek een vreselijke manier om te sterven. Isabelle hoopte dat Charlie niet lang geleden had.

'Ik vind het echt afschuwelijk, Isabelle. Kan ik iets doen om je te helpen?' bood Jerome aan.

'Had hij een pensioen?' vroeg ze hem botweg.

'Natuurlijk, maar geen nabestaandenpensioen. We hebben het er nooit over gehad, maar ik weet zeker dat hij een levensverzekering had, zodat je niet met lege handen zou achterblijven als hem wat overkwam.' Jerome wist dat Isabelle een dure levensstijl had en hoge verwachtingen koesterde jegens haar man. Charlie had een fortuin uitgegeven aan het chateau om haar tevreden en hun huwelijk overeind te houden. Jerome was er niet zeker van of dat gelukt was. Charlie had hem niet gelukkig getrouwd geleken. Hij had nooit begrepen waarom Charlie zoveel moeite deed om het Isabelle naar de zin te maken. Hij vond dat ze helemaal niet bij elkaar pasten, maar Charlie was iemand die alles overhad voor zijn vrouw en kinderen. 'Weet je wanneer de uitvaart is?'

'Ik heb er nog niets voor geregeld. Ik heb jou eerst gebeld. Ik heb het de kinderen nog niet eens verteld.'

'Bedankt dat je het me hebt laten weten. Ik ga hem vreselijk missen. Hij werkte me vaak op mijn zenuwen als hij met me in discussie ging, maar het was altijd in het belang van het bedrijf. Hij had het beste met ons voor, zelfs als ik het niet met hem eens was.' Isabelle had niet verwacht dat Jerome zo'n hoge dunk van haar man had. Ze had Charlies baas nooit gemogen. Ze vond dat hij gewoontjes was en slechte manieren had en ze wist dat Charlie dat ook vond. Maar het hoge salaris dat hij hem betaalde maakte veel goed – in haar ogen in ieder geval. 'Ik zie je op de begrafenis.'

Ze hing op en Stephanie overhandigde haar een glas wijn voordat ze de kinderen belde. Het was net zo moeilijk als ze had verwacht. Judith was er kapot van. Het was vroeg in New York en ze was nog niet naar haar werk vertrokken. Ze zei tegen haar moeder dat ze de eerstvolgende vlucht naar huis zou nemen. Ze verafgoodde haar vader en leek veel op hem. Net als hij was ze principieel, eerlijk, verantwoordelijk, betrouwbaar en had ze een goed hart. Olivier was net zo geschokt en maakte zich zorgen om zijn moeder. Hij zei dat hij onmiddellijk de Eurostar zou nemen en over een paar uur thuis zou zijn. Hij huilde toen ze het hem vertelde en Judith snikte zo hevig dat ze amper een woord kon uitbrengen. Ze kon zich haar leven niet voorstellen zonder haar vader om mee te praten en advies aan te vragen. Charlie sprak vaker met Judith dan met Olivier, die ouder en onafhankelijker was, maar hij zag geen van zijn beide kinderen vaak nu ze volwassen waren en in het buitenland werkten. Hun moeder spraken ze nog minder vaak. Charlie was warmer en toegankelijker. Hij wilde niet zo streng voor zijn kinderen zijn als zijn eigen vader voor hem was geweest en was daarom altijd liefdevoller voor ze geweest dan Isabelle. Zij vond dat haar taak als moeder erop zat toen ze achttien waren geworden en gingen studeren, maar Charlie beschouwde het vaderschap als een levenslange verbintenis. Nadat de kinderen het huis uit waren, was Isabelle altijd druk bezig met haar vrienden en een of ander project in het chateau, zoals de tuinen of een feestje dat ze aan het plannen was. Charlie maakte altijd tijd voor zijn zoon en dochter, hoe druk hij het ook had. En nu was hun liefdevolle vader en de stem der rede er niet meer. Ze zeiden het niet hardop, maar ze wisten allebei dat hun moeder een egocentrische vrouw was.

Charlie wist dit ook, en de gedachte dat hij zijn kinderen pijn deed was bijna genoeg voor hem om zijn fantasie op te geven en naar huis te gaan. Maar hij kon nog geen afscheid nemen van Aude. Hij was niet van plan om ze voor altijd in de steek te laten, maar voor één keer wilde hij zichzelf voorop stellen. Dat had hij in zijn hele leven nog nooit gedaan.

Het feit dat Jerome direct na zijn gesprek met Isabelle de productieafdeling belde en de waarschuwingsstickers waar hij en Charlie ruzie over hadden gehad annuleerde, zou Charlie niet verbaasd hebben. Daarna voelde Jerome zich beter. Maar hij ging Charlie desondanks missen. Hij was een slimme, fatsoenlijke, hardwerkende man geweest. Jerome vermoedde dat zijn weduwe niet lang om hem zou rouwen. Isabelle was geen vrouw die tijd verspilde. Jerome wist zeker dat ze opnieuw zou trouwen als ze een gewillige man kon vinden die rijk genoeg was, of misschien had Charlie haar zoveel geld nagelaten dat ze dat niet hoefde te doen. Nee, ze leek hem niet het soort vrouw dat lang om haar echtgenoot zou rouwen. Ze had haar chateau om mee te pronken en Jerome wist zeker dat ze nu nog meer van die grootse feestjes zou gaan geven waar Charlie altijd zo'n hekel aan had gehad. Er was immers niets wat haar nog tegenhield. Ze had zijn geld royaal uitgegeven toen hij nog leefde en zou dat ongetwijfeld blijven doen nu ze weduwe was. Het was vreemd dat Charlie er niet meer was. Maar zo ging dat nu eenmaal; het ene moment leefde je je leven, en het volgende moment was het in een oogwenk – en vaak zonder waarschuwing – voorbij, en alles wat je had geprobeerd te bereiken en wat je zo belangrijk vond, deed er niet meer toe. Ja, zo was het leven. Jerome, die tweeëntachtig was, was zich daar beter van bewust dan de meesten. Hij had een zoon, die in L.A. woonde en die hij een of twee keer per jaar zag, maar eigenlijk kende hij hem nauwelijks. Ze waren in de loop der jaren vreemden voor elkaar geworden. Een ongeluk als dat van Charlie zorgde ervoor dat je je afvroeg waar het leven nu echt om draaide en of het het allemaal wel waard was. Het was oneerlijk dat goede mensen soms jong stierven en de rotte appels het eeuwige leven leken te hebben. Hij was oud genoeg om te weten dat dat waar was. De goeden stierven vaak te jong.

Het deed zoveel dat hij een traan van zijn wang veegde voordat hij zijn kantoor uit liep. Hij was wel blij dat hij wat de waarschuwingsstickers betreft zijn zin had gekregen zonder dat hij er opnieuw over in discussie hoefde te gaan. Charlie had altijd fanatiek gestreden voor de zaken waarin hij geloofde en Jerome respecteerde dat. Nu moest hij op zoek gaan naar een andere CEO. Hij wist dat hij geluk had gehad dat Charlie zijn bedrijf elf jaar had geleid. Hij had goed werk geleverd en veel verbeteringen aangebracht, waar iedereen baat bij had en waardoor de waarde van het bedrijf exponentieel gestegen was.

Nadat Isabelle de kinderen had verteld dat hun vader was overleden, belde ze het uitvaartcentrum en de kerk. Ze legde uit dat er geen lichaam was en ze daarom geen kist hoefde. Ze zag het nut niet in van een symbolische lege kist en gaf de voorkeur aan een herdenkingsdienst. Het was al laat in de middag toen ze klaar was met het treffen van de voorbereidingen. Stephanie was inmiddels naar huis gegaan en Olivier kon elk moment thuiskomen uit Londen. Judith zou later die avond uit New York arriveren. Het voelde nog steeds onwerkelijk dat Charlie er niet meer was. Op weg naar haar badkamer liep Isabelle zijn inloopkast binnen, waar ze een tijdje naar zijn kleren staarde. Alles zag eruit alsof hij elk moment thuis kon komen. Ze was nog steeds zo geschokt dat ze zich verdoofd voelde. Ze had nog geen tijd gehad om met Charlies advocaat, Philippe Delacroix, te praten. Ze had het te druk gehad met het regelen van de dienst. Ze moest morgenochtend nog naar de bloemist bellen en de muziek voor de dienst uitzoeken. Het uitvaartcentrum zou het programma verzorgen en ze moest een foto van Charlie voor hen uitzoeken en met haar cateraar praten over de receptie bij haar thuis na de herdenkingsdienst.

Maar ze wilde vooral Charlies advocaat spreken. Ze was nieuwsgierig naar wat er in Charlies testament stond – of hij haar veel geld had nagelaten en of het chateau veilig was. Nu Charlie er niet meer was, moest ze aan zichzelf denken. Ze was de hele dag doorgekomen zonder te huilen, maar toen ze bedacht hoe kwetsbaar ze was nu Charlie er niet meer was om voor haar te zorgen, barstte ze in snikken uit. Niet om de man die ze had verloren, maar om de levensstijl waarvan ze vreesde dat hij die had meegenomen. Als ze die ook zou verliezen, zou ze die het meest van alles missen.

Terwijl Isabelle in de stad regelingen trof voor de dienst, reden Charlie en Aude in haar oude auto naar het dorp. Het kon haar niets schelen dat hij er niet uitzag. Hij deed het en dat was goed genoeg. Ze hechtte geen waarde aan uiterlijk. Ze leefde zuinig van wat ze met haar kunst verdiende. Charlie plaagde haar toen hij de conditie zag waarin haar auto verkeerde.

Hij wilde een nieuwe mobiele telefoon kopen en hij vond dat Aude er ook een nodig had. Hij kocht ze onder een verzonnen naam en gebruikte haar adres. De telefoon die hij kocht was niet erg hightech, maar dat vond hij niet erg. Hij was niet van plan hem veel te gebruiken, behalve als hij Aude moest bereiken als ze apart ergens heen gingen. Hij wilde voor beide telefoons betalen en zei dat ze het op de groeiende lijst moest zetten van dingen die hij haar terug ging betalen zodra hij weer wat geld had. En er was maar één manier om dat voor elkaar te krijgen: door een baan te zoeken.

Hij liep de garage in terwijl Aude naar het postkantoor ging om wat schetsen naar de galerie in Parijs te verzenden. Hij glimlachte ontspannen toen hij haar twintig minuten later weer zag.

'Vanwaar die trotse glimlach?' vroeg ze hem.

'Ik heb een baan! Armand heeft me aangenomen voor drie dagen per week en misschien krijg ik er een vierde dag bij als mijn werk hem bevalt,' zei hij trots.

'Zomaar? Dus nu ben je automonteur?' vroeg ze geamuseerd.

'Ja. Je kunt me niet eeuwig onderhouden en ik weet veel van auto's, vooral van oude,' zei hij, waarna hij zijn armen om haar heen sloeg en haar kuste. Ze was nog nooit samen met een man geweest die er waarde aan hechtte om haar financieel te ondersteunen. De vorige mannen in haar leven hadden alleen maar misbruik van haar gemaakt, hoe weinig ze ook had. Charlie was echter heel anders; hij wist dat ze het geld dat ze zo gul aan hem uitgaf zelf nodig had. 'Ik begin morgen.

Armand betaalt me contant, dus zodra ik het geld heb, kan ik je terugbetalen.' Het kwam Charlie wel goed uit dat Armand hem contant betaalde. Hij wilde niet dat er een spoor naar zijn huidige verblijfplaats zou kunnen leiden of dat iemand wist dat hij nog leefde. Aude had aangeboden om hem te helpen, maar hij wilde niet dat ze nog meer moeite voor hem deed dan ze al had gedaan. Hij wist dat ze het geen probleem vond, maar hij vond het geen prettig idee dat hij haar geld schuldig was dat ze voor zichzelf nodig had.

Ze gingen terug naar haar huis om te koken. Hij was graag met haar in de bistro in het dorp gaan eten, maar tot de schrammen op zijn gezicht genezen waren, leek hem dat niet verstandig, voor het geval mensen twee en twee bij elkaar zouden optellen en erachter kwamen wie hij was. Of zich afvroegen waarom zijn gezicht zo gehavend was.

Ze brachten samen een rustige avond door en Charlie probeerde niet te denken aan wat er op dat moment in Parijs gebeurde. In de garage had hij opgevangen dat zijn auto was gevonden en geïdentificeerd, dus hij nam aan dat de plannen voor zijn begrafenis al in gang waren gezet en dat Isabelle de kinderen had verteld dat hun vader een dodelijk ongeluk had gehad. Hij huiverde toen hij zich hun reactie voorstelde. Judith was waarschijnlijk radeloos van verdriet. Hij had haar altijd beschermd en nu was hij er niet, en daar voelde hij zich immens schuldig over. Hij haatte het dat hij degene was die zijn kinderen pijn deed, maar het veranderde niets aan zijn beslissing om zijn oude leven achter zich te laten en opnieuw te beginnen. Er kwamen veel verschillende emoties kijken bij het beginnen aan een nieuw leven en het loslaten van het oude.

Hij stelde zich Jeromes reactie voor toen Isabelle hem belde. Hij wist zeker dat zijn voormalige baas de waarschuwingsstickers waar Charlie zo hard voor had geknokt meteen had geannuleerd nadat ze contact met hem had opgenomen.

Het was morbide, maar Charlie was benieuwd wat voor begrafenis Isabelle voor hem zou regelen. Hij vermoedde dat het een pompeus, opzichtig en traditioneel gebeuren zou worden, wat indruk zou maken op de mensen die belangrijk voor haar waren, maar niet betekenisvol of representatief voor hem zou zijn. Zelf gaf hij de voorkeur aan iets eenvoudigs, iets wat meer leek op het leven dat hij nu leidde. Bij toeval had hij een pad gevonden dat hij wilde volgen, in tegenstelling tot het pad dat hij jarenlang had bewandeld, waarbij het er vooral om ging wat Isabelle wilde of geschikt vond, met weinig tot geen oog voor wie hij was of wat hij belangrijk vond.

Hij vroeg zich nu af of Isabelle hem eigenlijk wel kende en of ze dat überhaupt had gewild. Hun hele leven had om haar gedraaid en hij had zich altijd aan haar aangepast. Hij had er spijt van dat hij altijd zo bereid was geweest om zijn eigen behoeften op te geven ten gunste van die van haar. Hij vroeg zich af waarom hij er altijd van overtuigd was geweest dat haar behoeften belangrijker waren dan die van hem.

Het eenvoudige leven dat hij nu met Aude had, paste zoveel beter bij hem dan de dingen die hij eerder zo belangrijk had gevonden. Het voelde alsof hij uit een gevangenis was bevrijd en hij kon zich moeilijk voorstellen dat hij terug zou kunnen of willen gaan naar zijn oude leven.

Charlie sliep die nacht vredig. De volgende ochtend stond hij vroeg op en gekleed in een spijkerbroek en een overhemd dat Aude voor hem had gekocht was hij net koffie aan het drinken en toast aan het maken toen ze slaperig de keuken binnenwandelde. Ze zag er prachtige uit met haar warrige lange blonde haar en haar onschuldige gezicht. Ze droeg een van haar oude shirts en haar lange benen waren bloot en verleidelijk.

'Jij bent vroeg op. En je bent zelfs al aangekleed,' zei ze terwijl ze ging zitten en hij haar de sterke koffie aanreikte die ze graag dronk, alsof ze dat al jaren deden.

'Ik ga naar mijn werk,' zei hij glimlachend.

'Bij de garage? Meende je dat serieus?' vroeg ze verbaasd. Ze kwam er steeds weer achter dat er meer in Charlie schuilging dan het oog verraadde.

'Natuurlijk. Armand heeft hulp nodig en ik was vroeger best goed in het repareren van motoren en het werken aan oude auto's.' Ze had er bewondering voor dat hij een nieuw leven probeerde op te bouwen en een baan had aangenomen die zo ver beneden zijn niveau lag, en hij leek er echt zin in te hebben. 'Het wordt vast leuk.'

'Ga maar met mijn auto,' zei ze, wat haar een kus als bedankje opleverde. Een paar minuten later vertrok hij, en ze hoorde hoe haar oude auto over de zandweg langs haar huis naar het dorp reed.

Ze keek naar haar laatste schilderij en besloot ermee

aan de slag te gaan. Ze had een idee voor iets wat ze eraan wilde toevoegen en vond het fijn dat ze kon werken zonder de verleiding om de hele dag met Charlie in bed door te willen brengen. Ze probeerden samen uit te vinden wat normaal was in het nieuwe leven dat ze aan het opbouwen waren. Charlie zei dat hij wilde blijven, maar dat vond ze moeilijk te geloven. Ze was bang dat hij op een dag zou besluiten dat hij toch terug wilde gaan naar zijn oude leven. Ze kon zich niet voorstellen dat hij voor altijd, of zelfs maar voor een tijdje, in haar leven zou blijven. Alles aan dit leven was vreemd voor hem, behalve zij. Hij zei dat het voelde alsof hij haar al zijn hele leven kende, en zij deelde dat gevoel. De dagen en nachten die ze deelden waren magisch.

Hij dacht aan haar op weg naar zijn werk. Het voelde opwindend om straks weer naar haar terug te gaan, na een dag met zijn handen gewerkt te hebben. Hij had altijd interesse gehad voor projecten waarbij je aan het einde van de dag kon zien wat je bereikt had. Bij de garage hoefde je geen jaar te wachten voor je een prototype zag, of om het te testen en goed te keuren, waarna het soms nog wel twee jaar duurde voor het product daadwerkelijk gemaakt werd. Nee, bij het werk in de garage zag je het resultaat vrijwel gelijk, wat veel meer voldoening gaf.

Armand wachtte op hem in de garage, blij om hem te zien. Hij keek ernaar uit om gezelschap te hebben terwijl hij werkte en niet alle werklast in zijn eentje te hoeven dragen. Hij had vier dochters, maar helaas geen zoon die zijn bedrijf kon overnemen. Gelukkig was Audes nieuwe vriend op zoek naar een baan. Hij wist niet hoelang hij zou blijven, maar hij was blij met alle hulp die hij kon krijgen. Charlie leek hem een slimme kerel en hij zei dat hij verstand had van auto's. Armand was benieuwd of dat slechts grootspraak was of dat hij echt wist wat hij deed. Veel mannen zeiden dat ze verstand hadden van auto's, maar vaak bleken ze het sleutelen eraan als niet meer dan een hobby te beschouwen. Armand legde duidelijk uit wat hij van hem verwachtte en nadat Charlie een overall had aangetrokken en een gereedschapskist had gepakt, ging hij aan de slag.

Armand kwam een paar keer kijken hoe het ging en tegen lunchtijd was hij onder de indruk. Charlie wist wat hij deed, praatte niet veel en had een probleem gevonden dat Armand zelf over het hoofd had gezien.

'Goed werk,' zei hij goedkeurend, waarna ze de straat overstaken om te lunchen. Normaal gesproken nam Armand eten van thuis mee, maar vandaag was hij dat vergeten. Ze betaalden elk voor hun eigen lunch en gingen een uur later weer aan het werk. Charlie hield er duidelijk niet van om tijd te verspillen. Aan het eind van de middag kwam er een dieplader aanrijden, met daarop het wrak van een auto. De mannen die het wrak hadden gebracht vroegen waar ze het ding moesten laten en Armand wees hen de weg naar een plek achter de garage. Charlie herkende het wrak meteen als zijn auto.

'Hier valt niets meer aan te redden. De politie zei dat we hem hierheen moesten brengen,' zeiden ze tegen Armand. Charlie keek weer naar het wrak en realiseerde zich voor de zoveelste keer hoeveel geluk hij had dat hij nog leefde.

'Er kunnen geen overlevenden zijn geweest,' zei Armand. Charlie sprak zijn baas niet tegen en vertelde ook niet dat de auto van hem was. 'Het is in het weekend gebeurd. De duikers van de zeehavenpolitie hebben het wrak op de bodem van de zee gevonden, maar het lichaam van de bestuurder is waarschijnlijk meegesleurd door de stroming.' Armand merkte op dat hij weleens ergere wrakken had gezien, maar niet veel. Daarna gingen ze weer aan het werk, en hij zei tegen Charlie dat ze het wrak naar het autokerkhof tachtig kilometer verderop moesten brengen en dat ze daar een vrachtwagen voor zouden moeten lenen.

Aan het eind van de dag bedankte Armand hem voor een goede dag werk en Charlie zei dat hij hem morgen weer zou zien. Onderweg naar huis stopte hij om een krant te kopen, die hij opensloeg bij de overlijdensadvertenties. Daar zag hij die van hem meteen, met een tien jaar oude foto van hem erbij, in pak en met een stropdas. Hij wist nog dat de foto was genomen tijdens een congres in New York dat hij met Jerome had bezocht, ongeveer een jaar nadat hij voor hem was gaan werken. Het was een foto van een serieuze zakenman, maar hij was die persoon niet meer. Hij keek naar het gezicht van een vreemdeling; iemand die hij niet eens zou willen kennen, laat staan dat hij hem zou willen zijn. Het was een overblijfsel uit een ander leven. Hij nam de krant mee om hem te lezen als hij thuis was bij Aude.

Toen hij het huisje binnenliep, zag hij dat ze geconcentreerd in de keuken stond te werken aan het schilderij waar ze sinds vanochtend mee bezig was geweest. Ze leek tevreden met het resultaat. Er verscheen een brede glimlach op haar gezicht zodra ze hem zag.

'Hoe was het op je werk?' Ze klonk als een moeder die hem naar school vroeg.

'Geweldig.' Hij keek net zo blij als zij. Hij vertelde haar niet dat ze het wrak van zijn auto naar de garage hadden gebracht. Hij liet de krant op de keukentafel vallen en ze sloeg haar armen om hem heen en kuste hem. 'Alhoewel ik bij nader inzien beter hier bij jou had kunnen blijven,' zei hij terwijl hij zijn neus in haar nek drukte. Hij dacht pas weer aan het overlijdensbericht dat hij wilde lezen nadat hij met haar naar bed was geweest en ze aan het bedenken waren wat ze wilden eten. Toen zijn oog weer op de krant viel, zag hij dat er ook een artikel over hem op de voorpagina stond: een nieuwsbericht dat een gerespecteerde CEO zondag was omgekomen bij een ongeluk aan de Normandische kust.

Hij las zowel het artikel als het overlijdensbericht terwijl Aude aan het eten begon. Ze aten bloedworst, verse snijbonen van de boerenmarkt en brie met vers stokbrood. Hij gaf haar de krant en ze las de litanie van zijn prestaties.

'Heel indrukwekkend,' zei ze zachtjes. 'Ben je er blij mee?'

'Niet echt,' gaf hij toe. Dat antwoord verbaasde haar niet, de blik op zijn gezicht sprak boekdelen. 'Niets van dat alles doet ertoe. Het lijkt allemaal zo onbelangrijk. Het zegt niets over wie ik was als persoon. Ik had mijn vrouw kunnen slaan of mijn kinderen kunnen mishandelen en nog steeds dezelfde dingen kunnen bereiken. Er is niets menselijks aan, niets persoonlijks of echts. Het klinkt voor mij als een verspild leven, niets om trots op te zijn.'

'Je hebt in elk geval wel de voorpagina gehaald,' zei ze grijnzend.

Met een wrange grijns haalde hij zijn schouders op. 'Daar heb je gelijk in. En alles wat ik ervoor moest doen was van een klif rijden en in zee belanden... en jou vinden.' Glimlachend kuste hij haar. 'Dat is pas nieuwswaardig. De rest... Het is alsof je een cv leest... Het is allemaal al eerder gedaan en je hoeft geen goed mens te zijn om het te doen.' Het maakte Charlie er nog zekerder van dat het de juiste beslissing was geweest om niet terug te keren naar zijn oude leven. Het was de beste beslissing die hij ooit had genomen en het enige waar hij geen spijt van had. Het lezen van de samenvatting van zijn leven in de krant maakte het veel makkelijker om het achter zich te laten.

# 6

Charlies uitvaart, die werd gehouden in de Sainte Clotilde-basiliek, was zoals iedereen had verwacht. De kerk zelf, die in het chique 7e arrondissement stond, was een plek waar veel rijke mensen op zondag een dienst bijwoonden, trouwden, hun kinderen lieten dopen en begraven werden. Isabelle kende een van de priesters, dus ondanks het feit dat Isabelle en Charlie niet vaak naar de kerk gingen, was het geen probleem dat de dienst in de basiliek gehouden werd.

Isabelles vader was geschokt en bedroefd door het plotselinge verlies van de respectvolle schoonzoon die zijn verplichtingen altijd was nagekomen. Charlie was niet zo succesvol geworden als hij had gehoopt, maar hij had zijn mislukking in de uitgeverswereld goedgemaakt met zijn lucratieve baan bij Jansen Plastics en hij had altijd goed voor zijn dochter gezorgd. Hij vond het vreselijk voor haar dat ze zo jong weduwe was geworden, maar Charlie had haar een flink vermogen en het chateau nagelaten, dus hij wist zeker dat ze snel een geschikte tweede echtgenoot zou vinden. Misschien zelfs een betere; een rijkere man met meer invloed, die een groter stempel op de wereld wilde drukken dan Charlie had gedaan. De lat lag in elk geval erg hoog.

Op de uitvaart vervulde Isabelle haar rol van rouwende weduwe met verve. Ze droeg een zwart Chanelpak, dat ze samen met Stephanie had uitgezocht, en een chique zwarte hoed die Stephanie haar had geleend. Judith droeg een eenvoudige zwarte jurk die ze van haar moeder had geleend en Olivier droeg een zwart pak dat hij in het appartement van zijn ouders had laten liggen omdat hij het verder nooit aanhad. De naaste familie zag er somber en ingetogen uit in de voorste kerkbank van Sainte-Clotilde, met driehonderd rouwenden achter hen, die stuk voor stuk geschokt waren door de ontstellende omstandigheden die een einde hadden gemaakt aan Charlies leven op drieënvijftigjarige leeftijd.

Judith had het donkere haar en de ogen van haar vader en het slanke figuur van haar moeder. Ze zou later ongetwijfeld uitgroeien tot een mooie vrouw, maar zag er nu nog uit als een schoolmeisje in de serieuze zwarte jurk die iets te groot voor haar was. Ze huilde gedurende de hele dienst en hield haar broers hand stevig vast. Stephanie zat bij hen in de voorste kerkbank, aan Isabelles andere kant. Olivier probeerde een waardige indruk te maken, hij was nu immers het gezinshoofd. Hij had drie dagen vrij genomen van zijn baan in Londen om er voor zijn moeder en zus te zijn en zou als kistdrager hebben gefungeerd als er een kist was geweest. Zijn grootouders en ooms en tantes zaten in de kerkbank achter Isabelle en haar kinderen. Olivier en Judith kenden de familie van hun moeder nauwelijks omdat ze hen vrijwel nooit zagen. Charlie mocht sommigen wel, maar hij had nooit de moeite genomen om echt goed contact met ze te onderhouden. Daar had hij het te druk voor gehad.

Alles aan de dienst was gepast. De priester sprak over Charlies succesvolle carrière en het gezin dat hij had achtergelaten; zijn liefhebbende vrouw, zijn lieve dochter en een zoon die in de voetsporen van zijn vader trad en hem ongelooflijk trots maakte. Maar verder wees niets erop dat hij erg gemist zou worden, op de verdrietige blik op het gezicht van zijn dochter na. Isabelle straalde gedurende de hele dienst waardigheid uit en de korte sluier die van haar elegante hoed afhing maakte het onmogelijk om haar gezicht te zien. Ze zag er mooi uit, beheerst en chique, wat Charlie niet zou hebben verbaasd. Hij zou niets minder van haar hebben verwacht en hij zou nog minder verbaasd zijn geweest over het gebrek aan warmte van de dienst, dat perfect weerspiegelde hoe Isabelle het had georganiseerd. De enorme witte bloemstukken, die geleverd waren door een van de beste bloemisten in Parijs, waren prachtig, maar waren eigenlijk geschikter voor een bruiloft dan voor een uitvaart. Niets aan het geheel voelde persoonlijk. Het was de uitvaart van een succesvolle zakenman die weinig verschil had gemaakt, behalve voor het handjevol mensen dat hem echt kende.

Jerome Jansen zat in de kerkbank achter Isabelles ouders, zussen en hun echtgenoten. In de kerkbanken achter hen zaten Isabelles vrienden en een paar vrienden van Charlie, voornamelijk uit zijn tijd in de uitgeverswereld, waar hij geliefd en gewaardeerd was en gemist werd toen hij vertrok. Nee, er was niets memorabels aan Charlies uitvaart. Naderhand ging bijna iedereen naar zijn appartement voor een al even elegante receptie, die ook tot in de puntjes verzorgd was door Isabelle. Er had geen enkele vriend van Charlie op de uitvaart gesproken. Isabelle wilde dat niet, omdat ze dan niet kon voorspellen of controleren wat er gezegd zou worden. Judith was te erg van streek om een stukje uit de Bijbel te lezen, Olivier deed het liever niet als zijn zus het niet deed en omdat Isabelle de weduwe was, was het voor haar niet gepast om te spreken.

Alles verliep vlekkeloos en nadat de laatste gasten vertrokken waren, ging Judith naar haar kamer om even te gaan liggen. Olivier had afgesproken met wat vrienden en Isabelle liet zich uitgeput in een stoel vallen. Stephanie was echter gretig naar een goede roddel. Ze had tijdens de dienst verschillende mannen opgemerkt die interessant zouden kunnen zijn voor Isabelle.

Het was het einde van een hoofdstuk. Het boek over Charlies leven was stilletjes gesloten, op een waardige manier, zoals het hoorde, hoewel dan misschien niet op de warme manier die hij had gewild. Ondanks Charlies plotselinge dood was zijn uitvaart niet ontroerend of emotioneel geweest, en dat was precies Isabelles bedoeling. Ze had een hekel aan sentimentele uitvaarten waarbij iedereen huilde en zichzelf te kijk zette, en ook dat zou Charlie helemaal niet hebben verbaasd. Hun leven samen was niet teder of emotioneel geweest, dus waarom zou zijn uitvaart dat wel zijn als die volledig door haar was georganiseerd? Judith had de dienst waarschijnlijk graag wat persoonlijker gemaakt, maar ze was te jong om te weten hoe ze dat moest doen en Isabelle hechtte geen waarde aan haar mening. Het was een van de vele redenen waarom ze een hechtere band had gehad met haar vader.

'Het was in alle opzichten perfect,' prees Stephanie haar vriendin. De uitvaart was zelfs geslaagder dan Isabelles feestjes, die ook altijd perfect waren. Isabelle had met haar kritische blik op elk detail gelet. Ze zag er moe maar beheerst uit toen een van de bedienden hun elk een glas champagne bracht. De champagne maakte dat het een beetje op een feestje leek, maar de priester die had geofficieerd had de dienst een viering van het leven genoemd, dus het voelde gepast. 'Charlie zou het prachtig hebben gevonden,' zei Stephanie nadat ze een grote slok van haar champagne had genomen. Ze had tijdens de receptie ook al champagne gedronken, maar ze was nog steeds nuchter en snakte naar een goede roddel.

'Nee, hij zou het vreselijk hebben gevonden,' zei Isabelle schouderophalend. 'Hij zou het te formeel hebben gevonden en hij had een hekel aan de meeste mensen die er waren. Ik heb vooral mijn eigen vrienden uitgenodigd zodat ze me konden steunen. Charlie en ik hebben nooit dezelfde vriendenkring gehad. Hij zeurde altijd dat dingen "betekenisvol" moeten zijn, maar ik vond het belangrijker dat het er goed uitzag, want anders zijn uitvaarten zo deprimerend.'

'Heb je gezien dat de minister van Binnenlandse Zaken er was?' vroeg Stephanie. Hij was een heel belangrijke en knappe man, maar ook gelukkig getrouwd en dus geen geschikt doelwit voor de twee vrouwen.

'Charlie hielp hem met de publicatie van zijn boek toen hij nog bij de uitgeverij werkte. Hij zei altijd dat hij hem aardig vond, maar hij kende hem niet heel goed. Het verbaast me dat hij gekomen is.' Tijdens de dienst hadden er een paar belangrijke mensen in de menigte gezeten die een meer eclectische kant van Charlie lieten zien die Isabelle altijd had verkozen te negeren. Ze had ze nooit uitgenodigd op haar feestjes op het chateau, hoewel ze de minister van Binnenlandse Zaken wel een keer had gevraagd voor een etentje. Hij had haar uitnodiging afgeslagen, maar hij was dus wel naar de uitvaart gekomen.

'Het is nu gelukkig achter de rug,' zei Isabelle opgelucht. 'Mijn vader gaat een grafsteen laten maken voor ons familiegraf, met niets eronder natuurlijk, tenzij ze hem vinden. Het is aardig van hem dat hij dat voor zijn rekening wil nemen en op die manier hoef ik het niet te doen. Ik wil dit gewoon achter me laten. Ik moet nog een tijdje wachten, maar ik wil in de herfst wat feestjes geven in het chateau om de boel weer op gang te krijgen. Ik kan niet eeuwig blijven treuren,' zei ze, terwijl ze van haar champagne nipte.

'Natuurlijk niet,' was Stephanie het met haar vriendin eens. Charlie was toen pas vijf dagen 'dood' en beide vrouwen zouden geschokt zijn geweest als ze hem in een overall hadden zien werken als automonteur in een piepklein dorpje in Normandië, slechts enkele uren verderop. 'Charlie zou dat ook niet gewild hebben.' Er verscheen een onheilspellende glimlach op haar gezicht. 'Je bent nu vrij. Je kunt doen wat je wilt.' Charlies testament was niet zo gunstig geweest als Isabelle had gehoopt. Hij had hun appartement in Parijs aan de kinderen nagelaten, maar Isabelle kon het gebruiken tot ze hertrouwde. Hij had haar het chateau nagelaten, omdat hij het haar cadeau had gedaan als compensatie voor de twee moeilijke jaren waarin hij werkloos was geweest. Hij had het haar echter nagelaten onder de voorwaarde dat de kinderen er vrijelijk gebruik van konden maken, samen met hun gezinnen als ze die eenmaal hadden. Daar was ze niet blij mee en ze vermoedde dat het haar later mogelijk zou kunnen hinderen als ze besloot te hertrouwen. Ze had als ouder haar verantwoording genomen, maar ze was niet warm of liefdevol, en ze wilde hen en hun vrienden niet in de buurt van haar chateau hebben. Dat hoorde gevuld te zijn met elegante, stijlvolle mensen, niet de kameraden van haar kinderen. Het was geen speelplaats en bovendien was het van haar. Nu meer dan ooit.

Charlie was wettelijk verplicht om twee derde van zijn fortuin na te laten aan hun kinderen, maar in plaats daarvan had hij ervoor gekozen om driekwart aan hen na te laten en een kwart aan Isabelle. Het zou tijd kosten om zijn beleggingsportefeuille te evalueren en te bepalen hoe alles verdeeld zou worden tussen haar en de kinderen. Zijn contant geld was voor Isabelle en hetzelfde gold voor de inboedel van hun huizen, maar als de kinderen iets wilden hebben, hadden ze het recht om dat aan zijn advocaat kenbaar te maken. Al met al had hij alles heel eerlijk verdeeld. Het meeste ging naar zijn zoon en dochter, maar hij had Isabelle ook veel nagelaten. Ze zwom niet langer in het geld zonder zijn salaris, maar ze had genoeg geld om het chateau te kunnen houden als ze voorzichtig was. Ze kon altijd de beleggingen die Charlie haar had nagelaten verkopen en als ze meer nodig had kon ze hertrouwen of het chateau verkopen. Haar levensstijl vereiste echter een rijke en succesvolle man die haar kon onderhouden en Charlie had haar de laatste jaren zo verwend om de gevoelens te compenseren die ze niet meer voor elkaar hadden dat ze niet wist hoe ze 'voorzichtig' moest zijn.

Alles draaide voor Isabelle om geld. Het was hoe ze Charlies liefde voor haar interpreteerde. Hij had haar gerespecteerd als zijn vrouw en de moeder van zijn kinderen, maar zelfs in zijn testament was het duidelijk dat ze geen diepe gevoelens meer voor elkaar hadden. Hij had ook twee levensverzekeringen, maar die had hij aan de kinderen nagelaten om hen te helpen hun deel van de erfbelasting te betalen. Hij had niet hetzelfde gedaan voor Isabelle. Zij moest haar deel van de erfbelasting betalen met het geld dat hij haar had nagelaten en daar was ze niet blij mee. Ze had de advocaat gevraagd om te controleren of er echt geen derde levensverzekering was, met haar als begunstigde, maar die was er niet. Ze had niets te klagen en absoluut geen geldzorgen, maar het irriteerde haar dat Charlie haar niet had bevoordeeld boven de kinderen. De advocaat had haar erop gewezen dat ze, als ze ooit geld tekort zou komen, het chateau kon verkopen. Hij wist van Charlie dat ze de neiging had te veel uit te geven en boven haar stand te leven. Op een dag zou ze geld van haar vader erven, maar het was niet te zeggen wanneer dat zou zijn. Die was pas in de zeventig en verkeerde in goede gezondheid, en hoewel hij een groot fortuin had, ging ook daar erfbelasting vanaf en zou het geld verdeeld worden tussen haar en haar drie zussen. Haar ouders konden gerust nog twintig jaar leven, dus wat Charlie haar had nagelaten was belangrijk voor haar. Ze had verwacht dat hij haar financieel zou ondersteunen totdat ze het fortuin van haar ouders erfde. Gezien haar wijze van geld uitgeven, voelde ze zich na het lezen van het testament en haar gesprek met Charlies advocaat niet beschermd. Stephanie kon aan de blik in haar ogen zien dat ze zich ergens zorgen over maakte en omdat ze haar vriendin goed kende, wist ze dat het om geld ging.

'Hij heeft goed voor je gezorgd, hoop ik,' zei ze nadat ze hun glazen hadden leeggedronken.

'Goed genoeg. Hij heeft zo veel mogelijk nagelaten aan de kinderen, maar het chateau is van mij.'

'Dat is mooi, als je het je maar kunt veroorloven om het te onderhouden.'

'Ik sterf nog liever dan dat ik het opgeef,' zei Isabelle fel, en Stephanie knikte. 'De kinderen mogen het ook gebruiken, wat vervelend kan zijn als ze eenmaal zelf getrouwd zijn en kinderen hebben.'

'Het klinkt alsof je eens moet rondkijken wie er beschikbaar is, gewoon als verzekering voor de toekomst,' zei Stephanie wijs, hoewel ze maar al te goed wist dat vrijgevige rijke echtgenoten die niet te veel kinderen hadden niet voor het oprapen lagen. Ze had het na haar eerste scheiding goed gedaan, maar na de tweede minder, en leefde nog steeds van partneralimentatie terwijl ze zocht naar een geschikte derde echtgenoot. Dat was echter geen gemakkelijke opgave nu ze bekendstond als een golddigger. Isabelle was echter een mooie vrouw en nog jong genoeg om een waardige echtgenoot te vinden. Ze had een rijke vader, wat niet voor Stephanie gold, en dat ze weduwe was na een huwelijk van dertig jaar werkte in haar voordeel. Hetzelfde kon niet gezegd worden over haar hebzucht en extravagantie, maar die eigenschappen werden pas zichtbaar als het te laat was.

Stephanie was een sexy jonge stewardess toen ze haar eerste echtgenoot aan de haak sloeg. Uiteindelijk verliet hij haar toen ze hem ervan probeerde te overtuigen minder vrijgevig naar zijn kinderen toe te zijn en ze minder vaak te zien. Dat maakte haar eigenlijke motieven glashelder, die anderen vanaf het begin al hadden gezien, maar waar hij tot op dat moment blind voor was geweest. Hij corrigeerde zijn fout snel en betaalde haar er royaal voor, maar ze jaagde zijn geld er in een mum van tijd doorheen, dus besloot ze opnieuw te trouwen. Haar tweede echtgenoot was echter slimmer dan de eerste, dus die scheiding verliep een stuk minder gunstig voor haar.

Isabelle was op de hoogte van het verleden van haar vriendin, maar het kon haar niets schelen. Ze mocht

Stephanie graag en had Charlies bezwaren met betrekking tot haar altijd genegeerd. Hij vond haar een slechte invloed en het soort vrouw waar hij geen respect voor had. Isabelle was uit hetzelfde hout gesneden, maar ze was subtieler als het om haar motieven ging en ze was goed opgeleid en had een goede achtergrond, wat haar tot een begeerlijkere echtgenote maakte.

Stephanie bleef om de restjes van de receptie op te eten en vertrok daarna. Isabelle besloot een warm bad te nemen om haar zenuwen en woede te kalmeren en dacht na over haar toekomst. Charlie had haar echt wel meer kunnen nalaten, wat ervoor zorgde dat ze nog minder van hem hield dan toen hij nog leefde.

Over een paar dagen zou ze met haar eigen advocaat naar de rechtbank gaan voor de overlijdensakte die ze moest aanvragen, zodat alles wat hij had nagelaten verdeeld kon worden onder de erfgenamen. De kinderen moesten de aanvraag ook ondertekenen, wat hun hart brak. Zij hadden veel liever hun vader nog gehad dan het geld dat ze zouden erven.

Tijdens zijn werk in Armands garage dacht Charlie veel aan zijn kinderen. Hij wou dat er een manier was om ze te laten weten dat hij nog leefde, maar als hij dat zou doen, zou dat de moeite tenietdoen die hij had gedaan om uit zijn oude leven te stappen en de banden ermee te verbreken. Hij was oprecht van plan om op een dag terug te gaan naar zijn kinderen. Hij wist alleen niet wanneer en voorlopig wilde hij niet opgeven wat hij na het ongeluk had gevonden.

Het was alsof hij het slechte deel uit een film had kunnen knippen; de moeilijke jaren, de baan waar hij een hekel aan had, die tegen zijn principes indruiste en die voelde als een verspilling van zijn intellect, zijn huwelijk dat op de klippen was gelopen en zijn besef van hoe Isabelle was geworden, of misschien altijd al was geweest. Hij had de kans gekregen om de film terug te spoelen en terug te gaan naar een puurdere plek waar het ertoe deed waar hij in geloofde, wat hij nodig had en wat in zijn ogen belangrijk was, met een goede vrouw om wie hij gaf en op wie hij verliefd was geworden, en die ook van hem hield op een eerlijke, natuurlijke manier. Zij was het symbool van vrijheid voor hem, de beloning voor de donkere jaren van het leven in een liefdeloos huwelijk met een vrouw die niet in staat was om van iemand te houden, zelfs niet van haar eigen kinderen. Zijn leven was volledig beheerst geweest door zijn vrouw en de mensen die ze voortdurend in hun huis uitnodigde.

Hij was ontsnapt uit een gevangenis waarin hij zich langzaam maar zeker had laten opsluiten. Op dat moment had hij gedacht dat het eerzaam was om te doen, maar nu vond hij het eerder zwak en laf dat hij niet was opgekomen voor waar hij zelf in geloofde en wat híj wilde. Hij was erin meegegaan tot er geen weg meer terug was. Zijn hele volwassen leven was giftig geweest, maar nu ademde hij eindelijk zuivere lucht in met een vrouw die dezelfde waarden koesterde als hij.

Hij kon geen genoeg van haar krijgen en probeerde alle jaren die hij zonder haar had moeten leven wanhopig in te halen. Hij vond het de moeite waard om alles voor haar op te offeren; zijn geld, zijn onroerend goed, zijn baan. Hij had geen spijt van zijn keuze. Er was niets aan zijn oude leven dat hij miste, vooral niet nu zijn kinderen volwassen en de deur uit waren. Elke dag was een kwelling voor hem geweest, een doodvonnis voor zijn ziel. Nu had hij eindelijk weer het gevoel dat hij leefde en dat ging hij echt niet opgeven.

Hij stelde zich meer open voor Aude dan hij ooit gedaan had. Hij deelde elk moment met haar alsof het een geschenk was. Eindelijk was hij de man geworden die hij altijd had willen zijn. Hij was zichzelf gaandeweg kwijtgeraakt, maar nu had hij zichzelf weer gevonden. Hij voelde zich elke dag sterker en meer zichzelf. Hij bloeide op nu hij bij Aude was en hield van haar rustige, gepassioneerde karakter. Ze zag alles van hem, zelfs de dingen die hij wanhopig probeerde te verbergen, en hield onvoorwaardelijk van hem. Ze zag zijn gebreken en tekortkomingen en deelde de hare met hem. Hij was de enige man van wie ze ooit had gehouden en bij wie ze onvoorwaardelijk zichzelf kon zijn. Charlie hield van hun rustige, eenvoudige leven samen en had niets meer nodig. Ze leefden van heel weinig geld, maar hij genoot van zijn werk in Armands garage. Hij had goede ideeën en deelde ze op een respectvolle manier met zijn baas en Armand waardeerde Charlies advies. Hij zag het wel zitten om hem op een dag als partner in dienst te nemen.

Op een avond gingen ze na het werk een biertje drinken. Armand voelde dat Charlie geheimen had en stelde zijn werknemer de vraag die hem al een tijdje dwarszat.

‘Ben je op de vlucht voor de wet?’ Armand was een jaar ouder dan Charlie, maar hij zag er twintig jaar ouder uit; het resultaat van een hard leven en de gewoonte om ’s avonds net iets te vaak te genieten van een glaasje wijn, wat zijn manier was om vergetelheid en troost te zoeken voordat hij de volgende dag weer aan het werk ging. Hij had moeite om zijn vrouw en vier dochters te onderhouden, van wie er twee buitenechtelijke kinderen hadden gekregen en bij hem en zijn vrouw woonden. Ze woonden met z’n tienen in een klein huis met vier slaapkamers en één badkamer. Dat was niet makkelijk. Maar Charlie liet hem eerlijke manieren zien om zijn winst te verhogen. Hij had een eenvoudig systeem bedacht om hun werktijd beter bij te houden, waardoor Armand de uren die hij werkelijk maakte in rekening kon brengen in plaats van te gokken hoeveel tijd hij kwijt was aan een reparatie. Zijn klanten hadden aan dit nieuwe systeem moeten wennen, maar hij leverde goed werk en ze waren bereid ervoor te betalen toen ze eenmaal gewend waren aan de iets hogere prijzen. De kwaliteit van zijn werk bespaarde zijn klanten op de lange termijn geld, want reparaties waren minder vaak nodig. Zijn garage was de beste in de omgeving en dat wist iedereen.

‘Nee, ik ben niet op de vlucht voor de wet.’ Charlie keek even naar zijn glas en zuchtte toen. ‘Ik ben op de vlucht voor geesten uit het verleden. Ik was er nog niet zo heel lang geleden zelf een; ik raakte de weg kwijt en vond mezelf hier weer terug. Ik wil niet terug naar het verleden, dus ben ik ervoor op de vlucht.’

'Je bent een slimme, goed opgeleide man. Je werk in de garage zal je waarschijnlijk wel snel gaan vervelen.'

'Nu in elk geval nog niet. Ik ben gelukkiger dan ik in lange tijd geweest ben en dat is goed genoeg voor me. En ik ga niet weg zonder je te waarschuwen.' Hij wist dat Armand zich daar zorgen over maakte; hij vertrouwde hem en was op hem gaan rekenen als werknemer.

'Aude Saint-Martin is een goede vrouw,' zei Armand na even gezwegen te hebben. 'Zij is ook voor iets op de vlucht, maar deze plek heeft haar goedgedaan.'

'Het doet mij ook goed en ik geniet van mijn werk bij jou.'

'Je bent een goede monteur,' zei Armand, en Charlie lachte toen hij eraan toevoegde: 'Maar ik kan je nog wel wat dingen leren om nog beter te worden.' Dat had hij al gedaan en Charlie leerde graag nieuwe dingen van hem. 'Ik hoop dat je blijft,' zei Armand, en hij meende het.

'Ik ook, en dat ben ik ook van plan. Ik kan dit niet meer opgeven. Een fijne vrouw, een fijn leven en een fijne baan is alles wat ik ooit gewild heb.'

'Je vindt je weg wel weer. Je was niet verdwaald, je bewandelde gewoon een ander pad,' zei Armand wijsgerig. 'En nu je het pad hebt gevonden dat juist voor je is, is het belangrijk dat je het blijft bewandelen. Laat je door niemand afschrikken. Je weet wat je doet en wat je geheimen ook zijn, ze zijn veilig bij mij. Ik hoef ze niet te weten. Zolang je maar op je werk verschijnt, weet ik zeker dat we goed zullen samenwerken.' Die avond nam hij Charlie voor een vierde dag per week in dienst en Charlie wist dat hij er een vriend bij had met goede principes en een sterke arbeidsethos. Hij dacht aan Jerome. De verschillen tussen hem en Armand waren lachwekkend. Iedereen die Charlie kende zou geschokt zijn als ze wisten dat hij als automonteur in een kleine garage werkte en het nog leuk vond ook. Isabelle zou ronduit woedend zijn, maar hij had haar een goede erfenis nagelaten en vond dat hij haar niets meer verschuldigd was. Hij kon doen wat hij wilde. Hij deed alsof hij dood was zodat zij en de kinderen het geld zouden krijgen. Dat was het beste wat hij voor hen kon doen. Hij kon niet langer zijn ziel verkopen en zichzelf verraden. Dat had hij lang genoeg gedaan.

Hij had toegestaan dat Isabelle de lat te hoog legde, onredelijke eisen stelde en al zijn geld uitgaf. Hij had zijn ziel moeten verkopen om haar tevreden te stellen, maar nu had hij hem terug en hij stond niet toe dat iemand hem ooit nog afnam. Hij was nu de baas over zijn eigen lot. Alles wat hij wilde was zijn leven delen met Aude. Als hij geluk had leefde hij nog veertig of vijfenveertig jaar en hij wilde die jaren met haar doorbrengen. Hoewel hij nog maar kort met haar samen was, wist hij dat zij de ware voor hem was. Hij had zijn bestemming gevonden en hij hoopte dat dat ook voor haar gold. De tijd zou het leren en hij had het geduld om te wachten en erachter te komen. Hij had geen haast, hij ging nergens heen. Hij had alle tijd, en dat gold ook voor haar.

Hij ging naar haar toe nadat zijn biertje op was en hij Armand gerust had gesteld. Ze wachtte op hem toen hij thuiskwam. Ze was net uit de douche gestapt nadat ze de hele dag geschilderd had en stond daar naakt en adembenemend mooi naar hem te glimlachen. Terwijl hij naar haar toe liep, haar in zijn armen nam en het verleden samen met haar begroef, hoopte hij dat hij zich dit moment voor altijd zou herinneren.

# 7

Naarmate de tijd verstreek, maakte de ontsteltenis die Isabelle voelde over Charlies overlijden plaats voor woede, omdat hij de kinderen meer had nagelaten dan nodig was. Hij had ze het appartement in Parijs gegeven, hoewel zij het vrijelijk mocht gebruiken zolang ze niet hertrouwde, en ze mochten altijd gebruikmaken van het chateau. Hoewel ze ook haar kinderen waren, wilde ze niet dat ze kwamen en gingen wanneer ze wilden, zeker niet als ze eenmaal getrouwd waren en zelf kinderen hadden. Ze was ook boos op Charlie omdat hij in zijn testament had gezet dat de kinderen uit het chateau mochten meenemen wat ze maar wilden. Judith had een schilderij uitgekozen dat Isabelle ook mooi vond en dat waardevol was, en twee kleine beeldjes van Rodin die model stonden voor zijn grotere werk. Isabelle was boos op Charlie om alles wat de kinderen hadden gekregen en zij niet, hoewel hij haar genoeg had nagelaten. En ze was vooral boos op hem omdat hij gestorven was. Zijn dood had ervoor gezorgd dat ze plotsklaps tot de groep vrijgezelle vrouwen van middelbare leeftijd behoorde die wanhopig op zoek waren naar een echtgenoot en moesten concurreren met vrouwen die de leeftijd van haar eigen dochter hadden.

Isabelle was niet wanhopig, maar ze wilde wel graag een man vinden die haar extravagante levensstijl kon ondersteunen. Tot nu toe had ze echter nog geen geluk gehad. Het was al moeilijk om beschikbare, ongebonden mannen te vinden voor haar feestjes, laat staan om mee te trouwen. En het was duidelijk dat Isabelle een dure levensstijl had. Stephanie had hetzelfde probleem, maar Isabelle kwam met een chateau dat dankzij Charlie in uitstekende staat verkeerde, een modieus appartement in Parijs, een indrukwekkende garderobe en de beleggingsportefeuille die Charlie haar had nagelaten. Helaas trokken die dingen alleen fortuinzoekers aan die het gemunt hadden op vrouwen van haar leeftijd en ouder. Ze had tot nu toe drie dates met dat soort mannen gehad, en ze waren zo schaamteloos dat ze hun nummers had geblokkeerd.

'Het is een stelletje losers,' klaagde ze tegen Stephanie, die precies wist wat haar vriendin bedoelde; ze had namelijk ook gedatet met een aantal van dat soort types. Isabelle had ze snel door, net zoals anderen haar snel door hadden. In de hogere kringen van Parijs kende iedereen elkaar en bestonden er weinig geheimen. Isabelle was geen welkom gezicht op de markt. Ze had er absoluut geen problemen mee om getrouwde mannen te versieren, waardoor getrouwde vrouwen terecht op hun hoede waren voor haar. Nee, Isabelle had weinig gewetensbezwaren als het ging om het verbeteren van haar levensstijl. Ze vond dat ze er recht op had, net zoals ze vond dat ze meer verdiende dan Charlie haar had gegeven en haar had nagelaten toen hij stierf.

'Het is vreselijk, hè?' zei Stephanie, en Isabelle knikte instemmend. Nu zij degene was die de rekeningen moest betalen, kon ze niet eens meer zoveel uitgeven als ze wilde bij Hermès en Chanel. Als ze te veel uitgaf, moest ze het uiteindelijk zelf bezuren. Charlie was nu enkele weken dood en de realiteit begon langzaam tot haar door te dringen. Ze miste hem niet en had haar sociale leven al snel weer opgepakt. Ze had geen tijd te verliezen, ze had een missie. Ze gaf elk weekend feestjes op het chateau om het feit te compenseren dat ze minder uitnodigingen kreeg van getrouwde vrouwen. Ze was nu een bedreiging. En de concurrentie was moordend; je had gescheiden veertigers, weduwen die in de vijftig waren en weduwen die in de zestig en de wanhoop nabij waren. En dan had je de mooie vrijgezelle vrouwen van in de twintig en dertig nog.

Isabelle had er weleens aan gedacht om van Charlie te scheiden omdat ze dacht dat ze beter kon krijgen, maar ze had geen idee wat haar te wachten stond. Nu wist ze dat wel en ze nodigde elke vrijgezel die ook maar enigszins de moeite waard leek uit op haar chateau. De mannen hadden het makkelijk, zij hadden de vrouwen voor het uitkiezen. Er waren namelijk veel minder begerenswaardige vrijgezelle mannen op de markt dan vrouwen.

Een paar van de mannen die Isabelle had uitgenodigd

voor haar feestjes bleek nog wanhopiger op zoek te zijn naar een partner dan zijzelf, en daar zat ze absoluut niet op te wachten. Ze ontdekte ook dat veel van hen nog niet uit de kast waren gekomen en daar had ze ook niets aan. Ze wilde gewoon een echtgenoot met veel geld, zodat wat Charlie haar had nagelaten slechts de jus zou zijn in plaats van het hoofdgerecht. Zijn dood was niet alleen betreurenswaardig en voortijdig gebleken, maar ook financieel alarmerend. Ze was nog steeds een stuk beter af dan Stephanie, maar Isabelle had haar lat een stuk hoger gelegd en vond dat ze meer verdiende en meer te bieden had.

Stephanie was een paar jaar ouder en niet zo aantrekkelijk, en ze had geen onroerend goed of beleggingen. Daarnaast werd een gescheiden vrouw in Frankrijk nog altijd als een schande gezien, wat niet gold voor een weduwe. Niemand verkeerde echter in de illusie dat Isabelle in diepe rouw was om haar man. Ze miste hem af en toe, maar niet vaak. Eigenlijk was ze vooral boos op hem, hoewel ze slim genoeg was om dat niet te laten merken. Alleen Stephanie wist hoe verbitterd en boos Isabelle in werkelijkheid was. Haar langdurige gebrek aan liefde voor Charlie was veranderd in diepe wrok. Het gaf haar gezicht een harde uitdrukking en een frons die zelfs Botox niet kon maskeren. Ze vond het dom en onverantwoordelijk van hem dat hij 's avonds laat naar het chateau was gereden terwijl hij moe was en van de weg was geraakt doordat hij niet goed had opgelet of achter het stuur in slaap was gevallen. Met die domme stunt had hij haar leven in één klap een stuk minder zorgeloos gemaakt. Ze genoot echter wel van de vrijheid die ze nu had en de mannen die dat in haar leven had gebracht. Ze miste Charlie niet, maar ze miste het aanzien en de veiligheid die een huwelijk met hem haar had gegeven. Haar wrok had haar hard gemaakt en telkens als mensen hun medeleven betuigden over Charlies overlijden, moest ze haar best doen om geen onaardige dingen over hem te zeggen.

Tegen het einde van september had Charlie zijn oude leven al drie maanden achter zich gelaten. Hij had een zomer vol geluk en liefde doorgebracht met Aude. Ze hadden lange, liefdevolle nachten met elkaar beleefd en de liefde bedreven wanneer ze maar wilden. Ze had enkele van haar beste schilderijen gemaakt, waaronder een portret van hem dat ze als haar beste werk beschouwde en voor zichzelf wilde bewaren.

Ze maakten lange wandelingen en gingen vaak zwemmen. Hij nam haar mee uit vissen. In de weekenden reden ze dieper Normandië in, logeerden ze in kleine herbergen en ontdekten ze stranden en baaien die ze nog nooit hadden gezien. Elk moment was idyllisch en ze genoten van hun liefde voor elkaar.

Zijn wonden van het ongeluk waren allang genezen, met uitzondering van twee kleine littekens op zijn gezicht en een lelijk litteken op zijn arm, maar daar maakte hij zich niet druk om. Aude was niet langer bang dat ze op een dag thuis zou komen en dan zou ontdekken dat Charlie was teruggegaan naar zijn oude leven. Hij had het nog steeds wel vaak over een weerzien met zijn kinderen, maar hij kon niet teruggaan zonder het leven dat hij met Aude had opgebouwd in gevaar te brengen. En dan was er nog het probleem dat de erfenis nu inmiddels al wel afgehandeld zou zijn, wat het juridisch ingewikkeld zou maken om toe te geven dat hij nog leefde.

Het was bijna alsof het verleden nooit had bestaan. Hij verkoos alles aan het leven dat hij nu leidde, vooral de vrouw met wie hij het deelde. Hij wou dat hij haar eerder had ontmoet en dat hij het verleden kon uitwissen, behalve zijn kinderen natuurlijk. Maar hij kon onmogelijk zowel delen van zijn oude leven behouden als zijn nieuwe leven omarmen. Zijn hart lag bij Aude en het leven dat hij nu leidde.

Armand betaalde hem zijn loon nog steeds contant en Charlie bewaarde het geld in een afgesloten lade in Audes huisje. Hij had haar het geld dat ze hem in het begin had voorgeschoten allang terugbetaald en betaalde nu voor alles. Het geld dat ze met de verkoop van haar schilderijen verdiende was van haarzelf. Omdat ze een eenvoudig leven leidden, kon hij goed in hun behoeften voorzien met het geld dat hij bij de garage verdiende. Hij bleef Armand helpen met veranderingen die zijn garage winstgevender maakten. Hij had hem zelfs een weekend geholpen de boel op te ruimen. Ze hadden alles opnieuw geschilderd en een paar dingen vervangen, en Aude had een schitterend nieuw uithangbord voor Armand gemaakt. Armand had het idee geuit om Charlie tot partner te maken, maar hij was tevreden met zijn rol als werknemer en hielp zijn vriend waar hij kon. Hij had Armand er zelfs van overtuigd om zijn twee ongetrouwde dochters aan te sporen om te verhuizen, waardoor zijn woonsituatie verbeterd was. Charlie maakte het leven van iedereen met wie hij in aanraking kwam beter, vooral dat van Aude.

'Ik denk dat je pas echt gelukkig kunt zijn als je teruggaat naar Parijs en schoon schip maakt,' zei ze op een dag tegen hem, toen ze tijdens een van hun lange wandelingen in het zachte gras bij een beekje lagen.

'Ik ben nu al gelukkig en dat zou voor een enorme puinhoop zorgen.' Hij vond het niet erg dat zijn vrouw en kinderen dachten dat hij dood was. Materieel gezien hadden ze er baat bij gehad en hij hield van zijn vrijheid en het leven dat hij nu met Aude deelde.

'Je bent te eerlijk om dit eeuwig vol te houden,' zei ze.

'Dat weet ik zo zeker nog niet.' Hij had de afgelopen maanden dingen over zichzelf ontdekt die hij zich nooit eerder had gerealiseerd. Hier had hij tijd voor introspectie, zowel als hij in de garage werkte als wanneer hij bij haar was. 'Ik ben graag dood. Het houdt de dingen simpel,' zei hij plagerig, waarna hij zijn arm om haar heen sloeg en haar kuste. 'Ik begrijp nu waarom mensen zoiets doen. Het is de beste beslissing die ik ooit heb genomen en ik ben hier gelukkig met jou.'

'Ik hou van je, maar ik denk dat je verleden je zal blijven achtervolgen,' zei ze somber.

'Kunnen we ons daar later zorgen over maken?' vroeg hij haar, terwijl hij haar nek kriebelde met een grasprietje. Hij voelde zich eindelijk onbezorgd, een gevoel dat hij niet meer had ervaren sinds hij een kind was, en dat gevoel wilde hij wanhopig graag behouden.

‘Als je nog jaren wacht, zullen je kinderen het je nooit vergeven dat je ze zo lang in de steek hebt gelaten.’ Ze wist dat hij het er niet over wilde hebben, maar ze maakte zich er zorgen over omdat ze wist hoeveel hij van zijn kinderen hield.

‘Probeer je van me af te komen?’

‘Nee, ik wil gewoon niet dat je later spijt krijgt van je beslissing.’

‘Ik heb geen spijt. Ik ben gelukkig met mijn leven met jou. Het is alles wat ik wil. Ik heb dertig jaar voor andere mensen geleefd. Nu is het mijn beurt.’

‘Daar hoef je niet dood voor te zijn. Je kunt betere grenzen stellen, een nieuwe baan zoeken en scheiden.’

‘Ik ben in mijn testament guller geweest dan ik in een scheiding zou zijn. Ik weet zeker dat Isabelle blij is om weduwe te zijn en dat ze in een mum van tijd hertrouwt.’

‘En dan is ze zonder het te weten een bigamist.’

‘Dat kan me niet schelen. Het enige wat ik nu nog vervelend vind aan mijn huwelijk met haar is dat ik niet met jou kan trouwen.’

‘Ik hoef niet getrouwd te zijn. Dat ben ik ooit al geweest en ik voel ontelbaar keer meer liefde voor jou dan ik ooit voor de man met wie ik getrouwd was gevoeld heb.’

‘Ik ook. Dat is dan geregeld. Ik blijf dood,’ zei hij grijnzend; hij was niet in de stemming om er serieus op in te gaan. Toen het koeler begon te worden, liepen ze terug naar de auto en reden ze via een rustige route naar huis. Hun tijd samen was altijd speciaal en voelde als een kostbaar geschenk.

Een maand later zat de herfst in de lucht. Het huisje voelde knusser door het koude weer en Charlie stak elke avond de haard aan om de woonkamer warm te houden. Ze moesten voorzichtiger zijn tijdens hun wandelingen. Het jachtseizoen was begonnen en ze hoorden af en toe geweerschoten. Charlie had geen interesse in jagen. Het was nooit een sport geweest die hem had aangetrokken en Aude had een hekel aan geweren. Isabelles vader hield van jagen en ging geregeld met zijn vrienden op jaagweekenden door heel Europa. Hij had zijn schoonzoon verschillende keren uitgenodigd, maar Charlie had altijd geweigerd. Hij zag er de lol niet van in om eenden uit de lucht te schieten en schieten op groter wild vond hij wreed.

Charlie en Aude waren op een avond net naar bed gegaan en lagen in haar koude slaapkamer te knuffelen. Het vuur in de open haard in de woonkamer was gedoofd. Aude hield niet van kachels; ze vond ze gevaarlijk en was bang voor vuur vanwege de dood van haar ouders. Ze lagen dicht tegen elkaar aan om het warm te krijgen en wilden net gaan vrijen toen ze schoten hoorden. Verschrikt kwamen ze overeind. Het beviel Charlie helemaal niet dat de schoten zo dichtbij klonken. Hij vroeg zich af of het een paar tieners waren met de geweren van hun vaders, een gedachte die hem ook absoluut niet beviel.

'Jagen ze 's nachts ook?' vroeg hij gealarmeerd.

Aude schudde haar hoofd. 'Normaal gesproken niet.' Ze luisterden een tijdje, maar toen er geen schoten meer klonken, ontspanden ze zich en gingen ze verder met waar ze mee bezig waren. Om vier uur 's ochtends schrokken ze allebei wakker toen er weer schoten klonken, deze keer een beetje verder weg. Charlie stond op en deed de deur op slot. Aude wachtte in bed op hem en sloeg haar armen geruststellend om hem heen.

'Ga maar weer slapen, het zijn maar jagers. Zo gaat dat deze tijd van het jaar nu eenmaal.' Vijf minuten later sliepen ze allebei weer en de rest van de nacht verliep vredig.

'Toch zit het me niet lekker,' zei Charlie de volgende ochtend tijdens het ontbijt. 'Ze waren te dicht bij het huis en misschien waren ze zelfs wel dronken. Het zou gevaarlijk kunnen zijn.'

'Het is echt niet gevaarlijk, ze doen het elk jaar. Ze schieten op konijnen, kleine dieren en vogels. In de acht jaar dat ik hier woon hebben ze nog nooit een mens neergeschoten.'

'Ik ben heel blij dat mensen denken dat ik dood ben, maar ik wil niet dat een of andere plaatselijke jager die leugen werkelijkheid maakt, of dat jij gewond raakt. Denk je dat we het bij de politie moeten melden?'

'Ze zijn er al van op de hoogte, maar ze kunnen niets doen. Eens in de tijd schieten ze iemands hond dood en dan breekt de hel los, maar de jacht wordt nooit verboden. We kunnen beter niet in het bos wandelen tot het jachtseizoen voorbij is, maar zolang we op open plekken blijven waar ze ons goed kunnen zien, worden we heus niet neergeschoten,' zei ze, duidelijk een stuk minder bezorgd over de situatie dan hij.

Charlie besloot het onderwerp te laten rusten en

dacht aan zijn werk. 'Ik moet vandaag een transmissie vervangen,' zei hij glimlachend. Zijn werk in de garage was zo anders dan de directievergaderingen en vergaderingen met regelgevende instanties die hij jarenlang had bijgewoond en de productpresentaties voor de verkoopafdeling die hij talloze keren had gegeven en dat vond hij helemaal niet erg. Hij was dol op het werk dat hij nu deed en de tijd die hij doorbracht met Aude. Hij glimlachte bij de gedachte hoe verontwaardigd Isabelle zou zijn als ze wist dat ze getrouwd was met een automonteur, die in een overall werkte als een gewone arbeider en aan het eind van de dag handen had die zwart waren van het vet en de olie. Dat was wat hij nu was en dat vond hij helemaal niet erg. Hij had nooit gedacht dat dit zijn leven zou zijn, maar het bleek precies te zijn wat hij nodig had. Die nacht klonken er geen geweerschoten en de nachten erna ook niet.

Isabelle gaf dat weekend een feestje. Ze had een nieuwe chef-kok ingehuurd, die nog beter was dan de kok die ze voorheen voor haar feestjes had ingehuurd. Er logeerden achttien mensen in het chateau en ze had een aantal nieuwe kennissen uitgenodigd, in een poging haar sociale kring te verbreden zodat ze zelf voor meer feestjes zou worden gevraagd. Haar sociale leven was niet meer wat het geweest was; veel van haar vrienden waren de hele zomer weggeweest, anderen vonden het te vroeg om haar voor feestjes uit te nodigen na de vroegtijdige dood van haar man en er waren ook vrouwen die haar niet graag meer uitnodigden omdat ze nu vrijgezel was.

Een alleenstaande vrouw werd door de meeste gastvrouwen als een bedreiging beschouwd, terwijl een vrijgezelle man juist een aanwinst was. Het was de treurige realiteit van het vrijgezelle leven.

Niemand die zag hoe ze haar gasten charmeerde en genoot van hun aandacht zou denken dat ze slechts vier maanden daarvoor haar man was verloren.

'Ze is een dappere vrouw,' fluisterde een van haar gasten toen hij haar zag lachen met een van de twee vrijgezelle mannen die ze voor het weekend had uitgenodigd. 'Ze zet een dapper gezicht op, maar ze is ongetwijfeld diep in de rouw om het verlies van Charlie.' Stephanie hoorde wat hij zei en wist dat het verre van waar was. Isabelle was opgelucht dat ze eindelijk vrij was, ondanks haar zorgen over haar toekomst en haar angst dat ze uiteindelijk zonder geld zou komen te zitten. Ze moest nu voorzichtiger zijn met haar uitgaven dan toen Charlie nog leefde en daar haatte ze hem om. Zijn dood was schokkend, hinderlijk en onnodig geweest. Als hij niet vermoeid in de auto was gestapt na een stressvol gesprek, had hij nog geleefd.

Het verlies van Charlie had haar van streek gemaakt, maar het had haar hart niet gebroken en de positieve kant was dat ze nu de vrijheid had om te doen wat ze wilde. Isabelle voelde zich eindelijk bevrijd uit de gevangenis van een liefdeloos huwelijk en hetzelfde gold voor Charlie.

Een week nadat ze voor het eerst schoten hadden gehoord, hoorden Aude en Charlie ze opnieuw. Deze keer klonken ze dichter bij het huisje en waren ze luider. Charlie wilde naar buiten gaan om de persoon die aan het schieten was op zijn gedrag aan te spreken, maar Aude vond dat geen goed idee. Het was drie uur 's nachts, dus het was heel goed mogelijk dat de schutter dronken was en dat Charlie door een verdwaalde kogel geraakt zou worden als hij naar buiten ging. Het dorp waarin ze woonde kende een vredige gemeenschap en geweld was er ongehoord. Een paar jaar geleden had een man zijn vrouw vermoord en daarna zelfmoord gepleegd, nadat hij haar in bed betrapte met zijn broer. Dat had het hele dorp geschokt, maar het was een uniek geval van huiselijk geweld geweest, geen willekeurig misdrijf.

Aude wist zeker dat het gewoon om jagers ging, die weliswaar dronken of overenthousiast waren, maar geen criminele bedoelingen hadden. Charlie vertrouwde het echter niet en hij drukte haar op het hart dat ze voorzichtig moest zijn als ze het huis verliet. Hij vertelde Armand de volgende dag ook over de schoten, maar zijn vriend bevestigde wat Aude had gezegd: dat het elk jaar zo ging en dat er nog nooit iemand door gewond was geraakt.

Charlie geloofde hen, maar hij vond onverantwoordelijk gedrag met vuurwapens zorgwekkend, hoe onschuldig de bedoelingen ook waren. Hij en Aude gingen 's avonds niet meer wandelen en de volgende keer dat ze schoten hoorden, kwam Charlie zijn bed niet meer uit. Hij maakte zich er niet langer zorgen over, maar had de deur wel uit voorzorg op slot gedaan.

Toen hij de volgende ochtend naar buiten wilde stappen om naar zijn werk te gaan, vond hij drie dode eekhoorns en een gevild konijn voor de deur. Iemand had ze daar opzettelijk achtergelaten. Was dit een grap of een waarschuwing? Hij wist het niet. Aude stond vlak achter hem en toen hij zich naar haar omdraaide, zag hij dat haar gezicht lijkbleek was.

# 8

Aude zag eruit alsof ze elk moment kon flauwvallen toen ze de dode dieren op haar stoep zag liggen. Charlie zei dat ze terug naar binnen moest gaan, begroef de dieren in het nabijgelegen bos en kwam toen terug om zijn handen te wassen en met haar te praten. Ze wachtte op hem aan de keukentafel. Haar benen trilden zo erg dat ze haar gewicht niet konden dragen.

'Is dat ook gebruikelijk voor deze tijd van het jaar?' Het gevilde konijn was het meest verontrustend. Aude schudde haar hoofd. 'Nee. Misschien was de persoon die gisteravond aan het schieten was dronken of gek. Zoiets heeft nog nooit iemand gedaan,' gaf ze toe.

'Ik bel de politie. Of misschien kun jij dat bij nader inzien beter doen.' Het wekte argwaan dat hij geen identificatie bezat en aangezien hij verondersteld werd dood te zijn en dat zo wilde houden, wilde hij geen aandacht op zich vestigen en moeten uitleggen waarom hij er geen had. Hij gebruikte een deel van Audes achternaam en stond in het dorp bekend als Charles Martin. Niemand had er tot nu toe iets over gezegd en mensen die haar niet kenden namen aan dat ze getrouwd waren als ze hen samen zagen. Ze leken een gewoon stel, ondanks het leeftijdsverschil van zeventien jaar. Charlie droeg uit gewoonte nog steeds zijn trouwring en zag er jong genoeg uit om een vriendin van Audes leeftijd te kunnen hebben. 'Ik denk dat ik zelf beter niet naar de politie kan gaan,' zei hij. Ze keek hem aan met een bezorgde blik in haar ogen, hoewel ze al wel wat meer kleur op haar gezicht had. 'Heb je een idee wie die dode dieren voor je deur kan hebben achtergelaten?' Hij had de indruk dat ze inderdaad een vermoeden had. De blik op haar gezicht beviel hem niet. Ze keek doodsbang, alsof ze een geest had gezien. Hij was niet vergeten wat ze hem over haar ex had verteld. Charlie kende genoeg mensen die waren vreemdgegaan, maar die pleegden niet zulke misdaden. Ze waren niet gewelddadig. 'Kan het iets te maken hebben met je ex-man?'

'Ik heb al acht jaar niets meer van hem gehoord. Hij heeft nooit geprobeerd contact met me op te nemen sinds de scheiding en het duurt nog minstens twee jaar voordat hij vrijkomt. Maar hij heeft altijd al een fascinatie voor wapens gehad en jaagde er graag mee op kleine dieren, zelfs al toen hij nog maar een jongen was. En hij vilde ze ook graag. Ik heb hem het een keer zien doen en het was vreselijk. Het zag er net zo uit als het konijn dat voor onze deur lag. Hij is de enige persoon die ik ken die zoiets zou doen. Het voelt als een boodschap, een herinnering dat hij me in de gaten houdt.'

‘Het kan ook door een jongen of man uit de buurt zijn gedaan,’ probeerde Charlie haar gerust te stellen. ‘Als hij nog steeds in de gevangenis zit, was hij het in ieder geval niet. En hij is niet de enige man ter wereld die eekhoorns doodt en konijnen vilt. Het is waarschijnlijk gewoon toeval.’

‘Ik denk het niet,’ zei ze met bange ogen. ‘Ik denk dat hij het is en dat hij wil dat ik weet dat hij in de buurt is.’

‘Er is een simpele manier om daarachter te komen. Kun je controleren of hij nog in de gevangenis zit zonder dat hij het weet?’

‘Ik denk het wel.’

‘Weet hij waar je woont?’

Ze knikte. ‘Mijn adres stond op de scheidingspapieren. Ik bel dadelijk naar de gevangenis,’ zei ze. ‘En Charlie, het spijt me.’ Het laatste wat ze wilde was dat Charlie in aanraking kwam met haar verleden of dat ze hem of zichzelf in gevaar bracht.

Hij kon zien dat ze zich zorgen maakte, dus probeerde hij haar gerust te stellen. ‘Het geeft niet. Hij was er vroeg of laat waarschijnlijk toch wel achter gekomen waar je woont als hij je adres heeft. En we hebben niets te verbergen, of jij in ieder geval niet. Je bent gescheiden, dus je kan doen wat je wilt.’

Haar ogen vulden zich met tranen. ‘Hij is ziekelijk jaloers. Ik wil niet dat hij je pijn doet.’ Ze was doodsbang dat Charlie hetzelfde zou overkomen als de man van wie ze acht jaar eerder had gehouden. ‘Paul is veroordeeld tot minimaal tien jaar gevangenisstraf voor de dood van Jean-Michel. Hij kan onmogelijk al vrij zijn.’ Charlie hoefde haar niet te vragen wie Jean-Michel was, hij kon wel raden dat het de man was op wie ze verliefd was geworden nadat zij en haar man uit elkaar waren gegaan.

'Laten we uitzoeken waar hij is, en dan kun je als het nodig is naar de politie gaan en aangifte doen,' zei Charlie. Toen hij even later naar zijn werk vertrok, drukte hij haar op het hart dat ze de deur achter hem op slot moest doen en het hem moest laten weten als ze iets ontdekt had.

Ze wachtte nog een uur en belde toen naar de gevangenis. Voor zover ze wist zat Paul in een gevangenis in Réau. Ze had het nummer van de gevangenis en alle relevante informatie ergens opgeschreven. Ze zei dat ze Pauls vrouw was in de hoop op die manier makkelijker informatie te kunnen krijgen en na wat voelde als een eeuwigheid werd ze doorverbonden met zijn maatschappelijk werker, Virgil Thomas. Hij wilde weten wie ze was en waarom ze naar Paul Pasquier informeerde. Ze herhaalde dat ze zijn vrouw was, waarna hij haar op strenge toon vertelde dat de gevangene in kwestie gescheiden was. Ze bekende dat ze zijn ex-vrouw was en vroeg of Paul nog steeds vastzat of dat hij was vrijgelaten.

Na een lange stilte zei Virgil Thomas op kille toon: 'Pasquier is tien dagen geleden ontsnapt.' Aude hapte geschrokken naar adem. 'Hebben jullie een vermoeden waar hij zich schuilhoudt? Ik hoor de laatste tijd 's nachts vaak schoten en iemand heeft vannacht drie dode eekhoorns en een gevild konijn voor mijn deur achtergelaten.'

Virgil Thomas was niet onder de indruk. 'Dat kan iedereen gedaan hebben.'

'Paul had een fascinatie voor het villen van dieren. Toen ik het konijn zag, was ik bang dat hij misschien vrij was gekomen, daarom belde ik.' Hij vroeg om haar naam, adres en telefoonnummer en zei dat ze moest bellen als ze meer informatie had over Paul Pasquier of iets van hem hoorde. Ze was er inmiddels van overtuigd dat hij het was en ze was zo bang dat het voelde alsof haar keel werd dichtgeknepen.

'Wat je zojuist zei is niet voldoende bewijs om me ervan te overtuigen dat het Pasquier is,' zei de maatschappelijk werker iets vriendelijker, 'maar het is een mogelijkheid, zeker als hij nog steeds boos op je is over de scheiding. Wees heel voorzichtig. Woon je alleen?'

'Ik... eh... Nee,' stamelde ze, waarna de maatschappelijk werker benadrukte dat de autoriteiten Pasquier als gevaarlijk beschouwden. Hij moest nog vijftien jaar zitten, nadat hij drie jaar eerder een medegevangene had vermoord. 'Hij was voor de rest van zijn straf overgeplaatst naar een minder zwaarbeveiligd deel van de gevangenis en raakte betrokken bij een gevecht.' Virgil Thomas spoorde haar nogmaals aan om voorzichtig te zijn en de politie of de gevangenis meteen te waarschuwen als ze haar ex-man zag. 'We gaan ervan uit dat hij gewapend is en we weten dat hij gevaarlijk is. Wees echt extreem voorzichtig,' drukte hij haar nogmaals op het hart.

'Bedankt, dat zal ik doen,' zei ze, waarna ze met trillende handen ophing. Ze belde meteen naar de garage en vertelde Charlie wat de maatschappelijk werker tegen haar had gezegd. Hij zei dat ze binnen moest blijven, de ramen en deuren op slot moest doen en dat hij rond lunchtijd zou komen om met haar te praten.

Hij legde aan Armand uit dat hij een paar uur weg moest en klopte kort voor het middaguur op de deur van het huisje. Ze deed hem voorzichtig open en liet Charlie binnen toen ze zag dat hij het was. Hij keek net zo bezorgd als zij en ze gingen zitten om te bespreken wat ze nu moesten doen. Ze wist zeker dat haar ex in de buurt was en dat hij de dode dieren voor haar deur had achtergelaten om haar bang te maken. Ze vertelde Charlie dat de maatschappelijk werker tegen haar had gezegd dat hij de plaatselijke politie zou waarschuwen.

'Je moet hier weg,' zei Charlie resoluut. 'Je kunt hier niet blijven wachten tot hij opduikt. Als hij degene is die heeft geschoten, hangt hij hier al meer dan een week rond. Hij heeft ons waarschijnlijk gezien.'

Ze zuchtte, er zeker van dat hij gelijk had. 'Misschien is de timing goed,' zei ze zachtjes.

'Om vermoord te worden?' zei Charlie tegen haar. 'Ik hoop toch echt van niet. Je moet hier weg, Aude, en zo snel mogelijk.'

'En jij moet naar huis gaan,' zei ze. 'Je bent al meer dan vier maanden weg. Je kinderen verdienen het om te weten dat je nog leeft. Het idee om weg te lopen van je leven is een leuke fantasie, maar in werkelijkheid heb je verantwoordelijkheden. Daar kun je niet eeuwig voor weg blijven lopen. Je moet je vrouw en kinderen vertellen dat je nog leeft voordat wij samen een leven kunnen opbouwen.'

Hij wist dat ze gelijk had. Hij moest Isabelle en de kinderen op een gegeven moment vertellen dat hij nog leefde. Hij had ontdekt wat hij moest weten over zichzelf, zijn huwelijk en zelfs zijn baan. En hij had Aude gevonden. Hij wilde een echt leven met haar opbouwen en op een dag misschien zelfs met haar trouwen en kinderen met haar krijgen. Hij had haar nog niet gevraagd hoe zij erover dacht, maar er was geen haast bij. Ze voelden zich nu al getrouwd, maar de realiteit was natuurlijk anders en doen alsof je dood bent had zo zijn nadelen. Het zou tijd kosten om terug te draaien wat hij had gedaan, de verzekeringsuitkering terug te betalen en de puinhoop op te ruimen die zijn financiële situatie nu ongetwijfeld was, maar Aude had gelijk. Hij was het aan zijn kinderen verschuldigd om ze te laten weten dat hij nog leefde en hij zou Isabelle vroeg of laat onder ogen moeten komen. Hij was Jerome ook een verklaring schuldig en hij wilde op de juiste manier ontslag nemen.

'Charlie, je moet nu gaan,' drong Aude aan. 'Ik weet zeker dat Paul ons heeft gezien en als hij weet dat je met mij samen bent, zal hij je vermoorden. Dat heeft hij al eerder gedaan. Je loopt meer gevaar dan ik. Hij is gek.'

'Ik geloof je, maar ik laat je hier niet achter. Ik beloof je dat ik mijn kinderen uiteindelijk zal laten weten dat ik nog leef, maar nu is het mijn prioriteit om jou hier weg te krijgen.'

'Maar waar ga ik dan naartoe? Dit is mijn thuis. Ik kan nergens anders heen.'

'Ik breng je naar een plek waar hij je niet kan vinden.'

'Wat als hij ons nu in de gaten houdt?' Ze keek doodsbang en hoewel Charlie rustig probeerde te blijven, was haar paniek besmettelijk.

'Als dat zo was, stond hij nu ongetwijfeld op je deur te bonken. Laten we proberen kalm te blijven. Ik huur ergens een huisje voor je en als je daar een beetje gesetteld bent, ga ik naar Parijs om alles daar te regelen. Maar ik wil eerst dat jij veilig bent. Mijn familie heeft het tot nu toe prima zonder mij gered, dus een paar weken langer moet ook wel lukken. Jij bent nu het belangrijkste. Ik wil je hier zo snel mogelijk weg hebben.'

'Wanneer?' vroeg ze hem angstig.

'Vanavond, als het kan. En anders morgen.'

'Zo snel kan ik niet weg,' zei ze, om zich heen kijkend.

Hij pakte haar hand. 'Ja, dat kun je wel. Jouw veiligheid betekent alles voor me. Hij verwacht niet dat we weggaan. Hij houdt ons waarschijnlijk niet zo nauw in de gaten, als hij dat al doet. Begin alvast maar met inpakken. Ik ga met Armand praten. Ik vind het vreselijk om op deze manier ontslag te nemen, maar ik heb geen keus.' Ze knikte en haalde een koffer tevoorschijn, maar draaide zich toen weer om naar Charlie.

'Wat moet ik met mijn schilderijen doen?'

'Laat ze voorlopig maar hier. We komen wel terug zodra ze hem gepakt hebben. Je zei dat ze naar hem op zoek zijn en ik weet zeker dat ze hem snel te pakken krijgen. We komen later wel terug voor de rest van je spullen, of als je hier wilt blijven.'

Er verscheen een droevige blik in haar ogen. 'Je zei "je". Ga je niet met me mee terug?' Ze vroeg zich af naar welk deel van zijn leven hij precies terugging. Ze voelde dat ze hem kwijtraakte en dat beangstigde haar bijna net zo erg als dat haar ex hen zou vinden. Ze wilde Charlie niet kwijt, maar ze wist dat als hij zou besluiten om terug te gaan naar zijn oude leven, ze hem niet kon tegenhouden. Misschien was het allemaal een fantasie geweest, een droom die ze kort hadden kunnen beleven en die nu voorbij was. Hij zag de blik op haar gezicht en nam haar in zijn armen.

'Ik verlaat je niet, Aude, ik probeer de fouten die ik heb gemaakt juist recht te zetten voor ons. Het liefst zou ik helemaal niet meer teruggaan, maar je verdient beter dan dat en mijn kinderen ook. Ik nam de makkelijke uitweg toen ik de kans had, maar het wordt tijd dat ik het juiste doe. Waar je ook heen gaat, ik kom naar je toe. Ik kan heen en weer reizen tot alles geregeld is. Ik laat je niet in de steek, ik wil je juist in veiligheid brengen.' Ze knikte en veegde de tranen uit haar ogen.

Hij drukte haar op het hart om de deur op slot te houden en de gordijnen dicht te doen en vertrok daarna naar Armand. Hij vond het vreselijk om op deze manier ontslag te nemen, maar als Audes ex in de buurt was en hen in de gaten hield, moest ze hier zo snel mogelijk weg. Als het echt Pasquier was die 's nachts bij hen in de buurt aan het schieten was, maakten ze geen schijn van kans. Charlie geloofde meteen dat Pasquier gek was; het feit dat hij twee mannen had vermoord, bewees genoeg. Hij wilde Aude zo ver mogelijk bij welk gevaar dan ook vandaan zien te krijgen.

Toen hij aan Armand uitlegde wat er aan de hand

was, verscheen er een droevige blik op het gezicht van zijn vriend.

'Vertrek je nu meteen?'

Charlie knikte.

'Dat is het beste. Haar ex is gevaarlijk. Hij is een ontsnapte crimineel en een moordenaar, en Aude denkt dat hij haar in de gaten houdt.'

'Dan is het inderdaad het beste als je gaat. Denk je dat je hier terugkomt als ze hem gepakt hebben?' vroeg hij hoopvol.

'Ik weet het niet,' zei Charlie eerlijk. 'Mijn leven is momenteel nogal ingewikkeld. Ik moet wat orde op zaken stellen. De auto die ze hier laatst naartoe brachten, was van mij. Ik kreeg een ongeluk en heb het wonderbaarlijk genoeg overleefd. Ik wil het niet, maar ik moet doen wat juist is en teruggaan naar mijn oude leven. Ik heb volwassen kinderen die nog steeds een vader nodig hebben. De vier maanden die ik hier heb gehad waren de beste van mijn leven en ik vond het geweldig om met je te werken. Dat zal ik nooit vergeten.'

'Wanneer je terugkomt, maak ik je tot mijn partner in de garage,' zei Armand met een warme glimlach. De twee mannen waren in de loop van de maanden vrienden geworden en respecteerden elkaar.

'Het is de beste baan die ik in jaren heb gehad en ik heb veel van je geleerd.'

'Je hebt mij ook het een en ander geleerd. Je bent een fijne kameraad om mee samen te werken en een goed mens. Pas goed op jezelf en kom terug als je er klaar voor bent. De garage en ik zullen op je wachten.'

'We zien elkaar weer terug,' beloofde Charlie zijn vriend, en hij meende het.

'Maak nu dat je wegkomt, voordat die klootzak je vindt,' zei Armand, en Charlie glimlachte.

'Pas goed op jezelf, vriend.' Charlie gaf een klopje op Armands schouder en ging daarna met een droevig gevoel terug naar het huisje. De maanden waarin hij met Armand had kunnen werken waren goed geweest. Het werk in de garage was dankbaar werk en hij had zijn geld verdiend door iets te doen waar hij plezier uit haalde. Hij vond het vreselijk om te moeten vertrekken, maar het was het juiste om te doen.

Aude liet hem binnen toen hij aanklopte en zijn blik viel op de drie koffers die ingepakt klaar stonden. Ze had ook een tas voor hem ingepakt. Ze had haar schilderijen zorgvuldig ingepakt met linnen en plastic en had ze in de keuken netjes tegen elkaar gestapeld. Het waren er minstens twintig; ze had ze nog niet naar de galerie gestuurd omdat ze er nog de laatste hand aan wilde leggen. Haar verf lag klaar om mee te nemen op de keukentafel en ze had ook haar schetsblok en wat potloden ingepakt. Het huis zag er opgeruimd uit en ze droeg een spijkerbroek, een witte trui en een warme jas. Charlie keek om zich heen naar het huisje waar ze zo gelukkig waren geweest en waar het allemaal was begonnen.

Hij sloeg zijn armen om haar heen. 'We komen terug,' beloofde hij haar, waarna hij de auto zo snel mogelijk inlaadde zodat niemand het zou merken. Hij had niet het gevoel dat iemand hen in de gaten hield, maar het was beter om het zekere voor het onzekere te nemen.

Ze sloot het huisje af terwijl hij in de auto wachtte. Hij dacht aan de eerste keer dat hij het had gezien. Het waren de lichten die zijn aandacht hadden getrokken toen hij na het ongeluk verdwaasd door het bos strompelde en toen Aude de deur opende, was er iets magisch gebeurd.

De auto was al gestart toen ze instapte en ze reden de onverharde weg af. Ze had wat te eten meegenomen en de overige inhoud van de koelkast weggegooid. Ze kon nog steeds niet geloven dat ze weggingen, het was allemaal zo snel gegaan. Maar als Paul Pasquier echt ergens in de buurt was, moesten ze wel. Dat was het slimste om te doen.

'Waar gaan we heen?' vroeg ze hem.

'Ik heb geen idee,' zei hij, terwijl hij de weg op draaide en in de richting reed waar hij op de avond van het ongeluk vandaan was gekomen. Ze zouden binnen twee uur in Parijs zijn, maar er waren natuurlijk ook vele andere opties. Hij kende het gebied redelijk goed en kon wel een paar plekken bedenken waar Aude comfortabel en veilig op hem kon wachten. Het voelde voor hen allebei als een avontuur en Aude zag er al beter uit toen ze afstand creëerde tussen hen en de plek waar haar ex zich mogelijk verstopte. Het duurde even voordat ze weer een dorp zagen en een hele tijd voor ze een stad zagen, en uiteindelijk passeerden ze de plek waar hij van de klif was gereden.

'Hier is het vierenhalve maand geleden allemaal begonnen, al voelt het veel langer geleden.' Ze knikte en boog zich naar hem toe voor een kus. Het was nog een behoorlijk eind naar het volgende dorp. Hij reed over de vertrouwde weg die hij altijd van en naar het chateau nam. Haar aftandse auto reed dankzij nieuwe remmen en nieuwe banden een stuk beter dan voorheen.

Ze stopten om te eten in Équemauville, een kustplaatsje waar hij nog nooit eerder was geweest. Het stadje telde twaalfhonderd inwoners, vier keer zoveel als Vattetot. Er was een klein hotel, waar Charlie een kamer boekte voor de nacht. Op weg naar het restaurant zag hij een makelaarskantoor, met foto's van meerdere mooie huisjes die te huur waren. Ze bevonden zich ongeveer een uur bij het dorp vandaan waar Aude acht jaar had gewoond en in dit dorp woonden meer mensen, wat hij een prettig idee vond. Hij wilde haar niet achterlaten op een verlaten plek waar er niemand in de buurt was om haar te helpen terwijl hij in Parijs was om orde op zaken te stellen.

Ze genoten van een lekkere maaltijd en gingen toen naar het hotel. De kamer die hij had geboekt had een gezellige uitstraling, wat versterkt werd door de open haard, en toen ze eenmaal in bed lagen, nam hij haar in zijn armen. Hij wist dat ze zich zorgen maakte over de toekomst en de situatie met haar ex, maar het stadje waar ze nu waren voelde veilig en had een prettige uitstraling. De mensen leken vriendelijk, er waren winkels en een paar restaurants, een beroemde kerk en een klooster waar een heilige had gewoond, wat wel een goed teken moest zijn.

Ze deden de deur van de hotelkamer op slot en sliepen die nacht allebei goed, zonder zich zorgen te maken over geweerschoten en criminele exen. Hun plotselinge vertrek had hen allebei van slag gemaakt en ze voelden zich veilig in het stadje waar ze de nacht doorbrachten. Het was zo pittoresk. Het was moeilijk voor te stellen dat er in de helder verlichte straten met huizen, restaurants en winkels in de buurt iets ergs kon gebeuren. Er kon in elk geval niemand rondsluipen zonder opgemerkt te worden.

Ze ontbeten met croissants en café au lait in het hotel en liepen daarna naar het kantoor van de makelaar. De makelaar legde hen uit dat het dorp in de zomer erg populair was, maar dat de huurhuizen in de winter tegen een gereduceerd tarief beschikbaar waren. Op dit moment hadden ze er vijf beschikbaar, de andere werden in de winterweekenden door hun eigenaars gebruikt. Aude schrok toen ze de prijzen hoorde, zelfs voor het wintertarief, en schudde haar hoofd naar Charlie. Ze wist zeker dat ze iets goedkopers konden vinden, maar hij stond erop dat hij ze wilde zien. Over niet al te lange tijd zou hij weer beschikking hebben tot zijn bankrekening en creditcards, hoewel zijn geld momenteel nog van zijn vrouw en kinderen was. Maar hij was van plan om ten minste een deel terug te vorderen om van te leven. En hij kon zich gemakkelijk een van de huizen veroorloven die hij op het punt stond te bekijken. Aude had nooit een duidelijk beeld gehad van zijn vermogen, maar ze kreeg plotseling de indruk dat het meer was dan ze had gedacht. Hij had haar nooit verteld over het chateau in Veules-les-Roses. Omdat hij zo bescheiden en discreet was, was het niet bij haar opgekomen dat hij rijk was.

Niet dat het haar iets kon schelen. Ze hield van hem, niet van zijn geld.

Twee van de huizen waren simpelweg deprimerend. Het derde was een groot ouderwets familiehuis, met veel meer ruimte en slaapkamers dan ze nodig hadden. De laatste twee waren schilderachtige huisjes, die in goede staat verkeerden en prettig voor haar zouden zijn om in te wonen tot ze weer terug naar haar eigen huis kon. Hij koos het huis waarvan hij wist dat ze het het mooist vond en besloot het van maand tot maand te huren. Ze hoopten allebei dat het niet lang zou duren voordat Paul Pasquier was opgepakt en Aude weer veilig was. Zodra hij opnieuw vastzat, kon Aude terug naar haar huisje en daar wachten tot Charlie klaar was met zijn terugkeer naar het land van de levenden.

'Jullie kunnen er meteen in,' zei de makelaar. Charlie moest Aude voor nu vragen om een cheque uit te schrijven voor de huur en de borgsom, zoals hij in het begin ook had gedaan, en beloofde haar terug te betalen zodra hij weer bij zijn bankrekening kon. Ze gingen langs het hotel om uit te checken en hun spullen te halen, die ze naar het huurhuisje brachten. Charlie droeg haar spullen naar binnen en zette ze neer in de slaapkamer die uitzicht bood op de zee.

'Is dit niet veel te duur?' vroeg ze hem bezorgd. Hij glimlachte geruststellend naar haar.

'Ik kan het me wel veroorloven.' Ze besloten boodschappen te doen zodat de koelkast gevuld zou zijn als hij weg was. Het huurhuisje was voorzien van keukengerei, beddengoed, een tv in de woonkamer en een stereo-installatie. Het was veel luxer dan haar huisje in het bos en ze giechelde terwijl ze de verschillende functies van de stereo-installatie uitprobeerde.

'Ik heb nog nooit in zo'n chique huis gewoond,' zei ze. Charlie dacht aan het chateau dat Isabelle inmiddels had geërfd. In vergelijking daarmee was dit huisje een krot, maar Aude was dankbaarder dan Isabelle ooit was geweest. Ze gingen die avond vroeg naar bed en bedreven de liefde. Zonder hun spullen voelde het huisje een beetje onpersoonlijk, maar Charlie twijfelde er niet aan dat Aude zich er snel thuis zou voelen. En overal waar zij was, voelde voor hem als een thuis.

Ze maakten de volgende ochtend een lange strandwandeling en kwamen terug naar het huurhuisje zodat hij het telefoontje kon plegen dat hij vier maanden lang had vermeden. Omdat het als een te grote stap voelde om Isabelle meteen te bellen, belde hij eerst zijn advocaat. Toen hij zijn naam zei, verbond de secretaresse van Philippe Delacroix hem onmiddellijk door.

'Wie is dit?' vroeg zijn advocaat op een boze toon, in de verwachting dat hij een oplichter aan de lijn had die beweerde Charlie te zijn. Maar toen hij Charlies stem hoorde, wist hij dat dat niet het geval was.

'Ik ben het, Philippe.'

'O mijn god,' zei de man diep geschokt. 'Wat is er gebeurd? Waar ben je geweest? Ik ben op je begrafenis geweest.'

'Ik weet het. Het is een lang verhaal,' zei Charlie terwijl hij Audes hand vasthield. Zij was ook bezorgd. 'Ik vertel je het hele verhaal zodra ik je zie.'

'Waar ben je nu?'

'Ongeveer anderhalf uur buiten Parijs.' Met de liefde van mijn leven, wilde hij eraan toevoegen, maar dat deed hij niet. Philippe zou veel te verwerken krijgen als hij hem zag. De verbaasde toon van de man bevestigde dat Charlies terugkeer schokkend zou zijn.

'Heb je al die tijd in een ziekenhuis gelegen?'

Charlie zuchtte. 'Nee.'

'Heb je Isabelle al gebeld?'

'Nee, ik heb jou eerst gebeld.'

'Je kunt maar beter langs mijn kantoor komen voordat je dat doet.'

'Is ze al hertrouwd?' vroeg Charlie slechts half voor de grap. Hij kende Isabelle goed genoeg om te weten dat het heel goed mogelijk was.

'Natuurlijk niet, maar iedereen dacht dat je dood was en alles is dienovereenkomstig afgehandeld. Er zal veel administratie af te handelen zijn nu je terug bent.'

'Dat vermoedde ik al. Ik was bijna niet teruggekomen,' gaf Charlie toe. 'Maar dat zou niet eerlijk zijn tegenover de kinderen. En ik mis ze. Hoe gaat het met ze?'

'Goed, voor zover ik weet.' Charlie vroeg niet naar zijn vrouw. Hij zou haar snel genoeg zien en hij wist zeker dat ze niet blij zou zijn met zijn terugkeer. Ze zou zich natuurlijk meteen zorgen maken over het geld dat niet langer van haar was, maar hij was van plan om genereus te zijn. 'Wanneer kom je terug naar de stad?'

'Vandaag,' zei Charlie terwijl hij treurig naar Aude keek. Hij wilde helemaal niet teruggaan, maar hij wist dat hij geen keus had. Aude had gelijk. Hij moest dit eerlijk en netjes afronden. Doen alsof hij dood was, was een stuk makkelijker geweest dan wat hem nu te doen stond, maar hij was er klaar voor. Hij dacht er al een tijdje over na, maar Paul Pasquier had de timing versneld.

'Kom meteen naar mijn kantoor als je er bent,' zei Philippe streng. 'En Charlie,' voegde hij er met een brok in zijn keel aan toe, 'welkom terug. Ik heb je gemist.' Wat Charlie gedurende de vijf maanden dat hij dood werd gewaand ook had uitgespookt, Philippe was blij dat hij nog leefde.

'Je bent misschien wel de enige,' zei Charlie met een wrange grijns. Het ontroerde hem dat zijn advocaat, die hij in de loop der jaren als een vriend was gaan beschouwen, echt om hem gaf en blij was dat hij terug was. Charlie vermoedde dat Philippe en de kinderen weleens de enigen konden zijn die oprecht blij zouden zijn om hem te zien.

Aude wist dat hij moest gaan nadat hij had opgehangen. Hij beloofde haar dat hij snel terug zou zijn. Zodra het kon, zou hij een paar dagen komen logeren en ze kon hem altijd bellen. Hij drukte haar op het hart dat ze de politie moest bellen als ze haar ex zag of vermoedde dat hij in de buurt was. Daarna viel er niets meer te zeggen. Ze bedreven nog een laatste keer de liefde en ze zwaaide hem uit toen hij wegreed in de auto die hij had gehuurd zodat Aude haar eigen auto kon gebruiken. Het was het einde van een hoofdstuk. Ze wisten allebei dat hun leven nooit meer hetzelfde zou zijn als in de vijf maanden waarin iedereen dacht dat hij dood was.

Er hoorden ook andere mensen in zijn leven. Maar ze hadden elkaar en wat er ook in het verschiet lag, zolang Charlie in haar leven was, kon ze het aan. Maar eerst moest hij de wereld laten weten dat hij nog leefde.

# 9

Er was meer verkeer op de weg dan Charlie had verwacht toen hij de stad in reed. Het kostte hem bijna twee uur om bij het advocatenkantoor te komen. De aanblik van de vertrouwde stad waar hij zijn hele leven had gewoond benam hem de adem. Soms vergat hij hoe mooi Parijs was en hoeveel hij ervan hield. Toen hij over de Champs-Élysées reed en naar de Arc de Triomphe keek, met de enorme Franse vlag die onder de boog wapperde in de wind, wist hij dat hij thuis was.

Hij reed naar het kantoor van zijn advocaat, dat zich in het 8e arrondissement aan de Rue François Premier bevond. Enkele van de meeste elegante winkels van Parijs bevonden zich ook in dat gebied. Het herinnerde hem aan Isabelle. Hij nam de lift naar het kantoor van zijn advocaat. Philippe Delacroix kwam meteen naar de receptie toe en omhelsde hem met tranen in zijn ogen. Charlie volgde hem naar zijn kantoor, waar hij al talloze keren was geweest. Philippe was jonger dan Charlie, maar niet veel. Hij was twee keer getrouwd en had met beide vrouwen twee kinderen gekregen.

Hij gebaarde dat Charlie moest gaan zitten en deed vervolgens hetzelfde. Charlie zag er goed uit – gelukkig en ontspannen – en Philippe vermoedde dat dat met een vrouw te maken had. Maar er was duidelijk meer aan de hand. Charlie werd al bijna vijf maanden dood gewaand, een lange tijd om zomaar uit je leven te verdwijnen en je geliefden te laten denken dat je dood was. Maar nu was hij terug, dus hij was duidelijk van gedachten veranderd.

'Wat is er gebeurd?' vroeg Philippe aan Charlie, die niet wist waar hij moest beginnen.

'Ik heb een ongeluk gehad. Ik wilde Isabelle en de kinderen eigenlijk vertellen dat ik mijn hoofd daarbij heb gestoten en daardoor aan geheugenverlies leed, maar dat voelt niet juist. Ik ben teruggekomen om dingen recht te zetten en de waarheid te vertellen. Ik was moe, het was laat en de weg naar het chateau is best gevaarlijk. Ik viel in slaap achter het stuur en reed van een klif af. Ik weet niet hoe, maar het autoportier ging open, waardoor ik uit de auto kon komen voordat hij naar beneden zonk. Ik klauterde de klif terug op, kwam bij de weg en begon te lopen. En terwijl ik dat deed, realiseerde ik me dat dit de perfecte kans was om mijn leven achter me te laten, om iedereen te laten denken dat ik dood was. Ik haatte mijn leven.' Hij vertelde er niet bij dat hij zichzelf bijna had laten verdrinken, dat het feit dat hij nog leefde in eerste instantie puur instinctief was geweest.

'Je besloot dat voordat er iets anders gebeurde. Voordat je iemand ontmoette?' vroeg Philippe, en Charlie knikte.

'Ik haatte alles aan mijn leven. Mijn baan bij die klootzak van een Jansen, mijn huwelijk, het chateau, de mensen die Isabelle er elk weekend mee vulde. Het was vreselijk. Mijn leven had geen enkele betekenis. Toen de auto het water raakte, overwoog ik heel even om het gewoon op te geven,' gaf hij toe. 'Ik wilde gewoon ontsnappen aan mijn leven en nooit meer terugkomen. Het ongeluk gaf me die kans, dus die greep ik. Ik wilde de volgende dag naar het chateau rijden, maar ik kon het gewoon niet.'

'Er zijn mensen die dat hebben gedaan en nooit meer zijn teruggevonden,' merkte Philippe op, onder de indruk van wat hij tot nu toe gehoord had.

'Ons huwelijk is al jaren niet meer wat het geweest is. Ik wist dat het Isabelle niets zou kunnen schelen als ik zou sterven, dat ze er misschien zelfs de voorkeur aan zou geven. Ik kan me niet eens herinneren wanneer ik voor het laatst echt van haar gehouden heb. Maar goed, nadat ik de klif op was geklauterd en over de weg liep, kwam ik minstens een uur geen huis, mens of auto tegen. En toen zag ik ineens licht in het bos branden, dat afkomstig bleek te zijn van een huisje. Ik strompelde ernaartoe en een vrouw deed open. Zij heeft mijn leven veranderd. Ze is mooi en slim en liefdevol. Ze schildert en heeft aan de Beaux-Arts gestudeerd. Ze is ongelooflijk. We zijn sinds die avond samen. Ik woonde bij haar in haar huisje en werkte als automonteur, wat ik trouwens geweldig vond. Ze zei altijd dat ik terug moest keren naar mijn oude leven voor de kinderen en ze had gelijk, dus hier ben ik. En ik weet dat dit voor jou een enorme puinhoop gaat worden om op te lossen.'

'Waar is ze nu? Heb je haar meegenomen?' Philippe hoopte van niet, maar je wist het nooit. Het zou alles in elk geval veel ingewikkelder maken. Maar Charlie was slimmer dan dat en hij wilde Aude ook beschermen.

'Nee, ik ben alleen gekomen. Ik moet dit in mijn eentje regelen.'

'Wat wil je? Terug naar Isabelle?' Het leek Philippe niet aannemelijk, maar Charlie was een eervolle man en het viel Philippe op dat hij zijn trouwring nog droeg.

'Nee, natuurlijk niet. We hadden jaren geleden al een punt moeten zetten achter ons huwelijk. Ik wil scheiden. Ze mag het chateau houden, maar ik wil het appartement in Parijs terug, hoewel de kinderen het natuurlijk mogen blijven gebruiken. Het enige wat ik van hen terug wil is dit: ik heb ze vijfenzeventig procent van mijn bezittingen en investeringen gegeven in plaats van de zesenzestig procent die de wet voorschrijft. Ze mogen de zesenzestig procent houden, maar ik wil het verschil van negen procent terug. Daar kan ik wel van leven. Het pensioen dat Isabelle van Jansen heeft gekregen moet ze terugbetalen, aangezien ik niet dood ben. En we moeten het verzekeringsgeld terugbetalen dat ik apart had gezet om de erfbelasting van te betalen, maar omdat ik niet dood ben moet de staat ons die erfbelasting teruggeven, dus dat geld gaat terug naar de verzekeringsmaatschappij. De vijfentwintig procent van mijn bezittingen die Isabelle heeft gekregen, zal ik met haar delen bij de echtscheiding.

Ik krijg dus negen procent van mijn geld terug van de kinderen en twaalf en een half procent van Isabelle, en dat is meer dan genoeg voor mij. Ik zoek wel een baan. Deze keer hopelijk een die ik leuk vind. Ik zou graag weer bij een uitgeverij willen werken, misschien als redacteur. Ik wil in elk geval nooit meer aan de slag als CEO.'

Philippe staarde gefascineerd naar zijn cliënt. Alles wat hij net had voorgesteld was goed doordacht en meer dan eerlijk tegenover alle betrokkenen. Hij wist dat Charlies kinderen dolblij zouden zijn dat hij nog leefde, maar over Isabelle kon hij niet hetzelfde zeggen. Net als Charlie vermoedde hij dat ze het geld dat ze had gekregen zou verkiezen boven een levende echtgenoot.

'Je bent nederig geworden, mijn vriend, maar dat geldt niet voor je "weduwe". Het is heel goed mogelijk dat ze het geld dat ze van je heeft gekregen niet wil opgeven.'

Charlie wist dat zijn advocaat gelijk had. Isabelle zou het geld dat ze had gekregen niet zonder strijd opgeven. Maar hij was bereid om die strijd aan te gaan.

'Heeft ze een keuze?'

'Die heeft ze, maar aangezien je teruggekeerd bent uit de dood en nog steeds bereid bent haar een groot geldbedrag en het chateau te geven, zal ze geen goede indruk maken als ze je helemaal niets terug wil geven. Het chateau kan ze trouwens altijd nog verkopen als ze geld nodig heeft. Ze zal het pensioen dat ze van Jansen heeft gekregen, de helft van het geld dat ze van jou heeft gekregen en het gebruik van het appartement kwijtraken, maar ze krijgt nog steeds een mooi bedrag en het chateau is veel geld waard. Ze had het echt een stuk slechter kunnen treffen.'

'Ik weet zeker dat ze mijn dood boven een scheiding zou verkiezen, maar zo is het nu eenmaal.' Charlie was nog steeds heel genereus naar Isabelle toe, maar hij en Philippe wisten allebei dat zij daar anders over zou denken. Philippe wist dat ze zelfs ontevreden was geweest over wat haar eigen kinderen hadden gekregen. Ze wilde alles voor zichzelf. 'Ik betwijfel of ze blij zal zijn om me te zien.'

'Hoe ga je haar laten weten dat je nog leeft?'

'Geen idee. Ik zou haar kunnen bellen? Of een berichtje sturen? Of jij zou het haar kunnen laten weten?'

'Ik denk niet dat ze het als goed nieuws zal beschouwen,' zei Philippe.

'Ik ook niet. Als alles geregeld is, ga ik een tijdje weg, en daarna ga ik op zoek naar een baan. Ze kan uit het appartement vertrekken terwijl ik weg ben.'

Philippe kon zien dat Charlie veranderd was. Hij leek sterker en zekerder van zichzelf, minder verslagen. Hij was niet langer neerslachtig of depressief. Ineens wist hij wat er anders was aan Charlie: hij was gelukkig. Philippe was blij voor hem. Charlie was een lange tijd ongelukkig geweest, zo ongelukkig dat hij bijna vijf maanden lang had besloten te doen alsof hij dood was. Daar was lef voor nodig. En hij had het geluk gehad om een vrouw te vinden die bij hem paste en hem gelukkig maakte. Philippe was opgelucht te horen dat hij wegging bij Isabelle. Hij had haar nooit gemogen, ze was inhalig en hardvochtig.

'Ik denk dat ik haar het beste kan bellen,' zei Charlie uiteindelijk. Hij wist niet zeker wat hij zou gaan zeggen, maar ze waren nog steeds getrouwd en hij was haar een verklaring schuldig. Hij wist dat wat hij had gedaan extreem was.

Charlie en Philippe werkten nog twee uur aan een plan hoe het nu verder moest, waarbij Charlie een nieuwe bankrekening opende en een nieuwe creditcard aanvroeg, zodat hij eindelijk dingen kon kopen zonder Audes hulp. Hij belde haar na het gesprek om haar te vertellen hoe het was gegaan en boekte daarna een kamer in het Four Seasons Hotel George V, dat in de buurt van Philippes kantoor lag. Hij zou de hulp van zijn advocaat nog wel een tijdje nodig hebben om alles op een rijtje te kunnen zetten en te onderhandelen met Isabelle en haar advocaat. Hij besloot haar eerst te bellen en daarna zijn kinderen.

Hij belde Isabelle vanuit zijn hotelkamer. Ze herkende het nummer van zijn nieuwe mobiele telefoon niet, dus wist ze niet wie er belde toen ze opnam.

'Hallo, Isabelle,' zei hij zo rustig als hij kon opbrengen. 'Ik heb je veel uit te leggen, maar ik ben terug.' Er viel een lange stilte aan de andere kant van de lijn terwijl ze verwerkte wie er belde en wat hij had gezegd. 'Het spijt me, het moeten vijf zware maanden zijn geweest,' zei hij meelevend.

'Dit meen je toch niet?' krijste ze door de telefoon. 'Je hebt iedereen laten geloven dat je dood was? Wat is dat voor ziek spelletje? En nu heb je spijt en wil je met hangende pootjes thuiskomen?' Ze was volledig in paniek, want ze wist dat hij alles terug zou willen wat hij haar gegeven had. Het was van haar toen hij dood was, maar nu bleek hij dat hinderlijk genoeg niet te zijn.

'Ik zei dat het me speet, niet dat ik terug wil komen. Dat wil ik namelijk niet. Het is veel te laat voor ons. Dat was het al toen ik het ongeluk kreeg. We hadden deze poppenkast jaren geleden al moeten beëindigen. Ik weet niet waarom we dat niet gedaan hebben. Ons huwelijk is veel doder dan ik ooit geweest ben.'

'Dus je hebt een ongeluk gehad?' vroeg ze hem. 'Wat is er gebeurd? Heb je al die tijd geheugenverlies gehad, of in coma gelegen?' Het was de enige manier waarop ze zich kon voorstellen dat hij vijf maanden lang van de radar was verdwenen.

'Ik viel op weg naar het chateau in slaap achter het stuur en reed van een klif af, maar wonderbaarlijk genoeg heb ik het overleefd. Ik heb niet in coma gelegen. Ik had tijd nodig om uit te zoeken wat ik met mijn leven wilde.'

'En dat moest vijf maanden duren?' snauwde ze. Ze was duidelijk niet blij om van hem te horen, wat geen verrassing was.

'Ja. Ik had veel uit te zoeken. Wat er is misgegaan tussen ons. Wat ik wilde doen met de baan die ik haatte en alleen had behouden om jou gelukkig te maken. We leiden al jarenlang aparte levens, wat voor geen van ons beiden goed is. Ik weet niet waarom we bij elkaar zijn gebleven. Uit gewoonte, denk ik. We hadden er in elk geval geen excuus meer voor nadat de kinderen uit huis gingen. Maar goed, we moeten wat zaken regelen en daarna ben je van me af. Het spijt me als ik je ongelukkig heb gemaakt, maar je hebt tenminste het chateau.'

'Wil je dat terug?' vroeg ze geschrokken.

'Natuurlijk niet. Het was altijd de bedoeling dat het van jou zou zijn en nu is het dat. We kunnen de rest via onze advocaten regelen als je daar de voorkeur aan geeft.' Ze vroeg niet of ze hem kon zien en hij wilde haar ook niet zien. De weinige gevoelens die ze nog voor hem had gehad, waren doodgegaan toen ze dacht dat hij dat ook was. Ze zei ook niet dat ze blij was dat hij nog leefde. Dat was ze niet. Nu hij terug was, was ze doodsbang welke 'zaken' hij wilde regelen. 'Ik ga de kinderen nu bellen. Ik wil het ze zelf vertellen, als je het niet erg vindt.'

'Over de scheiding?'

Hij zuchtte. 'Nee, dat ik nog leef. Het lijkt me belangrijker dat ze dat weten.'

'O.'

'Philippe zal naar je advocaat bellen om de boel in gang te zetten. Ik neem aan dat we dit allebei zo snel mogelijk achter de rug willen hebben.' Ze zei niets en een minuut later hingen ze allebei zonder nog iets te zeggen op. Daarna belde hij Judith, die weer terug in New York was. Ze slaakte een kreet toen ze de stem van haar vader hoorde. Hij verontschuldigde zich dat hij zo lang niets van zich had laten horen, vertelde haar over het ongeluk en beloofde haar snel op te komen zoeken. Ze lachte huilend en zei dat ze van hem hield voordat ze ophing. Het geld kwam niet eens in haar op. Ze was dolgelukkig dat ze haar vader terug had, daar gaf ze alles wat ze had met liefde voor op.

Vervolgens belde hij Olivier, die ook huilde toen hij de stem van zijn vader hoorde. Dat deden ze allebei. Charlie beloofde zijn zoon dat hij hem alles zou uitleggen als hij hem weer zag, maar daar hadden ze nu een heel leven de tijd voor. Hij had het met geen van zijn beide kinderen over Aude gehad. Dat zou niet gepast zijn geweest.

Isabelle belde Stephanie zodra Charlie had opgehangen. Ze vertelde haar vriendin dat Charlie nog leefde en dat ze bang was dat hij alles terug zou willen hebben, hoewel hij had gezegd dat het chateau van haar was. Maar hij wilde natuurlijk wel zijn geld terug. Hij moest immers ergens van leven. Maar dat gold ook voor haar.

'Neem de beste advocaat in de arm die je kunt vinden,' adviseerde Stephanie haar vriendin. Ze wist waar ze het over had, ze had zelf immers al meer dan genoeg ervaring op het gebied van echtscheidingen. 'Geef niets op wat niet hoeft. Dit is oorlog. Hij heeft waarschijnlijk een nieuwe vriendin. Heb je hem dat gevraagd?'

'Nee, maar als hij die wel had, zou hij het me niet verteld hebben. Hij klonk anders. Sterker. Hij is niet dezelfde man die hij vijf maanden geleden was. Van een klif rijden is blijkbaar een of andere wake-upcall voor hem geweest.' En zij had ook anders geklonken. Harder en zelfzuchtiger dan ooit tevoren.

'Gewoon niets opgeven,' adviseerde Stephanie haar nogmaals. Even later belde Judith haar moeder, extatisch dat haar vader nog leefde. Olivier belde haar ook, diep ontroerd dat zijn vader weer terug was. Geen van beiden leek het hem kwalijk te nemen dat hij ze bijna vijf maanden had laten denken dat hij dood was. Ze waren er zeker van dat er een verklaring voor was en gaven hem het voordeel van de twijfel. Hij had immers altijd overal een goede reden voor. Isabelle ergerde zich aan de vergevensgezindheid van haar kinderen, maar zij waren gewoon blij dat hun vader nog leefde. Hun waarden waren niet veranderd. Maar die van Isabelle ook niet.

Charlie had alles gedaan wat hij op het moment kon doen: hij had zijn advocaat gesproken en zijn vrouw en kinderen verteld dat hij nog leefde.

Philippe wist wat Charlie wilde dat er hierna zou gebeuren en het was aan hem om daarover te onderhandelen. Charlie checkte uit bij het hotel waar hij verbleef en reed terug naar Normandië om Aude te zien, hij wilde haar verrassen. Haar gezicht lichtte op zodra ze hem zag. Hij was maar één nacht weg geweest en ze had verwacht dat hij dagen of zelfs weken weg zou zijn. Hij was van plan om bij haar te blijven tot zijn advocaat hem weer nodig had. Hij moest Jerome Jansen nog steeds vertellen dat hij nog leefde en dat hij hem het pensioengeld zou terugbetalen, zelfs als het uit eigen zak moest komen. Hij was dezelfde eervolle man die hij altijd was geweest.

Aude vertelde hem dat ze contact had gehad met de maatschappelijk werker van haar ex en dat de politie hem nog steeds niet had gevonden. Hij was nog steeds op de vlucht, maar hier zou hij hen niet vinden; Aude was veilig.

Ze brachten het weekend door met het verkennen van de omgeving en aten een aantal uitstekende maaltijden in nabijgelegen restaurants. Charlie was teruggekomen met een hoop geld. Philippe had hem een envelop met contant geld gegeven waar hij de dingen van kon betalen tot zijn creditcards er waren.

Charlie vertelde haar dat hij zijn kinderen had gebeld en bedankte haar dat ze hem had aangespoord om contact met ze op te nemen. Het was het juiste geweest om te doen. En mettertijd zou alles op zijn plaats vallen. Hij kon niet wachten tot hij ze weer zou zien en ze Aude zouden ontmoeten.

Het viel Aude op dat hij zijn trouwring niet meer droeg. Eindelijk. Er verscheen een brede glimlach op haar gezicht zodra ze dat zag.

Ze genoten van een rustig weekend, waarbij ze veel over het strand wandelden en Aude schetsen maakte op het tekenblok dat ze had meegenomen. Het feit dat Paul Pasquier nog steeds niet gepakt was zat hen dwars, maar ze konden er niets aan veranderen en ze was in Équemauville in elk geval veilig.

Op maandag belde Charlie Jerome om hem te vertellen dat hij nog leefde. Hij was verbaasd toen hij zijn voormalige baas hoorde huilen. De oudere man gaf toe dat toen Charlie stierf het bijna was alsof hij een zoon verloor, of een jongere broer, wat Charlie diep raakte. Jerome was menselijker dan hij had verwacht en hij had Charlie ondanks hun verschillen als een vriend beschouwd. Hij was geen slecht mens, hij had alleen een andere ethiek dan Charlie, slechte manieren en was onaangenaam om voor te werken. Charlie kon zich niet voorstellen dat hij ooit nog voor hem zou werken en begreep niet hoe hij dat elf jaar had volgehouden, hoe goed het salaris ook was. Hij had het voor Isabelle gedaan, maar hij kon dat niet meer. Het had hem bijna zijn leven gekost.

Jerome vroeg of Charlie weer voor hem kwam werken. Ze hadden hem vervangen, maar Jerome was niet blij met Charlies vervanger en zei dat hij hem in een oogwenk zou ontslaan.

'Ik kan het niet, Jerry,' zei Charlie zogenaamd spijtig. 'Ik ben te lang weggeweest.'

'Vijf maanden is niets.' Jerome bood hem opslag aan en was onder de indruk toen Charlie hem vertelde dat hij het pensioen zou terugbetalen. Charlie was een man van eer.

'Wat heb je trouwens met die stickers gedaan? De veiligheidsstickers waar we de avond van het ongeluk ruzie over hadden?'

Even zei Jerome niets, maar toen antwoordde hij schoorvoetend: 'Ik heb ze geannuleerd.'

Daar moesten ze allebei om lachen. Jerome was geen slecht mens, maar hij was wel koppig en vreselijk om voor te werken. Er was niets wat Jerry kon doen om hem zover te krijgen om terug te komen en dat begreep hij aan het einde van het gesprek zelf ook. Charlie wist echter dat hij oprecht om hem gerouwd had en dat raakte hem diep. Hij vond Jerome een stuk aardiger nu hij niet langer zijn baas was. Hij was een zuurpruim die alleen maar om geld gaf, maar hij had geen slechte inborst.

Charlie wilde iets doen aan zijn werksituatie en had zijn voelsprieten uitgezet in de uitgeverswereld, maar hij was al heel lang weg uit dat vakgebied. Niemand die hij belde stond te springen om hem in dienst te nemen.

'Er zijn altijd Armand en de garage nog,' zei hij tegen Aude nadat hij haar had verteld over de telefoontjes.

'Er komt uiteindelijk wel iets op je pad,' moedigde ze hem aan, en hij geloofde haar.

In de tussentijd wilde hij dat Aude met hem meeging naar Parijs. Ze was echter terughoudend om zich in zijn wereld te mengen. Ze voelde zich meer op haar gemak als hij in de hare was. Ze miste haar huisje, maar zolang haar ex op vrije voeten was, was het niet veilig om terug te gaan. Charlie was opgelucht dat ze zich op een plek bevond waar Pasquier haar niet kon vinden.

De dag nadat hij Jerome had gesproken, werd Charlie gebeld door Philippe, die verslag deed van het gesprek dat hij met Isabelles advocaat had gehad. Het gesprek was heftiger geweest dan hij had verwacht. Isabelle hield voet bij stuk. Ze had een van de meest agressieve advocaten van Parijs ingehuurd en die dreigde Charlie ervan te beschuldigen dat hij zijn eigen dood in scène had gezet om verzekeringsfraude te plegen en zich aan zijn verantwoordelijkheden jegens haar te onttrekken. Het was een loos dreigement, maar ze gebruikte het als pressiemiddel.

'Als je bedenkt hoe vrijgevig je in je testament was, zijn hun dreigementen absurd en komen ze niet ver. Ik heb na ons gesprek contact opgenomen met de verzekeringsmaatschappij en ze verteld dat je van plan bent om het geld terug te betalen, en daar waren ze van onder de indruk. We hebben geen sterke zaak wat betreft geheugenverlies na het ongeluk, aangezien je nooit bent opgenomen in het ziekenhuis, hoewel dat waarschijnlijk wel verstandig zou zijn geweest na zo'n ervaring. Maar we kunnen het wel op psychologisch trauma gooien, wat je beoordelingsvermogen gemakkelijk kan hebben beïnvloed en verklaart waarom het zo lang duurde voordat je terugkwam. Hoe betrouwbaar denk je dat die kunstenares met wie je bevriend bent is als getuige?'

'Waarschijnlijk heel betrouwbaar, want ze is een zeer integere vrouw. Maar ik ga haar niet vragen om voor me te liegen. De waarheid is dat ik mijn leven zat was en me jarenlang ellendig heb gevoeld. Ik haatte mijn baan, mijn baas – hoewel hij een fatsoenlijker mens blijkt te zijn dan ik had verwacht – en mijn huwelijk. Het was genoeg om even te overwegen om te verdrinken nadat ik in de zee belandde. Maar toen nam mijn overlevingsinstinct het over en slaagde ik erin naar het oppervlak te zwemmen en me een weg omhoog te klauteren langs de klif. Maar het laatste wat ik wilde was teruggaan naar het leven dat ik haatte. Dat kon ik niet. De enige reden waarom ik ben teruggekomen, is voor mijn kinderen. Het is niet eerlijk om ze in de waan te laten dat ik dood ben. Maar het heeft me vierenhalve maand gekost om mezelf te dwingen om die stap te zetten.

Niets wat ik terugvraag aan Isabelle is onredelijk. Zij krijgt het chateau en ik het appartement in Parijs, hoewel de kinderen er natuurlijk gebruik van mogen blijven maken. Ik ben nooit van plan geweest om dat appartement aan Isabelle te geven. Verder vraag ik haar om me de helft van het geld en de beleggingen die ik haar heb nagelaten terug te geven, want ik leef nog en ik heb ook iets nodig om van te leven. En daarbij heb ik geen baan meer en ik weet niet wanneer ik er weer een zal vinden. Misschien wel nooit. Mannen van drieënvijftig zijn niet erg gewild op de arbeidsmarkt. En ik ga nog liever echt dood dan dat ik terugga naar Jansen. Het was een ellendige baan en een bedrijf waar ik nooit iets om heb gegeven. Werken in de kunststofindustrie is nooit mijn droom geweest. Ik zou graag weer bij een uitgeverij willen werken. Ik hield van de uitgeverswereld en het was stom om die te verlaten vanwege een driftbui. Als ik terug kon, zou ik dat doen, zelfs voor een lager salaris. Tot nu toe heeft echter niemand me een baan aangeboden. Ik heb echter geen zin meer in alle kopzorgen die een baan als CEO met zich meebrengt.

Ik zie niet in wat Isabelle te klagen heeft. Ze mag het chateau en de helft van mijn beleggingsportefeuille, wat veel meer is dan ze zou krijgen als we zouden scheiden.'

'Ze wil de andere helft ook,' zei Philippe somber. 'En ik weet waarom. Ze heeft nog geen nieuwe rijke echtgenoot gevonden, hoewel ik geruchten heb gehoord dat ze er hard naar op zoek is. Ze is behoorlijk doorzichtig. Ze is uit op geld en of dat nu van jou komt of van iemand anders kan haar niet schelen. En dan is er nog de kwestie dat je niet dood bent. Dat is heel onhandig voor haar, want daardoor moet ze het pensioen terugbetalen dat ze van Jerome Jansen heeft gekregen. Als je haar al je beleggingen en het chateau geeft en Jerry Jansen zelf terugbetaalt zodat ze het pensioen mag houden, is ze tevreden.'

'En wat krijg ik dan?' vroeg Charlie hem.

'Ontzettend veel spijt dat je met haar getrouwd bent en niets hebt om van te leven. O, en ze wil ook nog partneralimentatie, dus je kunt er maar beter voor zorgen dat je veel gaat verdienen, want ze is van plan het grootste deel van je salaris op te eisen. Het is geen wonder dat niemand met haar wil trouwen. Ze is een bloedzuiger en een hele doorzichtige. Ze kan het chateau verkopen als ze zo graag geld wil.'

'Dat zal ze nooit doen. Ze is er veel te dol op,' zei Charlie hoofdschuddend.

'Dan zeg ik dat we voet bij stuk houden en eisen dat ze de helft van je beleggingen en het pensioen teruggeeft en dat jij haar partneralimentatie geeft die in verhouding staat met je toekomstige salaris. Meer kan ze niet verwachten. Onder de partneralimentatie kom je niet uit omdat je zo lang met haar getrouwd bent geweest, maar ze kan geen pensioen houden van een man die niet dood is. Geen enkele rechtbank zal dat toestaan. Dat ze het per vergissing heeft geïnd, betekent nog niet dat ze het mag houden. Ze gedraagt zich niet erg netjes, niet dat dat me verbaasd. Ze klaagde al over het testament zodra ze te horen kreeg hoeveel je de kinderen had nagelaten. Ze zou haar eigen kinderen zonder gewetensbezwaren afzetten. En ze wilde ook niet dat ze het appartement gebruikten of het chateau bezochten.' Dat verbaasde

Charlie. 'Ze heeft er sinds je dood... sorry, sinds juni elk weekend uitbundige feestjes gegeven. Maar goed, laten we bij onze eis blijven. Zolang er onenigheid is over de beleggingsportefeuille bevriezen we die, zodat ze niet aan haar helft kan komen tot alles achter de rug is. Wat denk je ervan?'

'Het klinkt allemaal heel eerlijk. Isabelle komt uit ons huwelijk met een heel waardevol stuk onroerend goed, een goede beleggingsportefeuille waar ze van kan leven en partneralimentatie. Dat is het beste wat ik kan doen.'

'Het is meer dan de meesten zouden doen.' Dit alles bewees maar weer eens waarom Charlie zo ongelukkig getrouwd was geweest met Isabelle. Ze gaf niets om hem, het enige wat ze wilde was zijn geld. Ze had een kassa in plaats van een hart. 'Ze heeft ook geopperd dat je meer terug kunt vragen aan de kinderen zodat zij minder kwijt is,' zei Philippe, verontwaardigd over Isabelles gebrek aan vrijgevigheid tegenover haar kinderen. Niet dat het hem of Charlie verbaasde.

'Dat ga ik niet doen,' zei Charlie resoluut.

'Dat heb ik ook tegen haar advocaat gezegd.'

'We houden voet bij stuk en zien wel wat ze doet. Ik denk dat ze uiteindelijk wel zullen terugkrabbelen,' zei Philippe zelfverzekerd.

Charlie vertelde Aude over zijn gesprek met Philippe. Het contrast tussen de twee vrouwen was verbluffend. De ene was zachtaardig, vriendelijk, redelijk, verzorgend, meelevend en bovenal liefdevol. De andere was zo hard als een spijker en gaf alleen maar om geld. Het was duidelijk dat Isabelle liever had gehad dat Charlie echt was doodgegaan. Isabelle was in haar volwassen jaren een moeilijk persoon geworden om van te houden en Charlie voelde geen greintje wroeging dat hij van haar wilde scheiden. Aude uitte geen kritiek op Isabelle tegen Charlie, maar ze begreep nu beter waarom hij zijn oude leven achter zich had willen laten. Ze vroeg zich af of Isabelle hem altijd als een kans had gezien in plaats van een persoon, of dat haar gevoelens voor hem in de loop der jaren waren afgenomen. Isabelle wilde getrouwd zijn met een man die net zo rijk en succesvol was als haar vader, en hoewel Charlie ook zeer succesvol was geweest, was hij niet bereid om over lijken te gaan. Daarom trok de uitgeverswereld hem zo aan. Hij had er een diepe emotionele band mee vanwege zijn ouders, die allebei schrijver waren geweest. Hij had het goed gedaan bij de uitgeverij waar hij had gewerkt en hij wist dat het dom was geweest dat hij zich had laten leiden door zijn ego, maar hij was in zijn jongere jaren nu eenmaal een heethoofd geweest. Nu was hij volwassener en verantwoordelijker en meer geïnteresseerd in de kwaliteit van zijn leven. Het was een van de vele redenen waarom Aude van hem hield en waarom ze zo goed bij elkaar pasten; zij zag de dingen op dezelfde manier als hij. Ze wilden allebei werken, maar het werk dat ze deden moest zinvol zijn en voldoening geven.

Philippe beloofde contact te houden en zei dat hij Isabelles advocaat een duidelijke brief zou sturen waarin hij hun standpunten herhaalde.

Charlie was geërgerd door het gesprek, maar Aude slaagde erin hem te kalmeren. Ze stelde voor om die middag naar de film en uit eten te gaan om hem af te leiden. Hij sloeg zijn armen om haar heen.

'Ik hoop dat ik geen fout heb gemaakt door terug te gaan,' zei hij zachtjes. 'Ik heb echt geen zin om de komende twee jaar een strijd met Isabelle te voeren. Ons huwelijk is voorbij en onze kinderen zijn volwassen. Het zou zo fijn zijn om dat deel van mijn leven los te kunnen laten.'

'Ze wil het geld niet loslaten,' vatte Aude zowat zijn hele gesprek met Philippe in een paar woorden samen. Ze besefte inmiddels dat er echt geld mee gemoeid was, en waarschijnlijk veel.

'Ik wil gewoon terug naar je huisje,' zei hij met een treurige glimlach. 'Zodra je ex weer in de gevangenis zit natuurlijk. Is er trouwens nog nieuws op dat gebied?'

'Hij is nog steeds voortvluchtig.'

'Je bent hier in elk geval veilig.' Het huurhuisje vormde ook een leuke verandering van omgeving. Het stadje kende veel goede restaurantjes en aangezien het een kustplaatsje was, maakten ze geregeld lange wandelingen over het strand. 'Ik wist dat het een lastige weg zou worden. Maar de kinderen weten tenminste dat ik nog leef en dat ik ze niet in de steek heb gelaten.' De strijd met Isabelle kon niet eeuwig duren en hopelijk werd Audes ex snel gepakt zodat ze weer een normaal leven konden leiden. Het enige wat Charlie wilde was zijn leven met haar delen en dat was ook alles wat zij wilde.

# 10

'Maak het hem zo moeilijk mogelijk. Vroeg of laat geeft hij het wel op,' adviseerde Stephanie Isabelle. Isabelle was niet van plan om ook maar een cent meer terug te geven dan absoluut noodzakelijk was, zeker niet nu ze tijdens een etentje een man had ontmoet die ze leuk vond. Hij had zijn eigen vliegtuig en een boot. Hij was in de zeventig, maar dat kon Isabelle niets schelen. Hij had een jacht en een jet. Hij had al beloofd om naar haar volgende feestje op het chateau te komen.

Hij had haar uitgenodigd om mee naar zijn huis in de Dominicaanse Republiek te gaan, waar zijn boot op dit moment aangemeerd lag; in de winter lag hij in de Caraïbische Zee en in de zomer in de Middellandse Zee. Isabelle was woest toen haar advocaat haar vertelde dat ze niet kon gaan. Ze moest in de stad blijven voor de depositie; dat moest nu haar prioriteit zijn. Ze vertelde Yves Napier, haar nieuwe vriend, niet waarom ze niet mee kon. Ze zei dat ze zaken moest regelen in verband met een investering. Ze wilde niet dat hij wist dat ze ruzie had met haar aanstaande ex-man over geld. Dan zou hij haar misschien hebberig vinden.

Charlie was er ook niet blij mee. Hij moest ook naar Parijs voor de depositie. Hij probeerde Aude over te halen om met hem mee te gaan. Ze was al jaren niet meer in Parijs geweest en hij wilde de schoonheid van de stad met haar delen. Het gaf haar ook de mogelijkheid om de galerie waar ze haar schilderijen aan verkocht te bezoeken. Maar ze wilde zich niet mengen in zijn scheiding. Ze had eindelijk nieuwe schilderbenodigdheden gekocht en ze wilde aan de slag gaan met een schilderij. Ze was altijd al dol geweest op Parijs, maar ze wilde niet met Charlie naar de stad tot de onderhandelingen over zijn scheiding achter de rug waren. Daar was ze onvermurwbaar in. Ze wilde zijn vrouw niet tegen het lijf lopen.

Ze stond de ochtend dat hij vertrok vroeg met hem op, maakte ontbijt voor hem, wenste hem succes en kuste hem gedag. Zodra hij weg was, ging ze aan de slag met de schets op het doek dat ze wilde schilderen. Ze had zin om weer aan het werk te gaan.

Terwijl zij en Charlie afscheid van elkaar namen, merkten ze geen van beiden de man op die hen vanuit zijn auto gadesloeg. Hij had een dikke zwarte baard, droeg een honkbalpet die hij laag over zijn hoofd had getrokken en zat onderuitgezakt in zijn stoel. Hij wachtte een paar minuten en stak toen de straat over naar het huisje. Hij gebruikte een afstandsbediening die de garagedeur geluidloos opende. Het was een generieke afstandsbediening die vrijwel elke garagedeur kon openen. Aude had haar auto op straat geparkeerd. De garage was leeg en de deur die naar binnen leidde was niet op slot. Binnen een paar seconden stond hij in de keuken, met de afstandsbediening terug in zijn zak en een jachtmes in zijn hand. Aude sprong verschrikt op toen ze hem slechts enkele meters bij haar vandaan zag staan. Eerst herkende ze hem niet door zijn zwarte baard, maar op het moment dat hij sprak, wist ze wie hij was, ook al had ze hem al acht jaar niet meer gezien.

'Je schildert dus nog steeds?' vroeg hij, terwijl hij de kamer rondkeek om er zeker van te zijn dat er niemand was.

'Wat doe jij hier?' vroeg ze zo onverschillig mogelijk. Ze probeerde niet te laten zien hoe bang ze was. Zijn ogen, die gejaagd door de kamer schoten, richtten zich op haar.

'Ik kom voor jou,' zei hij met een wrede grijns. 'Gewoon een bezoekje. Het is lang geleden. Ben je niet blij om me te zien?' Er lag een paletmes op de tafel naast haar, maar dat was geen partij voor zijn jachtmes, en zij was geen partij voor hem. Dat was ze nooit geweest. Hij was lang, met brede schouders en sterke armen. Hij had veel aan gewichtheffen gedaan in de gevangenis en was nog sterker geworden.

'Wanneer ben je uit de gevangenis gekomen?' vroeg ze hem. Ze hoopte hem te kunnen afleiden door tegen hem te praten terwijl ze naar een ontsnappingsroute zocht, maar ze kwam al snel tot de conclusie dat die er niet was. Hij had zichzelf strategisch tussen haar en de deur geplaatst. Hij was gek, maar ook slim. Dit was dan ook een situatie waar ze altijd voor gevreesd had.

'Toen ik dat wilde,' zei hij cryptisch.

'Je moet gaan,' zei ze zo vastberaden als ze kon opbrengen. Lachend schudde hij zijn hoofd.

'Waarom? Waar is je vriendje? En lieg niet tegen me door te zeggen dat hij in de kamer hiernaast is. Ik zag hem weggaan. Je gaat nu voor de oudjes, hè?' Charlie was ouder dan zij, maar hij was niet oud. Paul Pasquier was achtendertig en hij zag er nog gekker uit dan eerst. Zijn ogen glinsterden gevaarlijk. Ze vroeg zich af of hij iets gebruikt had. Hij leek krankzinnig, net als hij was geweest toen hij Jean-Michel had vermoord.

'Ik wil dat je weggaat,' zei ze nogmaals, maar hij negeerde haar en begon door de keuken te ijsberen.

'Ik ga nergens heen. Leuk dat je nog steeds schildert.' Hij wees naar het doek.

'Paul, wat wil je?' probeerde ze hem tot rede te brengen.

'Je bent mijn vrouw en ik wil dat je je zo gedraagt. Dat je voor me kookt, mijn huis schoonmaakt, naar me luistert, niet tegen me liegt en me niet bedriegt, zoals je eerder deed. En nu bedrieg je me weer. Je bent een hoer.'

'We zijn gescheiden,' zei ze kil.

'Je had het recht niet om van me te scheiden. Bovendien is het niet legaal. We zijn nog steeds getrouwd. Je bent vergeten wat vakjes aan te vinken.'

'Ik weet zeker dat ik alle vakjes heb aangevinkt. We zijn al zeven jaar gescheiden,' zei ze, hoewel ze wist dat het zinloos was om te proberen hem tot rede te brengen.

'Je dacht dat je voor me kon vluchten, als een lafaard, maar je was makkelijk te vinden op internet en je adres stond op de scheidingspapieren. Wat vond je van de cadeautjes die ik voor je achterliet?' vroeg hij grijnzend. Hij was ziek. Zijn tijd in de gevangenis had hem nog gekker gemaakt dan hij al was. 'Dacht je nu echt dat je aan me kon ontsnappen door hierheen te komen? Ik ben je gevolgd, en je zag me niet eens.' Ze wist wel beter dan te reageren op zijn vragen en beschuldigingen. Er viel niet aan hem te ontsnappen. Het was onmogelijk om te raden wat hij van plan was en ze was bang dat hij zou wachten tot Charlie terugkwam zodat hij hem kon vermoorden. 'Ik heb ook een huisje, weet je. In het bos waar we altijd naartoe gingen. Het staat er nog steeds. Misschien kunnen we daarheen gaan.' Ze was er een paar keer met hem naartoe gegaan toen ze net aan het daten waren. Het was een prachtige plek, maar ver weg en heel primitief. Ze had het deprimerend en te afgelegen gevonden. Het had haar bang gemaakt. Ze had Charlie er een keer over verteld toen ze het hadden over afgelegen gebieden die nog niet bedorven waren door de mens. Charlie hield van de natuur, zei hij, maar een huis moest niet te afgelegen liggen en wel enige vorm van comfort kennen. Aude was ook een keer met Paul in de ongerepte natuur gaan kamperen, op een plek zonder elektriciteit of sanitaire voorzieningen. Het was te ruig voor haar geweest, maar Paul had het geweldig gevonden. Hij had een hert gevangen, hoewel het buiten het seizoen was, maar er was niemand in de buurt die daar iets om gaf of bezwaar maakte, wat hij geweldig vond. Door die kampeertochten was ze gaan twijfelen aan zijn geestelijke gezondheid.

Toen ze hem ontmoette, was hij leuk en opwindend geweest. Een beetje wild, maar niet gevaarlijk. Later kwam zijn jaloerse kant echter naar boven en lang daarna zijn haat tegen andere mensen. Hij had haar verteld dat hij als kind mishandeld was; dat zijn wrede ouders hem altijd sloegen, zelfs als hij niets had gedaan. Uiteindelijk hadden ze hem op straat gezet, maar zijn pleegouders waren niet veel beter. Zijn kindertijd en adolescentie hadden hem verpest. Ze had medelijden met hem gehad, maar niet genoeg om te blijven. Ze had hem verlaten en begon een affaire met haar schoolvriend Jean-Michel. Ze was van plan om van Paul te scheiden, maar had dat nog niet gedaan. Ze kon het zich niet veroorloven. Wat begonnen was als een zorgeloze en opwindende relatie met een man die sexy en opwindend was, werd al snel angstaanjagend en eindigde in een tragedie voor haar vriend. Het had haar voor altijd getekend en ze voelde zich nog steeds schuldig over de dood van Jean-Michel. Sindsdien was ze niet meer met een man samen geweest, tot Charlie in haar leven kwam. Het had acht jaar geduurd voordat haar ziel genoeg geheeld was. En nu was Paul terug.

'Paul, je hebt hier niets te zoeken. Ga alsjeblieft weg.' Ze probeerde kalm te klinken zodat hij niet nog opgefokter raakte.

'Ik ga helemaal nergens heen. Maak iets te eten voor me.' Ze aarzelde. Ze wilde hem niet boos maken, maar ze wilde ook absoluut niet dat hij bleef. Hij trok haar mee naar de koelkast en ze besloot dat hij misschien weg zou gaan nadat hij iets gegeten had.

Met trillende handen smeerde ze een boterham voor hem, die ze op een bord legde en voorzichtig naar hem toe schoof. Hij sneed hem doormidden met zijn jachtmes en at hem op alsof hij uitgehongerd was. Daarna stond hij op en stak hij zijn hand in zijn zak. Even dacht ze dat hij een pistool tevoorschijn zou halen en haar zou neerschieten, maar het bleek een plastic zak te zijn, waar hij een katoenen lap uit haalde. Hardhandig greep hij de achterkant van haar nek vast en drukte hij de lap tegen haar neus en mond. Hij had hem, en de substantie die erin zat, gestolen uit de ziekenboeg van de gevangenis. Het was ether. Ze probeerde zich te verzetten, maar de chloroform deed zijn werk snel.

Haar ogen draaiden weg en ze zakte in elkaar. Hij glimlachte toen hij haar bewegingsloos zag liggen en ging meteen aan het werk. Hij was goed voorbereid gekomen. Hij haalde een rol ducttape uit zijn andere zak en gebruikte zijn jachtmes om er een stuk af te snijden, dat hij over haar mond plakte. Hij bond haar enkels bij elkaar en haar armen op haar rug. Hij rende naar de slaapkamer, trok een deken van het bed, spreidde die uit over de vloer en rolde haar erin. Hij liet haar daar liggen en ging naar buiten om zijn auto de garage in te rijden. Een paar minuten later droeg hij haar de garage in en dumpte hij haar in de kofferbak van de roestbak die hij van een vriend had geleend die net voorwaardelijk was vrijgelaten uit de gevangenis. Ze was nog steeds bewusteloos. Hij opende de garagedeur met zijn afstandsbediening en reed de garage weer uit. Audes telefoon lag nog op de keukentafel en de lichten in het huisje waren nog aan, waardoor het eruitzag alsof er nog iemand binnen was terwijl hij richting het noorden reed. Hij had een missie. Dit was nog maar het begin, maar tot nu toe was het goed gegaan. Hij zette de radio aan. Dit was een perfecte dag voor hem. Hij had jaren op dit moment gewacht en nu was het eindelijk zover.

De verklaring van Charles Vincent was lang en grondig. Hij was niet blij dat het moest, maar beantwoordde de vragen zoals zijn advocaat hem had opgedragen. Als hij zich iets niet herinnerde, zei hij dat. Zich iets niet herinneren was acceptabel. Liegen natuurlijk niet, en gissen was onproductief en niet geoorloofd.

De meeste vragen gingen over de precieze details van zijn ongeluk; hoeveel hij zich van de periode erna herinnerde, wat hij had gedaan, wat zijn gemoedstoestand was geweest en waarom hij zijn vrouw niet had gebeld of medische hulp had gezocht. Bepaalde details over die nacht herinnerde hij zich oprecht niet omdat hij zijn hoofd had gestoten en in shock was geweest. Dat de beslissingen die hij op dat moment had genomen achteraf niet logisch leken, was volkomen begrijpelijk.

Dat hij daarna vier maanden niets van zich had laten horen en zich bewust verborgen had gehouden, was moeilijker te verklaren. Maar het was mogelijk dat het trauma en de daaruit voortvloeiende PTSS toen nog steeds een grote invloed op hem hadden gehad. Isabelles advocaat liet Philippe weten dat ze een volledige psychiatrische evaluatie wilden om vast te stellen of zijn acties gebaseerd waren op fraude of daadwerkelijke psychische schade. Maar wat Charlies geestelijke toestand na het ongeluk ook was geweest, Philippe wees erop dat hij zijn testament had geschreven toen hij bij zijn volle verstand was. En aangezien Charlie duidelijk niet dood was, was het testament niet langer van toepassing. Isabelles advocaat probeerde dit te weerleggen, maar slaagde daar niet in. Hij kon het in de rechtbank nog eens proberen, als het zover zou komen omdat ze het niet eens konden worden over de scheidingsregeling.

Isabelles advocaat vroeg Charlie of hij het ongeluk had gepland of van plan was geweest zelfmoord te plegen. Charlie antwoordde nee op beide vragen. Hij was uitgeput na een lange dag en achter het stuur in slaap gevallen op een gevaarlijke weg. De advocaat vroeg waarom Charlie niet was gestopt om een dutje te doen, waarop hij antwoordde dat hij zijn vrouw niet teleur had willen stellen. Ze hadden gasten en hij had beloofd er te zijn. En daarbij was er op dat stuk weg nergens een plek waar hij veilig aan de kant kon gaan staan om even te slapen.

Isabelles advocaat vroeg hem nadrukkelijk waar hij de maanden na het ongeluk was geweest en hij vertelde de waarheid. Toen de advocaat vroeg of Charlie en Aude geliefden waren, bevestigde hij dit. Hij vroeg of ze al minnaars waren geweest voor het ongeluk, maar Charlie zei dat ze elkaar de avond van het ongeluk pas hadden ontmoet toen hij toevallig op haar huisje was gestuit. Philippe was tevreden met de antwoorden van zijn cliënt. Hij bleef rustig, hoe agressief en beschuldigend de vragen ook waren. Hij sprak de waarheid en was respectvol tegenover Isabelles advocaat, de junior advocaat die hij had meegenomen en Isabelle, die hem zelf voortdurend in de rede viel met opmerkingen en meerdere keren door haar eigen advocaat gemaand moest worden om haar mond te houden.

Isabelles advocaat stelde Charlie vervolgens een reeks vragen over hun uitgavenpatroon, de luxueuze levensstijl waaraan mevrouw Vincent gewend was, zijn baan, zijn salaris, zijn huidige werkstatus en zijn vermogen om te werken na het ongeluk. Hij vroeg Charlie hoe hij gedurende de vijf maanden na het ongeluk in zijn levensonderhoud had voorzien, aangezien er geen enkele keer geld was afgeschreven van zijn bankrekeningen of creditcards. Charlie zei eenvoudigweg dat hij een baan als automonteur in een plaatselijke garage had aangenomen. Philippe genoot zo van de verbazing van Isabelle en haar advocaten dat hij hardop begon te lachen, een misstap waar hij zich snel voor verontschuldigde. Isabelles advocaat vroeg Charlie of het vanaf het begin zijn plan was geweest om uiteindelijk weer terug te komen en Charlie zei dat hij dat niet zeker wist. Hij dacht van wel, omdat hij zijn kinderen niet voor altijd in de waan had willen laten dat hij dood was, maar hij wist het niet zeker. Hij antwoordde ook dat Aude hem geld had geleend toen hij dat zelf niet had en toen werd gevraagd hoeveel, zei hij dat het vierhonderdnegenentwintig euro was en dat hij haar had terugbetaald.

Al zijn antwoorden wezen erop dat hij een integere man was die een schokkende ervaring had meegemaakt en maandenlang in de war was geweest over wat hij moest doen. Niets van dit alles was gedaan met voorbedachten rade, opzettelijk frauduleus of om zijn vrouw met opzet te schaden.

De verklaring duurde vier uur. Na afloop was Charlie uitgeput en dat was ook te zien. Ze pauzeerden voor de lunch en daarna zou Philippe vragen aan Isabelle stellen. Hij verwachtte dat haar antwoorden interessant zouden zijn, vooral als het ging over financiële zaken.

Tijdens de lunch belde Charlie Aude, maar ze nam niet op. Hij vermoedde dat ze was gaan wandelen of geconcentreerd aan een schilderij bezig was en niet gestoord wilde worden. Hij was teleurgesteld dat hij haar niet had gesproken, maar niet ongerust. Hij en Philippe lunchten op Philippes kantoor om de vragen voor Isabelle nog eens door te nemen en ze waren om stipt halfdrie terug in de vergaderruimte. Isabelle was twintig minuten te laat.

De vragen voor Isabelle waren zorgvuldig voorbereid, om een zo precies mogelijk beeld te geven van de enorme hoeveelheid geld die ze uitgaf om zichzelf te verwennen, feestjes te geven, het chateau en hun appartement in te richten en aan haar garderobe. Philippe zag een vrouw die het geld van haar man uitgaf alsof het water was en begreep dat Charlie jarenlang onder enorme druk moest hebben gestaan om genoeg te verdienen. Isabelle had jarenlang een fortuin verspild aan uitgaven die niet te rechtvaardigen of redelijk waren en geen enkele rechter zou dat anders zien.

Philippe onderbrak zijn financiële vragen op een gegeven moment om haar van haar stuk te brengen met de onverwachte vraag hoe snel ze was begonnen te daten na Charlies verdwijning. Isabelle antwoordde simpelweg dat ze zich dat niet herinnerde. Ze herinnerde zich ook niet met hoeveel mannen ze had gedatet of wat hun namen waren. Philippe vroeg haar om een ruwe inschatting te maken en na even gezwegen te hebben zei ze met duidelijke tegenzin dat ze sinds Charlies verdwijning waarschijnlijk met twintig tot vijfentwintig mannen had gedatet. Philippe verduidelijkte dat Isabelle sinds de verdwijning van haar echtgenoot met vier of vijf mannen per maand had gedatet – een hele hoop dus. Charlie moest zijn best doen om zijn gezicht in de plooi te houden toen hij de blik op Isabelles gezicht zag. Ze had het duidelijk druk gehad in zijn afwezigheid. Ze beweerde zich niet te herinneren wie de mannen waren en noemde geen namen, maar Charlie wist zeker dat ze stuk voor stuk rijk waren. Dat moesten ze wel zijn als ze aan haar behoeften wilden voldoen.

Hun verklaringen maakten duidelijk hoe ongeschikt ze voor elkaar waren. Isabelle gaf Philippe een lange verbale lijst met de dingen waar ze haar partneralimentatie voor nodig had en de bedragen waren schokkend. Ze wilde voor altijd als een prinses leven, op kosten van Charlie. Dat leek echter niet langer een waarschijnlijke optie, zeker niet als hij een baan zou nemen die minder goed betaalde, wat hij oprecht van plan was. En nu hij op het punt stond om van Isabelle te scheiden, kon ze niet langer van hem verwachten dat hij haar zou onderhouden. Isabelle wist dit ook, dus was ze druk op zoek naar een nieuwe echtgenoot met meer geld. De man met wie ze momenteel een relatie had, Yves Napier, was een geschikte kandidaat – hij had een jacht, een privévliegtuig en verschillende huizen.

Tijdens elke onderbreking belde Charlie Aude, maar ze nam telkens niet op. Omdat hij haar de hele dag niet had gesproken en de verklaringen om zeven uur 's avonds afgelopen waren, besloot hij niet in een hotel te overnachten. Hij had deze keer in kamer geboekt in Hotel de Crillon, maar annuleerde die en reed terug naar Aude. Hij wilde haar zien en haar vertellen over de verklaringen. Het was stressvol geweest om de hele dag naar Philippes vragen en Isabelles antwoorden te luisteren en hij miste Aude. Hij was eraan gewend geraakt om al zijn tijd met haar door te brengen, waardoor een dag apart voelde als een eeuwigheid, en ze had altijd een intelligente kijk op dingen. Hij wilde graag horen wat zij dacht.

Met zijn hoofd nog vol van de verklaringen reed Charlie naar het kustplaatsje waar hij en Aude verbleven. Er was veel verkeer op de weg en omdat de debriefing met Philippe best lang had geduurd, was het al negen uur toen hij bij het huisje stopte. Er scheen licht door de ruiten, wat het huisje een vrolijke uitstraling gaf, en Charlie glimlachte bij de gedachte dat Aude op hem wachtte. Hij verheugde zich erop om haar te zien.

Hij haastte zich de trap op, liet zichzelf binnen met zijn sleutel en riep haar, maar er kwam geen reactie. Toen hij de keuken binnenliep, hoorde hij dat de radio aanstond. Hij zag een bord op de keukentafel staan en ook dat er een stoel was omgegooid. Haar mobiel lag op tafel en toen hij hem pakte, zag hij dat ze geen enkele van de berichten die hij haar vandaag had gestuurd had gelezen. Hij werd overvallen door paniek en haastte zich naar de slaapkamer, waar de deken van het bed was verdwenen. De sprei lag op de grond, wat niets voor Aude was. Het leek alsof ze haastig ergens naartoe was gegaan, maar haar auto stond er nog, dus ze kon niet ver weg zijn. Ze kon natuurlijk een wandeling zijn gaan maken, maar zijn gevoel vertelde hem dat er iets niet klopte. Het viel hem op dat de deur die naar de garage leidde openstond en hij vroeg zich af of iemand via de garage het huis was binnengekomen. Hij had Aude al meerdere keren op het hart gedrukt om die deur op slot te doen, maar ze bleef het vergeten.

Charlie kon wel huilen toen hij het hele huis had doorzocht en haar niet kon vinden, en toen hij naar de keukenvloer keek en een stuk ducttape zag liggen, wist hij dat er iets vreselijks was gebeurd. Aude was weg. Paul Pasquier had haar gevonden en meegenomen.

# 11

Paul Pasquier reed naar het noorden. Doordat hij nergens stopte, zijn snelheid hoog hield – zelfs in de haarspeldbochten – en er zo vroeg op de dag weinig verkeer was, deed hij er iets meer dan een uur over om bij het huisje te komen dat Aude en Charlie een paar dagen eerder hadden verlaten om aan hem te ontsnappen. Er was niemand in de buurt en het huisje was niet te zien vanaf de hoofdweg, dus hij hoefde niet voorzichtig te doen. Hij opende de kofferbak, trok de deken van Audes gezicht en keek haar aan. Ze was wakker, maar nog steeds suf, en leek verward toen ze hem zag. De ducttape over haar mond maakte het onmogelijk voor haar om iets te zeggen. Haar polsen en enkels waren stevig vastgebonden. Haar blonde haar zat in de war, maar nu de kofferbak open was en ze wat frisse lucht kreeg, kwam ze langzaam weer bij zinnen.

'Fijne rit gehad?' vroeg hij haar. Zijn jachtmes hing aan zijn riem in een leren schede. Hij had het meteen gekocht nadat hij uit de gevangenis was ontsnapt, samen met de andere dingen waarvan hij wist dat hij ze nodig zou hebben. Als het nodig was kon hij iemand met het mes doden en er lag een automatisch geweer onder een zeil op de vloer van de achterbank. Een gevangenismaat die voorwaardelijk vrij was had hem de auto geleend en hij had beloofd dat hij hem terug zou brengen. Paul had zijn ontsnapping ver voordat zijn vriend was vrijgelaten al gepland.

Paul had drugs verkocht aan de andere gedetineerden toen hij nog gevangen zat om het geld te sparen dat hij nodig zou hebben als hij eenmaal ontsnapt was. Hij had zijn ontsnapping zorgvuldig voorbereid en tot nu toe was er niets misgegaan. Hij wist dat de politie naar hem op zoek was, maar hij bleef onder de radar en vermeed drukbezochte plekken. Nu hij Aude weer had, kon hij verdwijnen zodat niemand hen kon vinden. Hij was haar acht jaar pijn verschuldigd omdat ze van hem gescheiden was. In zijn hoofd was het haar schuld dat hij in de gevangenis was beland. Ze had zich als een hoer gedragen door met iemand anders te neuken nadat ze uit elkaar waren gegaan en Paul had geen andere keuze gehad dan hem te vermoorden. Hij had ook een rekening te vereffenen met haar nieuwe scharrel. Volgens hem kleefde hun bloed aan haar handen, niet aan de zijne. Hij deed alleen maar wat elke man zou doen. Nee, zij was de schuldige en ze zou boeten voor al het leed dat ze had veroorzaakt.

Hij tilde haar uit de kofferbak, gooide haar over zijn schouder als een zak graan, schopte de deur van haar huisje open met zijn zware laars, liep naar binnen en dumpte haar op de vloer van de woonkamer.

Ze wist meteen waar ze was. Ze was thuis, in haar huisje, onder de slechtst denkbare omstandigheden: als zijn gevangene. Ze keek toe hoe hij naar de koelkast liep en er hard tegenaan schopte toen hij ontdekte dat die leeg was. Zij en Charlie hadden er geen eten in achtergelaten omdat ze niet wisten wanneer ze terug zouden komen. De keukenkastjes waren ook bijna leeg. Paul pakte wat cornflakes, vulde er een kom mee, deed er water bij en at ze met zijn blik op haar gericht op.

'Leuke plek heb je hier,' zei hij met een wrede grijns, terwijl ze op de grond lag en naar hem keek, bang voor wat hij nu zou gaan doen. Hij had geen haast. Hij wist dat niemand hen hier zou vinden, in elk geval voorlopig niet. Hij kon maanden in het bos leven en eten wat hij doodde tijdens het jagen.

Hij wierp een blik op haar schilderijen, die netjes in de keuken tegen elkaar aan stonden, en leek iets te beslissen. Hij keek in kasten en opende lades, maar vond niet wat hij zocht. Hij gooide de inhoud ervan op de grond terwijl Aude op de vloer lag en toekeek hoe hij haar huis overhoop haalde. Ze waren er nu een uur en ze vroeg zich af of hij haar hier als gijzelaar zou houden. Als dat zo was, zou Charlie haar komen zoeken, en ze wist zeker dat Paul hem zou vermoorden zodra hij de kans kreeg. Maar misschien zou hij haar wel eerst vermoorden. De moordlust was duidelijk in zijn ogen te zien. Hij had zijn geweer meegenomen uit de auto voor het geval hij dat nodig had en had het tegen de deur gezet. Ze hoopte dat ze hier vannacht zouden blijven zodat Charlie en de politie de kans hadden om haar te vinden. Ze kon niets zeggen met de tape op haar mond. Paul mompelde in zichzelf en tegen haar terwijl hij het hele huisje doorzocht en liep toen naar de auto om iets te halen. Hij kwam terug met twee grote jerrycans vol benzine en zette ze naast haar neer.

Hij opende de jerrycans en liet de inhoud op de vloer lopen terwijl ze met grote, bange ogen toekeek. Het was duidelijk wat hij van plan was.

Alsof hij haar gedachten kon lezen, keek hij haar aan en schudde hij zijn hoofd. 'Dat zou te gemakkelijk zijn. Nee, jij komt met mij mee om mijn vrouw te worden. En aangezien je deze plek niet langer nodig zult hebben, kunnen we er nu het beste meteen afscheid van nemen.' Alles waar ze van hield en wat ze de afgelopen acht jaar had verzameld, bevond zich hier, samen met een paar herinneringen aan haar ouders. Het was het enige thuis dat ze had en het was acht jaar lang een veilig toevluchtsoord voor haar geweest. En nu stond hij op het punt om het te verwoesten. Ze keek hulpeloos toe hoe hij een paar boeken en vervolgens de gordijnen in brand stak. Door de benzine greep het vuur razendsnel om zich heen en binnen een mum van tijd stond vrijwel het hele huisje in lichterlaaie.

Hij had haar op de grond laten liggen terwijl hij de dingen waar ze van hield in brand stak en net toen ze er zeker van was dat haar haar in brand zou vliegen, of haar kleren, tilde hij haar op en gooide hij haar weer over zijn schouder, waarna hij naar zijn auto liep en haar in de kofferbak dumpte. Hij wierp een laatste blik op het huisje, tevreden met wat hij had gedaan, stapte toen in zijn auto en reed het zandpad af dat naar de plek had geleid die Aude acht jaar lang haar thuis had genoemd en die nu in vlammen opging. Het was tijd om te vertrekken. Iemand zou de rook uiteindelijk opmerken, maar tegen die tijd zou er niets meer van het huisje over zijn. Hij had extra veel benzine over haar schilderijen heen gegoten, vooral over het portret van de man met wie ze hem waarschijnlijk bedroog. Ze had nu niets meer om naar terug te keren en niemand anders in haar leven dan hij, wat precies was wat hij wilde.

Ze had hem ongekend veel pijn gedaan door ervoor te zorgen dat hij in de gevangenis werd opgesloten en nu zou ze ervoor boeten. Als haar vriendje opdook, zou Paul hem vermoorden, en dat zou haar schuld zijn. Maar hij wist zeker dat niemand hen zou vinden. Hij was niet van plan om terug te gaan naar de gevangenis. Aude was nu van hem en hij ging ervoor zorgen dat ze nooit meer aan hem zou ontsnappen.

Hij stopte onderweg om eten te kopen en daarna bij een pandjeshuis om haar horloge te verpanden. Zijn honkbalpet hield hij op. Aude had de hele dag nog niets gegeten of gedronken, maar hij wilde de tape pas van haar mond halen als ze bij de hut waren waar hij haar naartoe wilde brengen. Hij had daar in de buurt nog nooit andere mensen gezien, zelfs geen boswachter. Ze zouden alleen zijn. Het was een lange rit, maar ze konden er jaren doorbrengen zonder ontdekt te worden en er was veel wild om op te jagen. Hij zou haar voor hem laten koken. Ze kon best nog wel zonder water en voedsel tot ze er waren, daar ging ze heus niet dood van. Nee, daar was hij voor, als ze niet deed wat haar gezegd werd of zou proberen te ontsnappen. Hij kende het bos op zijn duimpje en wist hoe hij er moest overleven. Zij niet.

Paul Pasquier was al een paar uur aan het rijden toen Charlie bij het strandhuisje aankwam en erachter kwam dat Aude verdwenen was. Hij ging naar het politiebureau om haar als vermist op te geven en zei dat hij dacht dat ze ontvoerd was. Ze waren sceptisch tot hij vertelde dat haar ex een voortvluchtige gevangene was. Ze keken in hun computers, vonden de gegevens van Pasquier en vertelden Charlie dat de politie in de hele regio naar hem op zoek was. Hij probeerde hen nogmaals uit te leggen dat Pasquier Aude had ontvoerd, wat ze toevoegden aan zijn dossier. Charlie gaf hun een beschrijving van Aude en ook dat voegden ze toe, maar verder konden ze voor nu niets doen. Ze zouden de buren morgenochtend ondervragen om te kijken of die iets gezien hadden, maar verder hadden ze niets om mee te werken – geen beschrijving van een voertuig, geen ooggetuigen, geen nummerplaat, geen duidelijk bewijs dat was achtergelaten op de plaats delict. Het was allemaal giswerk van Charlies kant en misschien was wat hij zei niet eens waar. Aude was weg uit hun huurhuisje, maar Charlie had geen hard bewijs dat Paul Pasquier haar ontvoerd had.

Charlie vroeg zich af of Paul Aude misschien had meegenomen naar haar huisje. Het was een gok, maar hij besloot erheen te rijden om het te controleren.

Er ging een huivering door hem heen toen hij langs de plek reed waar hij maanden eerder van de weg was geraakt en hij kwam rond middernacht bij het huisje aan. Maar zelfs in het donker zag hij wat er was gebeurd: Audes huisje was tot de grond toe afgebrand. Het huisje was weg en alles erin was tot as vergaan, zelfs haar schilderijen. Hij zag jerrycans tussen het puin liggen, maar zelfs zonder ze te zien wist hij dat het hier om brandstichting ging en hij wist ook wie het gedaan had. Maar Aude was nergens te bekennen. Charlie was doodsbang dat Paul haar in het huisje had opgesloten voordat hij het in brand stak. Hij belde onmiddellijk naar de politie om het misdrijf te melden.

Ze waren er twintig minuten later, samen met de brandweer en een ambulance. De brandweermannen doorzochten het puin en vonden geen menselijke resten, waardoor Charlie wist dat Paul Aude niet vermoord, maar ontvoerd had. Hij vertelde de politie dat hij geloofde dat Pasquier haar gevangen hield, hoewel hij het niet kon bewijzen. Ze geloofden hem en waren sympathiek en bezorgd, maar er was nog steeds geen hard bewijs, alleen veronderstellingen gebaseerd op Audes verdwijning en Pauls verleden. Charlie gaf ze zijn mobiele nummer en ze beloofden hem te bellen als er nieuws was of als Aude en Pasquier ergens gezien waren. Paul stond te boek als extreem gevaarlijk en gewapend en de politie verzekerde Charlie dat de zoektocht naar hem voor hen de hoogste prioriteit had. Hij hoopte vurig dat dat waar was.

Daarna reed hij naar het dorp en sliep hij een paar

uur in zijn auto. Hij kon nergens anders heen en het was te laat om een hotelkamer of een kamer in een bed and breakfast te boeken. Hij stond voor de garage te wachten toen Armand 's ochtends arriveerde. Hij was verbaasd Charlie te zien en maakte zich meteen zorgen toen hij de grimmige blik op het gezicht van zijn vriend zag.

'Wat is er gebeurd?' Armand ontgrendelde de voordeur en zette een kop koffie voor Charlie terwijl hij luisterde naar zijn verhaal over Paul die nog steeds op de vlucht was en Audes verdwijning de dag ervoor. Charlie was ervan overtuigd dat haar ex haar had meegenomen en de politie had inmiddels een landelijke zoektocht georganiseerd naar zowel Pasquier als Aude.

'Ze zullen hem nooit vinden,' zei Armand terwijl hij een slok van zijn koffie nam.

'Waarom denk je dat?' vroeg Charlie. Armand had overtuigd geleken toen hij het zei.

'Ze hebben de mankracht niet. Het land wordt elke dag bedreigd door terroristische aanslagen. Er gebeuren gevaarlijke dingen in de steden. En Pasquier kan overal zijn. Het personeelstekort is zelfs nog groter in landelijke gebieden als dit en het klinkt alsof hij die heel goed kent. Hij kan zich jaren verstoppen. Jij moet haar vinden,' zei Armand ernstig. 'Het is onmogelijk te voorspellen wat die vent met haar zal doen. Hij klinkt krankzinnig. Hij heeft al twee mensen vermoord, dus ik twijfel er niet aan dat hij er geen problemen mee heeft om dat nog een keer te doen.'

'Ik probeer haar ook te vinden, maar ik weet niet

hoe,' zei Charlie wanhopig. Hij zag er slecht uit na gisteravond; zijn haar zat door de war en hij had wallen onder zijn ogen.

'Je moet een privédetective inhuren in plaats van te rekenen op de politie, want die zijn met honderd problemen tegelijk bezig. Ik heb het gevoel dat je het je kunt veroorloven. Het zal goed besteed geld zijn. Huur een goede privédetective in die Pasquier te slim af kan zijn en vind ons meisje, voordat het te laat is,' zei Armand somber. Er liep een rilling over Charlies rug toen hij die woorden hoorde. Het maakte alles om de een of andere reden nog urgenter. Hij belde Philippe Delacroix. 'Ik heb een privédetective nodig,' zei hij zodra Philippe opnam. 'Daar heb je niets aan,' zei Philippe ongeïnteresseerd.

'Waarom niet?' Charlie was meteen ontmoedigd toen hij dat hoorde.

'Omdat het een rechter niet zal interesseren met hoeveel rijke mannen Isabelle naar bed gaat. Mensen geven daar niet meer om. Het gaat nu allemaal om hoeveel geld een rechter vindt dat ze moet krijgen omdat jullie dertig jaar getrouwd zijn geweest.'

'Het kan me geen reet schelen met wie Isabelle naar bed gaat. Ik heb wel belangrijkere dingen aan mijn hoofd. De vrouw met wie ik sinds het ongeluk samen ben is gisteravond verdwenen. Ze heeft een criminele ex, die in de gevangenis zat voor moord, maar een paar weken geleden is ontsnapt. Er waren aanwijzingen dat hij haar in de gaten hield, dus zijn we een paar dagen geleden verhuisd naar een tijdelijk onderkomen. Ze is gisteren verdwenen en iemand heeft haar huis tot de grond toe afgebrand. De politie is ermee bezig, maar ze zijn onderbemand en kunnen niet veel doen. Ik ben bang dat hij haar zal vermoorden. Ze is van hem gescheiden toen hij naar de gevangenis ging en daar was hij absoluut niet blij mee.'

'O mijn god, dat is verschrikkelijk. Ik ken wel iemand. Hij is een voormalig politieagent en commando geweest in het leger. Hij houdt zich bezig met vermiste personen, industriële spionage en een hoop andere dingen. Ik zoek zijn gegevens even voor je op en stuur ze naar je door. Hou me op de hoogte.'

Minder dan een minuut later kreeg Charlie de gewenste informatie doorgestuurd per app. De naam van de detective was Robert Bercy en Philippe had zijn e-mailadres en mobiele nummer doorgestuurd. Charlie was nog steeds in Armands garage toen hij hem belde. Bercy nam meteen op en klonk druk, dus legde Charlie de situatie snel aan hem uit.

'Waar denk je dat hij nu is?'

'Ik heb geen idee. Het huisje waarvan ik denk dat hij het tot de grond toe heeft afgebrand ligt meer dan twee uur buiten Parijs, afhankelijk van het verkeer. Ik heb geen idee waar hij vanaf hier naartoe zou kunnen gaan. Hij is iemand die zijn tijd het liefst in de wildernis doorbrengt. Hij jaagt, vist, leeft van het land, heeft een hekel aan mensen, schiet graag met zijn geweer en doodt dieren als hij daar zin in heeft. Als hij haar inderdaad bij zich heeft, moet hij extra oppassen dat niemand hen ziet.'

'Laat me het gebied even natrekken, zodat ik weet

of er ergens in de buurt dichte bebossing is. Hij heeft haar waarschijnlijk in zijn auto verborgen, dus hij wil niet dat die gecontroleerd wordt.' De gedachte dat Aude vastgebonden en gegijzeld in Pasquiers auto lag, maakte Charlie misselijk.

'Ik denk dat we hem snel moeten vinden voordat hij haar vermoordt.'

'Dat snap ik. Ik ken het type,' zei Bercy.

'Wat vindt de politie ervan dat jij je ermee bemoeit? Zijn ze daardoor minder geïnteresseerd in de zaak?' Charlie wilde niet volledig vertrouwen op een volslagen vreemde, ook al zei Philippe dat hij goed was, en hij wilde het ook niet riskeren dat de politie stopte met zoeken naar Pasquier.

'Ik werk altijd met de politie samen. Ik zal ze niet op de tenen trappen, maar ik heb meer tijd om aan je zaak te werken. Ze hebben tegenwoordig veel grote zaken, groter dan één ontsnapte gevangene, ook al staat er mogelijk een leven op het spel en is tijd cruciaal.' Dat was precies wat Charlie wilde horen en waar hij voor wilde betalen; hij kon het zich veroorloven. 'Ik bel je zo terug,' zei Bercy. Nadat hij had opgehangen vertelde Charlie Armand dat hij zijn suggestie om een privédetective in te huren had opgevolgd.

'Je werkt snel,' zei Armand onder de indruk.

'Het was een goed idee en ik hou van haar,' zei Charlie simpelweg, waarna hij op een kruk in de garage ging zitten terwijl Armand aan het werk ging. Hij vroeg Charlie niet om hem te helpen; Charlie had belangrijkere dingen te doen.

Bercy belde hem een halfuur later terug. 'Ik heb alles nagetrokken en er zijn een aantal gebieden die waarschijnlijk lijken. Het ene is hier twee dagen vandaan en is te moeilijk toegankelijk. De andere twee zijn waarschijnlijkere opties. Ik weet niet zeker welke we als eerste moeten overwegen. Een van de twee gebieden is wat ruiger dan het andere. Het is er ongelooflijk primitief. Er zijn geen huizen, sanitaire voorzieningen of elektriciteit. Het andere is een gigantisch nationaal bos met hier en daar een paar huizen en hutten, maar niet veel, en een camping die alleen in de zomer wordt gebruikt.'

'Ik denk het tweede, door de manier waarop je het beschrijft. Hoe heet het?'

'Forêt de Tronçais,' zei Bercy, en Charlies ogen werden groot.

'O mijn god. Ze heeft me verteld dat ze daar een paar keer met hem is geweest en het er vreselijk vond. Het is logisch dat hij daar naartoe gaat.'

'Het bevindt zich in het Centraal Massief, ongeveer vijf of zes uur rijden bij je vandaan en is vrijwel onbegaanbaar, behalve te voet of per muildier. Er zijn een paar paden waar je met een auto kunt komen, maar niet veel. Ik zal de politie daar waarschuwen en je vanmiddag ophalen, dan zijn we er rond middernacht en kunnen we gaan zoeken zodra het licht is. Neem een slaapzak mee, we kunnen in mijn SUV slapen.'

'Draag je een wapen bij je?' vroeg Charlie.

'Ja,' zei Bercy zonder aarzelen. 'En dat is wettelijk toegestaan, omdat ik een voormalig agent ben. In Frankrijk mogen alleen actieve agenten, gepensioneerde agenten, jagers met een vergunning en militairen een wapen dragen,' voegde hij eraan toe, hoewel Charlie dat al wist. Hij was opgelucht te horen dat Bercy gewapend was. Dat zou wellicht nodig zijn. 'Waar zal ik je ophalen?' Charlie gaf hem het adres van Armands garage en Bercy zei dat hij er om zes uur zou zijn. Charlie vroeg hem voor hij ophing wat het kostte om hem in te huren, gewoon zodat hij het wist. Hij was bereid alles wat hij had af te staan om Aude te vinden. Bercy gaf Charlie een schatting van zijn dagtarief, afhankelijk van de omstandigheden, en Charlie ging akkoord.

Hij bracht Armand op de hoogte van zijn gesprek met Bercy en pakte daarna een overall van de haak.

'Wil je vandaag werken?' vroeg Armand hem verbaasd.

'Als ik niets doe om bezig te blijven, word ik gek van bezorgdheid om haar.'

'Die remmen daar moeten gecontroleerd worden.' Armand wees naar een auto in een hoek van de garage en Charlie pakte een gereedschapskist en liep ernaartoe. Toen herinnerde hij zich iets.

'Heb je een slaapzak die ik kan lenen?' riep hij naar Armand.

'Ja, thuis. Ik haal hem rond lunchtijd voor je op.' Charlie bedankte hem en liep naar de auto die een remcheck nodig had. Hij was blij dat hij iets te doen had om zijn zorgen van zich af te zetten, al was het maar voor even.

Charlie had die ochtend ook Paul Pasquiers maatschappelijk werker gebeld en gemeld dat er een grote kans was dat Pasquier zijn ex-vrouw had ontvoerd. Hij vertelde dat haar huis de avond ervoor op mysterieuze wijze was afgebrand. Virgil Thomas beloofde het in het landelijke systeem te zetten en vroeg hem om een foto van Aude, die Charlie hem een paar minuten later stuurde. De politie had er ook een kopie van.

Charlie werkte het grootste deel van de dag aan een vrachtwagen en verschillende auto's. Om halfzes had hij een donsjack, een spijkerbroek en een dikke trui aangetrokken, en een paar bergschoenen die hij die middag had gekocht. Hij maakte een gespannen indruk. Robert Bercy was er stipt om zes uur. Hij was achter in de veertig, lang en gespierd en had een militaire achtergrond. Tot hij een paar jaar geleden zijn eigen beveiligingsbedrijf was begonnen, was hij commando geweest in het leger, en daarvoor was hij politieagent geweest. Hij zag eruit als iemand die je kon vertrouwen en Armand wenste hem en Charlie succes toen ze weggingen. Charlie probeerde er niet aan te denken wat Aude allemaal overkomen kon zijn, als ze nog leefde. Het enige wat ze konden doen was haar vinden, weg zien te krijgen bij haar ex en weer thuisbrengen.

Armand zwaaide naar hen toen ze wegreden. Charlie kon niet zien dat er tranen in de ogen van zijn vriend stonden. Hij veegde ze snel weg en hoopte vurig dat ze nog op tijd waren om Aude te redden.

# 12

Tegen de tijd dat ze bij de rand van het bos arriveerden waar Paul haar mee naartoe wilde nemen, lag Aude versuft in de kofferbak. Haar paniek was inmiddels veranderd in wanhoop en ze hoopte dat ze kon ontsnappen als ze eenmaal gestopt waren. Ze had de hele dag nog niets gegeten en gedronken en ze had uren geleden in haar broek geplast, maar dat kon haar niets schelen. Ze had moeten toekijken hoe Paul haar huis en alles waar ze van hield tot de grond toe afbrandde en ze wist waartoe hij in staat was. Hij zou haar vermoorden als ze bij hem zou blijven. Haar enige hoop om dit te overleven was door een manier te vinden om te ontsnappen zodra ze daar de kans voor had.

Ze reden al uren en ze had geen idee waar ze was. Ze vroeg zich af of Paul van plan was naar het buitenland te vluchten, maar ze achtte het waarschijnlijker dat hij op zoek was naar een afgelegen gebied waar niemand hen zou zien. Ze wist niet wat Charlie zou doen als hij erachter kwam dat ze weg was, maar ze wilde niet dat hij in Pauls val zou lopen en ook zijn slachtoffer zou worden.

Ze schrok wakker toen de auto tot stilstand kwam. Het was warm en benauwd in de kofferbak en haar spijkerbroek was inmiddels opgedroogd. Ze wist niet precies hoelang ze gereden hadden, maar het voelde als een eeuwigheid. Nadat hij gestopt was, liet Paul haar een tijdje in de kofferbak liggen. Ze vroeg zich af of hij nog verder zou rijden, of dat ze hun bestemming bereikt hadden.

Het was donker toen hij de kofferbak opende, haar ruw beetpakte en haar eruit trok. Ze was zo stijf dat ze amper kon opstaan. Ze struikelde en leunde tegen de auto terwijl hij de tape van haar enkels rukte, haar schoenen uittrok en ze in de diepe zakken van zijn jachtjas propte.

'Er liggen hier overal scherpe stenen, dennenappels en gebroken takken, dus als je probeert te vluchten, zullen je voeten aan flarden worden gereten en zul je niet ver komen. En waar je ook heen gaat, ik zal je vinden,' zei hij met een wrede grijns. Ze kon niet reageren met de tape op haar mond en haar handen waren ook nog steeds achter haar rug gebonden. Hij had haar enkels alleen losgemaakt zodat ze kon lopen en hij haar niet hoefde te dragen, maar als ze viel, zou ze zichzelf niet op kunnen vangen en met haar gezicht op de scherpe stenen terechtkomen. 'Als ik je vertrouw, haal ik de tape eraf, maar je zult eerst moeten bewijzen dat je een goede echtgenote kunt zijn,' zei hij. Toen ze de krankzinnige glinstering in zijn ogen zag, werd ze opnieuw overvallen door paniek.

Ze zag dat ze in een bos waren. De maan scheen helder aan de hemel, maar het gebladerte was dicht en de bomen waren hoog. Ze had het gevoel dat ze hier eerder was geweest en vroeg zich af of het de primitieve plek was waar ze zo'n hekel aan had gehad. Ze kon het niet zeggen in het donker. Ze konden overal zijn, zelfs in een ander land. Paul haalde een grote rugzak van de achterbank en liet haar daar even staan terwijl haar ogen wenden aan het donker. Het was een koude nacht en ze rilde toen hij terugkwam en haar hard in haar gezicht sloeg. De klap was zo hard dat ze op de grond viel en ze voelde een straaltje bloed over haar wang lopen. Verbluft probeerde ze de tranen uit haar ogen te knipperen. Ze had niet verwacht dat hij haar zou slaan, ze had immers niets gedaan om hem boos te maken.

'Er is nog veel meer waar dat vandaan kwam, onthoud dat goed,' gromde hij. 'Elke keer dat je niet doet wat je gezegd wordt of me kwaad maakt, krijg je een klap. Je krijgt te eten als je je gedraagt, en als je dat niet doet, kan het me niet schelen of je verhongert. Het eten dat ik heb meegebracht is voor mij. Jij krijgt te eten als ik dat wil; als je het verdient. Sta op. We moeten vanaf hier lopen.' Ze moest hem blootvoets volgen, met haar armen op haar rug gebonden, waardoor ze haar evenwicht telkens verloor, en de grond was inderdaad zo pijnlijk aan haar voeten als hij had gezegd. Hij droeg de zware rugzak en een kleine tas. De rest van zijn spullen had hij in de auto laten liggen en zou hij later wel ophalen. Er was hier verder toch niemand in de buurt. Aude had het gevoel dat ze hier jaren konden leven zonder iemand tegen te komen.

Ze struikelde vaak, viel een keer over een boomwortel en kwam hard op haar knieën terecht, maar ze slaagde erin hem te volgen zonder nog meer klappen te krijgen. Langzaam baanden ze zich een weg door het dichte bos. Hij leek zich hier thuis te voelen. Het voelde alsof ze zich aan het einde van de wereld bevonden. Ze kon nergens heen vluchten en er was geen manier om te ontsnappen. Ze zouden hier blijven zolang hij dat wilde, en wie weet hoelang dat was. Ze herinnerde zich dat ze over dit soort dingen in de krant had gelezen terwijl de tranen over haar wangen liepen.

Ze passeerden een rivier en een klein ravijn en nadat ze voor wat voelde als een eeuwigheid hadden gelopen, zag ze een hut, met ernaast een schuurtje en erachter wat leek op een buiten-wc. Ze herkende deze plek, hier had hij haar twee keer mee naartoe genomen nadat ze met hem was getrouwd. Toen had ze het ook al een vreselijke plek gevonden en had ze voor het eerst vermoed dat hij geestelijk gestoord was; hij had lachend een reekalf en zijn moeder gedood en zich de hele tijd dat ze hier waren vreemd gedragen. Eenmaal terug in de bewoonde wereld had hij weer wat normaler geleken, of hij had gedaan alsof. Ze had een ellendige tijd gehad op deze plek, maar ze twijfelde er niet aan dat haar tijd hier nu nog veel ellendiger zou worden.

Hij liet zijn slaapzak en zware rugzak op de grond van de hut vallen en ging in de deuropening staan om haar de toegang te versperren. Ze kon nauwelijks lopen door de snijwonden in haar voeten. Hij rommelde in zijn rugzak, haalde er wat gereedschap, een hangslot en een ketting uit en duwde haar in de richting van de schuur naast de hut.

'Doorlopen,' snauwde hij terwijl hij de deur van de schuur opende. Er hing een doordringende geur, die afkomstig was van dierenuitwerpselen op de grond. Hij spijkerde een stalen ring aan de muur, haalde de zware ketting door de ring, wikkelde de ketting een paar keer om haar middel en hing het hangslot eraan. Het was een primitieve manier om haar aan de muur van de schuur vast te maken zodat ze niet kon ontsnappen. Ze kon gaan zitten, maar niet liggen, waardoor ze leunend tegen de muur zou moeten slapen, niet dat het haar nog iets kon schelen. Voordat hij het hangslot afsloot, maakte hij de ketting los, greep hij haar ruw bij haar arm en sleurde hij haar mee in de richting van de buiten-wc. Onderweg stapte ze op een spijker die uit een plank stak. Hij haalde de tape van haar polsen, duwde haar de wc in, wachtte tot ze naar buiten kwam en tapete haar polsen daarna weer vast. Hij nam geen enkel risico. Hij sleepte haar terug de schuur in, bevestigde het hangslot weer aan de ketting en liet haar achter met de deur open, zodat hij haar kon horen en zien als hij uit het raam van zijn hut keek. Op die manier was ze ook een weerloze prooi voor wilde dieren, al was Paul het gevaarlijkste dier in dit bos.

'Maak je geen zorgen, als er een beest achter je aankomt, schiet ik het neer,' riep hij. En als hij miste, zou hij haar neerschieten. Ze kon niet begrijpen hoe iemand een ander mens zo kon behandelen. Elk voorbijgaand moment werd duidelijker hoe gestoord hij was. Hij was veel krankzinniger dan toen ze hem jaren geleden had ontmoet. Ze waren maar heel kort getrouwd geweest. Hij was in een paar maanden tijd steeds gewelddadiger en gevaarlijker geworden en nu had hij alleen nog haat in zich. Hij was angstaanjagend wreed.

Ze zat vastgeketend aan de muur, met de tape nog over haar mond geplakt, en dacht na over haar lot tot ze in slaap viel. Bij zonsopgang werd ze wakker, maar ze kon nergens heen. Ze zat daar maar en dacht na over hoe ze op een dag mogelijk kon ontsnappen, misschien als hij haar meer vertrouwde en haar wat meer vrijheid gaf. Er moest een manier zijn. Ze mocht de hoop niet opgeven.

Hij kwam een uur of twee later terug, gebruikte de buiten-wc eerst zelf, maakte haar toen los en duwde haar erin. Toen ze klaar was, tapete hij haar weer vast en ketende hij haar terug aan de muur, zonder een woord tegen haar te zeggen. Voordat hij wegging, rukte hij de tape zonder waarschuwing van haar mond, zo ruw dat hij wat huid meetrok. Ze proefde bloed op haar lippen. Hij gaf haar een fles water en ze verslikte zich bijna terwijl ze de inhoud opslurpte. Ze had niets meer te eten of drinken gehad sinds hij haar ontvoerd had. In zijn ogen was dit alles haar verdiende loon omdat ze van hem gescheiden was en hem bedrogen had. Hij deelde slechts de straf uit die ze verdiende. 'Je kunt schreeuwen wat je wilt,' zei hij tegen haar. 'Er is toch niemand die je hoort.' Ze gaf echter geen kik. Het had toch geen zin en ze wilde hem geen reden geven om haar opnieuw te slaan.

Ze wist inmiddels zeker waar ze was: de hut waar hij haar eerder mee naartoe had genomen, die in een nationaal bos stond. Ze herinnerde zich dat er toen adelaars in de hoge bomen zaten en dat hij er een had neergeschoten, hoewel dat elk jaargetijde verboden was, omdat het een natuurreservaat was. Niet dat dat hem iets uitmaakte. Hij had net zo weinig respect voor dieren als voor mensen. Iets doen wat niet mocht gaf hem een kick, vooral als er doden bij vielen.

Hij was die ochtend lang weg en ze hoorde meerdere keren geweerschoten. Hij kwam echter terug met alleen zijn geweer, dat hij heel even op haar richtte om haar bang te maken. Daarna liep hij lachend terug naar zijn hut om iets te eten voor zichzelf te maken. Haar had hij al meer dan vierentwintig uur niets te eten gegeven. Een tijdje later kwam hij terug en gooide hij twee mueslirepen naar haar toe. Hij haalde de tape lang genoeg van haar handen zodat ze die op kon eten en nog een fles water leeg kon drinken, maar daarna tapete hij ze nog strakker vast dan eerst. De tape sneed in haar polsen en haar handen waren inmiddels gevoelloos geworden. Hij liep terug naar zijn auto voor meer spullen en droeg twee tassen met boodschappen naar de hut. Ze herinnerde zich dat ze eten hadden gekocht bij een supermarkt ongeveer anderhalf uur verderop. Hij zette een fles melk aan de rand van de beek om hem koel te houden, aangezien ze geen koelkast hadden. Hij zou moeten koken boven een kampvuur dat hij nog moest bouwen, maar dat zou hij doen zodra hij iets had geschoten dat hij wilde braden. Hij voelde zich duidelijk helemaal thuis in het bos.

Kort na middernacht bereikten Robert Bercy en Charlie hetzelfde bos vanuit een andere hoek, dezelfde avond dat Paul en Aude waren aangekomen. Charlie wist echter niet dat de vrouw die hij wanhopig probeerde te redden zich zo dicht bij hem in de buurt bevond. Het bos was enorm groot en Paul had zijn auto goed verborgen achter wat struiken. Ze sliepen in de SUV en gingen 's ochtends op zoek naar tekenen van menselijk leven. Ze hoorden geweerschoten, dus ze wisten dat er iemand was, maar ze zagen niemand. Het viel onmogelijk te achterhalen of de schutter Pasquier was en ze wisten niet eens zeker of Aude bij hem was. Robert en Charlie hadden de SUV goed aan het zicht onttrokken, zodat niemand bewijs van hun aanwezigheid zou vinden.

'Je kunt maandenlang in dit bos ronddolen,' zei Robert tegen Charlie. 'Het is een griezelige plek. Ik ben hier al eens eerder geweest en ik krijg er telkens de kriebels van.'

'Ik vind het ook een akelige plek,' gaf Charlie toe. 'Waar denk je dat ze zijn?'

'Daar ergens, als ze hier al zijn.' Robert wees naar het hart van het bos. De geweerschoten gaven Charlie hoop dat ze hier inderdaad waren, en ze hadden niet ver weg geklonken. Hij haalde troost uit de gedachte dat Aude ergens in de buurt was, ook al wisten ze nog niet waar. Ze moesten haar vinden en hij bad dat ze nog leefde.

Paul gooide een plak ham, een appel en een veldfles met water naar Aude toe bij wijze van lunch, maar voordat hij haar handen losmaakte, sloeg hij haar hard in haar gezicht en schopte hij haar in haar maag met zijn bergschoen.

'Omdat je me bedrogen hebt,' siste hij, waarna hij haar handen losmaakte zodat ze kon eten. Ze had echter geen honger meer; ze had buikpijn gekregen van de schop in haar maag. Ze was dankbaar dat hij geen seksuele interesse in haar leek te hebben. Tot nu toe had hij haar alleen maar fysieke pijn willen bezorgen.

Hij gaf haar net genoeg te eten om haar in leven te houden, maar nooit een echte maaltijd, en ze kon alleen drinken als hij haar handen losmaakte, dus was ze vrijwel de hele tijd uitgehongerd en uitgedroogd. Ze werd er duizelig van en de klappen maakten het alleen maar erger.

Hij schoot die middag wat vogels en roosterde ze boven een vuurtje voor zijn avondeten nadat hij ze had geplukt, maar bood haar niets aan. Haar avondeten bestond slechts uit een mueslireep. Ze vroeg zich af wanneer het eten dat hij had gekocht op zou raken en hij weer naar de winkel zou moeten om voorraad in te slaan. Dat zou haar kans kunnen zijn om te ontsnappen, als ze een manier kon vinden om van haar ketenen af te komen. Hij had haar zo goed vastgeketend dat zelfs Houdini het lastig zou hebben gevonden om te ontsnappen. Hij nam niet langer de moeite om haar mond telkens af te plakken, wat een opluchting was, want haar lippen waren droog en gebarsten.

'Je hebt zelf gezegd dat ik nergens heen kan en ik kan niet op blote voeten over alle gebroken takken, dennenappels en doorns lopen, dus waarom moet ik de hele tijd vastgeketend zijn?' vroeg ze hem toen hij eenmaal was gestopt tape over haar mond te plakken. Hij nam niet de moeite om te antwoorden, maar liet haar daarna wel langer ongeboeid en ze mocht ook alleen naar de buiten-wc gaan. Ze kon toch nergens heen.

Robert en Charlie hoorden de schoten toen Paul de vogels doodde voor zijn avondeten, dus ze wisten dat hij en Aude niet ver weg waren, als zij het tenminste waren, maar ze konden hen niet zien door de dichte bebossing. Op de geweerschoten na, die zo nu en dan klonken, was er geen enkel teken van menselijk leven.

Bercy gebruikte die nacht zijn infrarood verrekijker. Eerst zag hij niets, maar toen hij de verrekijker langer op één plek gericht hield, had hij meer succes.

'Er brandt een stukje verderop een kampvuur, achter die bomen,' fluisterde hij. 'Dat moeten Paul en Aude zijn. Er is hier verder niemand.' Hij hoefde niet te fluisteren, maar door zijn verrekijker leek het kampvuur heel dichtbij.

'Kun je een van hen zien?' Charlie fluisterde nu ook.

'Alleen de vlammen van het vuur.' Toen zag Robert ineens een grote man met een honkbalpet met zijn rug naar hen toe staan. Hij twijfelde er niet aan dat dat Paul Pasquier was. 'Ik zie hem,' fluisterde hij tegen Charlie. 'Maar er is geen teken van Aude. Misschien heeft hij haar opgesloten, of aan een boom geketend.' Ze zou ook dood kunnen zijn, maar dat zei hij niet tegen Charlie. Die was al bezorgd genoeg. Bercy bleef kijken, maar hij zag de man niet meer. Om middernacht gingen hij en Charlie terug naar zijn auto en namen ze contact op met de politie om te melden dat ze Pasquier hadden gezien en waar ze waren. De politie wilde meer informatie voordat ze een interventieteam stuurden en Robert en Charlie beloofden zich de volgende dag weer te melden.

De volgende dag, hun derde in het bos, was Aude verbaasd toen Paul de tape niet weer om haar polsen deed na haar gebruikelijke wandeling naar het wc-hokje. Bercy hield de plek waar hij het kampvuur had gezien aandachtig in de gaten, in de veronderstelling dat het hun kamp was. Hij had al verschillende keren een glimp opgevangen van Paul, maar nog geen enkele keer van Aude. Paul ging telkens naar het schuurtje naast de hut, alsof er zich daar iets in bevond dat hij moest verzorgen.

Nadat Paul Audes handen had losgemaakt, liet hij haar ongeketend achter in het schuurtje. 'Je kunt naar buiten gaan als je wilt,' zei hij met een wrede grijns. Ze vertrouwde zijn plotselinge verandering van stemming niet. Het was hun derde nacht in het bos en Paul liet haar in wezen vrij. Ze wist inmiddels dat ze niet aan hem kon ontsnappen, en dat wist hij ook. Het bos was 's nachts nog gevaarlijker dan overdag en ze zou vrijwel meteen verdwalen. De snijwonden in haar voeten maakten het ook onmogelijk voor haar om ver te komen. Ze kon zich voor hem verbergen, maar ze kon niet ontsnappen. 'Ik gebruik je als lokaas, weet je,' siste hij wreed. 'Vroeg of laat komt je vriendje opdagen. Hij zal je komen zoeken, dat voel ik, en als hij je vindt, is hij van mij.' Hij had een krankzinnige blik in zijn ogen toen hij die woorden uitsprak.

'Dan vermoord ik hem,' zei Paul met een sadistische grijns. 'Ik heb nog niet besloten wat ik met jou ga doen, maar ik weet wel dat ik nooit meer terugga naar de gevangenis.'

'Misschien kun je onderhandelen over strafvermindering,' zei ze in een poging zijn sympathie te wekken zodat hij haar meer zou gaan vertrouwen.

Die suggestie leek hem te intrigeren. 'Daar heb ik nog nooit over nagedacht. Voor een kortere straf zou ik misschien wel teruggaan, maar niet voor nog eens veertien of vijftien jaar. Ik sterf nog liever.' Om de een of andere reden herinnerden die woorden haar aan de momenten waarop ze Charlie had geprobeerd over te halen terug te gaan naar zijn oude leven. Maar Charlie had twee kinderen die hij terug wilde zien. Paul had niets. Hij had geen enkele motivatie om een modelgevangene te worden of strafvermindering te krijgen. Hier was hij vrij. De wildernis was de plek waar hij het liefst was en hij vond het heerlijk dat er geen mensen in de buurt waren. Hij wist niet hoe hij met andere mensen om moest gaan. Zodra hij boos of teleurgesteld was, of als ze zich met hem bemoeiden, vermoordde hij ze.

Robert Bercy had tegen de politie bevestigd dat hij Paul Pasquier weer had gezien in het Forêt de Tronçais, maar dat het vanwege de locatie waar hij zijn kamp had opgeslagen vrijwel onmogelijk voor hem zou zijn hem te pakken te krijgen. Hij vertelde hun ook dat er geen teken van Aude was. Het ontmoedigde Charlie dat ze haar nog niet hadden gezien en hij was bang dat Paul haar misschien al uit de weg had geruimd. Robert zei dat hij dat betwijfelde. Paul was daar veel te slim voor. Hij kon haar veel te goed gebruiken als onderhandelingsmiddel.

'Hij doodt haar heus niet. Hij weet dat hij haar misschien nog nodig heeft. Hij wacht af of hij hier veilig is, en waarschijnlijk wacht hij ook tot jij opduikt,' zei hij tegen Charlie. 'De criminele geest kent vreemde kronkels. Paul Pasquier beschouwt mensen duidelijk als objecten die hij ergens voor kan gebruiken.' Wat hij zei deed Charlie denken aan Isabelle, maar dan op een extremere manier.

De politie had Bercy verzekerd dat ze een interventieteam klaar hadden staan om Pasquiers kamp binnen te vallen, maar ze wilden wachten tot de timing zo gunstig mogelijk was. Ze wilden ook weten of Aude aanwezig was, zodat ze hun scherpschutters konden waarschuwen dat er zich een gijzelaar in het kamp bevond. Bercy probeerde haar te vinden, maar zag haar nergens.

Op de vierde dag was het weer kil en de rivier ijskoud, anders had Aude er graag in gezwommen. Ze voelde zich smerig van het slapen in de vieze schuur en het dagenlang vastgeketend zijn. Ze droeg al vier dagen dezelfde kleren. Ze vermoedde dat de rivier te koud was en de stroomversnelling te sterk. Ze zou kunnen verdrinken, hoewel dat niet eens zo'n vreselijke gedachte was. In plaats daarvan liep ze langs de rivier, zich afvragend hoelang ze hier nog zou zijn en of ze dit ging overleven. De echte wereld voelde elke dag verder weg. Dit was nu haar realiteit.

Paul liet haar iets verder langs de oever wandelen dan gewoonlijk. Het was de enige plek waar ze haar blote voeten niet verwondde aan scherpe stenen en takken. Ze was zo in gedachten verzonken en bezig met het maken van wanhopige ontsnappingsplannen, dat ze de man die vanaf een afstandje naar haar stond te kijken niet meteen zag. Hij droeg een camouflagepak, zoals in het leger. Ze wist niet of ze van hem weg of juist naar hem toe moest rennen. Hij was niet gewapend, in tegenstelling tot Paul, die een heel arsenaal aan wapens in zijn auto had liggen en een aantal in zijn hut. Als ze naar deze man toe zou rennen voor hulp en Paul hem zou vermoorden, waren haar kansen om te ontsnappen voor altijd verkeken. Ze wist niet of hij een vriend of een vijand was en betwijfelde of hij haar kon helpen. Terwijl hij zich terugtrok tussen de bomen, maakte hij een handgebaar naar haar dat ze niet kende en drukte hij zijn vinger tegen zijn lippen, wat haar vertelde dat hij er was om haar te helpen en dat ze zijn aanwezigheid niet mocht verraden. Ze knikte en liep sneller dan ze gekomen was terug naar de schuur, zodat Pauls aandacht niet gevestigd werd op de plek waar ze de man had gezien. Haar hart ging tekeer door de wetenschap dat ze niet alleen was. Ze wist niet of de man in camouflage anderen bij zich had en of hij bij de politie, het leger of een andere overheidsdienst hoorde, maar hij had haar gezien en zij hem en ze wist dat zijn aanwezigheid geheim moest blijven. Het was het eerste sprankje hoop dat ze in vier dagen had gehad.

Charlie had vlak achter Bercy gestaan, maar Aude had hem niet gezien en hij had slechts een glimp van haar opgevangen. Dit was de informatie waar de politie op had gewacht voordat ze Pasquier onder vuur zouden nemen. Ze wilden niet het risico lopen de gijzelaar te doden. Nu ze wisten dat ze nog leefde, konden ze daar rekening mee houden. Bercy nam onmiddellijk contact met hen op.

'Dat was Aude,' fluisterde Charlie tegen Robert. 'Ze leeft nog!' Hij begon te trillen. Ze hadden eindelijk het bewijs dat Pasquier haar niet had vermoord.

'Dat klopt, en ze heeft me gezien. De truc is hoe we haar hier weg gaan krijgen. Dit gebied is verraderlijk en de bossen zijn te dicht om er voertuigen door te krijgen. Ze zullen een heel interventieteam moeten sturen om haar te redden en hem te doden. Hij komt hier niet levend uit,' voorspelde Robert. Het enige wat telde was dat zij dat wel deed. Het had vier dagen geduurd, maar eindelijk voelde Charlie een sprankje hoop. Hij was opgetogen dat hij een glimp van Aude had opgevangen, net zoals zij opgetogen was dat ze Robert had gezien. Ze wist niet wie hij was, maar haar gevoel zei dat hij aan haar kant stond en misschien deel uitmaakte van een team dat naar haar op zoek was. Ze hadden haar gevonden en nu moest zij bij hen zien te komen zonder dat Paul erachter kwam.

Die nacht gebeurde er niets. Bercy hield Paul nauwlettend in de gaten en zag hem bij het kampvuur. Er was geen teken meer van Aude en hij vermoedde dat ze in de schuur was.

De volgende dag vertelde Paul haar dat hij boodschappen ging doen. Ze had de afgelopen dagen op mueslirepen geleefd en hij zei dat die op waren, net als zijn eten. Ze hadden alleen nog water.

'Hoe redden we het dan in de winter?' vroeg ze hem onschuldig. 'Er valt hier vast veel sneeuw en we moeten het eten ergens opslaan. Wat als we ingesneeuwd raken?' Ze wilde hem laten geloven dat ze zich erbij neer had gelegd dat ze niet kon ontsnappen zodat hij minder op zijn hoede was. Hij tapete haar polsen en enkels niet meer vast en had haar al een paar dagen niet meer vastgeketend aan de muur van de schuur. Hij dacht dat ze te bang voor hem was om een ontsnappingspoging te doen. Hoewel hij haar als zijn gevangene behandelde, had hij geen seksuele interesse in haar en daar was ze dankbaar voor. Ze was slechts een gijzelaar, een potentieel onderhandelingsmiddel als hij dat nodig had. Zijn woede tegenover haar leek ook minder. Hij raakte geërgerd als hij het over hun scheiding had, maar verder was hij iets kalmer dan een paar dagen geleden.

'We eten in de winter wat ik vang tijdens de jacht,' zei hij simpelweg. 'Je vriest dood als je dan probeert te ontsnappen, dus haal je maar niets in je hoofd. Je woont nu hier. Het is het enige thuis dat je hebt.' Ze had gezien hoe hij haar huis afbrandde, dus ze wist dat ze haar thuis kwijt was. Hij probeerde haar zowel fysiek als mentaal kapot te maken. Ze knikte, zogenaamd meegaand. Ze probeerde hem ervan te overtuigen dat ze haar situatie had geaccepteerd en de hoop om te ontsnappen had opgegeven, en hij leek haar steeds meer te gaan geloven.

Hij ging naar de winkel en ze herinnerde zich van de keren dat ze er samen met hem naartoe was gegaan dat het een lange rit was. Hij zou minstens een uur weg zijn, misschien zelfs twee. Toen hij wegging, zag ze dat hij zijn telefoon op het tafeltje in de hut liet liggen. Hij had haar daar nooit binnengelaten, maar ze mocht wel vrij rondlopen. Zijn geweren stonden naast elkaar tegen een muur bij het raam, stuk voor stuk geladen. Ze durfde niet te proberen hem ermee neer te schieten; ze zou niet weten hoe. Nee, zijn telefoon was haar beste kans om hier weg te kunnen komen. Ze wachtte een paar minuten om er zeker van te zijn dat hij echt weg was. Ze wist niet zeker of er bereik was in dit gebied, maar ze had hem vaak naar zijn auto zien lopen om zijn telefoon op te laden, dus dat moest wel het geval zijn, hoewel ze hem het apparaat nooit had zien gebruiken. Hij had niemand om te bellen en hij wilde niet dat iemand wist waar hij was of dat de politie hem kon traceren.

Ze haastte zich naar zijn hut, pakte zijn telefoon en appte Charlie haar locatie: *Bij de rivier, hut (hij), schuurtje (ik), wc-hokje achter schuurtje. Geen schoenen. Kan niet ver gaan. Veel geweren. Soms geketend in schuur. Ik hou van je.* Ze verzond het appje en wiste het meteen. Ze hoopte dat Charlie niet zou reageren nadat Paul terug was, als het appje überhaupt al was aangekomen. Maar de telefoon bleek te werken, want Charlie antwoordde vrijwel meteen. Bercy vertelde hem wat hij moest zeggen. Hij had net gehoord dat de politie eraan kwam, maar dat ze tijd nodig hadden om een plan te bedenken.

*Vlucht vanavond naar de plek waar je ons hebt gezien. De politie en het interventieteam komen je dan redden. Ik hou van je. Wees voorzichtig.*

Ze appte terug dat hij ook voorzichtig moest zijn, wiste beide berichtjes, legde de telefoon precies op dezelfde plek terug en rende toen terug naar het schuurtje. Het was fris buiten en door haar blote voeten had ze het voortdurend koud. Haar voetzolen zaten inmiddels vol geïnfecteerde sneetjes en wondjes. Ze dacht aan Charlies boodschap dat ze vannacht moest vluchten. Waarheen? En hoe? Wat als Paul haar weer vastketende. Dan zat ze gevangen in een vuurgevecht tussen Paul Pasquier en de politie en ze wist dat Paul zou vechten tot de dood. Hij had niets te verliezen. Maar zij wel. Zij had Charlie te verliezen en hij betekende alles voor haar. Hij was haar wereld en Paul was haar gevangenis. Het leek onwaarschijnlijk dat zij en Charlie dit allebei zouden overleven. Met een bonzend hart wachtte ze tot Paul terugkwam van de winkel.

# 13

Paul was bijna twee uur weg en toen hij terugkwam van de supermarkt, zag Aude meteen dat hij boos was.

'Ik ben mijn telefoon vergeten,' snauwde hij tegen haar, alsof het haar schuld was.

'In de winkel?' vroeg ze onschuldig. 'Moet je terug?'

'Nee, hier.' Zonder waarschuwing gaf hij haar een harde klap, waardoor ze achteruitdeinsde en met haar hoofd tegen de muur van de schuur stootte. Hij was woedend, vooral op zichzelf omdat hij zijn telefoon vergeten was, maar hij reageerde het af op haar. Voorzichtig raakte ze haar hoofd aan en ze schrok toen ze zag dat er bloed aan haar vingers zat. 'Je hebt hem gebruikt, hè, trut? Wie heb je gebeld?' Als ze de politie had gebeld, zouden ze dieper het bos in moeten gaan en daar had hij helemaal geen zin in.

'Niemand. Ik wist niet eens dat je hem vergeten was,' zei ze zo beledigd mogelijk.

'Heb je je vriendje gebeld? Of de politie?'

'Ik heb niemand gebeld, ik zweer het. Ik ga je hut niet

in als je er niet bent, dus ik kon onmogelijk weten dat je je telefoon vergeten was.' Hij controleerde zijn telefoon grondig en vond geen verdachte berichten – niets wat hij niet zelf had gestuurd. Hij vroeg zich af of ze haar situatie was begonnen te accepteren en alle hoop op ontsnapping had opgegeven. Hij zag dat er bloed in haar haar zat op de plek waar ze haar hoofd had gestoten. Ze had over haar hele lichaam blauwe plekken. Hij gebruikte haar als boksbal wanneer hij dat wilde – als straf, als waarschuwing, voor zonden uit het verleden, voor de scheiding, voor het vreemdgaan en voor de fouten die ze ongetwijfeld nog zou gaan maken. Haar buik, gezicht, armen en benen waren bont en blauw.

'Waag het niet hem ooit aan te raken,' siste hij. Het leek wel alsof hij high was en ze vroeg zich af of hij drugs had gekocht in de stad.

Hij schoot die middag een vogeltje en een konijn en roosterde ze na zonsondergang. Zoals gewoonlijk bood hij haar niets aan, maar hij had wel een broodje ham voor haar meegebracht uit de supermarkt, wat de grootste maaltijd was die ze tot nu toe had gehad.

Ze was echter te nerveus om een hap door haar keel te krijgen. Ze liet het broodje in een van de gaten van het wc-hokje vallen zodat hij niet zou merken dat ze het niet had opgegeten, bedankte hem en zei dat het heerlijk was. Hij verspilde het voedsel waarop hij jaagde of dat hem geld kostte in de winkel niet graag aan haar en gaf haar daarom slechts af en toe een snack te eten. Het enige wat ze wilde was ontsnappen. Het kon haar niet schelen wat ze in de tussentijd at.

Hij was stil nadat hij haar die middag had geslagen. Dat was hij meestal nadat hij zijn geduld had verloren. Ze wist niet of hij dan uitgeput was of dat hij spijt had, hoewel de eerste optie een stuk aannemelijker was. Hij ging meteen nadat hij gegeten had terug naar zijn hut. Zijn telefoon had hij in zijn zak gestopt. Hij leek melancholiek. Ze vroeg zich af of hij ook genoeg begon te krijgen van de ongemakken die het leven in de wildernis met zich meebracht. Een leven in de gevangenis was waarschijnlijk comfortabeler dan leven in het bos. En hij zou de rest van zijn leven moeten vluchten om uit de gevangenis te blijven. Dat leek een hoge prijs om te moeten betalen voor vrijheid. Dat had ze ook tegen Charlie gezegd toen hij overwoog om voor altijd te blijven doen alsof hij dood was. Maar Paul had geen thuis om naar terug te keren. Hij had slechts twee keuzes: terugkeren naar de gevangenis om te boeten voor zijn misdaden of de rest van zijn dagen in de wildernis doorbrengen. Beide opties klonken niet erg aanlokkelijk.

Hij nam die avond niet de moeite om haar vast te ketenen. Of het uit onachtzaamheid was, luiheid of de overtuiging dat ze toch niet kon ontsnappen wist ze niet. Ze had geen idee hoe laat het was. Onderweg naar de hut had hij haar horloge verpand om eten en frisdrank te kopen, die hij koud hield in de rivier, samen met de melk die hij had gekocht. Ze liep het schuurtje in, deed de deur met een klap dicht zodat hij kon horen dat ze naar binnen ging, wachtte een paar minuten en sloop toen naar buiten. Ze liep behoedzaam over de koude aarde, waarbij ze zo veel mogelijk bladeren en gebroken takken probeerde te ontwijken om geen geluid te maken. Zodra ze vermoedde dat ze buiten gehoorafstand was, begon ze te rennen. Ze had geen idee waar ze heen ging, maar ze probeerde de plek te bereiken waar ze de lange man in het camouflagepak had gezien. Ze stopte een paar keer om op adem te komen en rende toen weer verder.

Het voelde alsof ze al een hele tijd aan het rennen was toen ze in de verte geweerschoten hoorde. Paul had kennelijk toch besloten dat hij haar vast wilde ketenen en was erachter gekomen dat ze weg was. Ze hoorde hoe hij in de verte haar naam riep. Hij was sneller dan zij en kende het bos beter, dus besloot ze zich te verstoppen in plaats van verder te rennen. Ze verborg zich in het dichtste groepje bosjes dat ze kon vinden en ging op haar hurken zitten. De geweerschoten klonken dichterbij en toen weer verder weg. Ze verroerde zich niet, maar bleef zitten waar ze zat en wachtte. Toen ze Pauls auto even verderop verscholen tussen de bosjes zag staan, realiseerde ze zich hoe ver ze was gekomen. Ze keek naar beneden en zag dat de mouw van haar flanellen shirt was gescheurd en dat er een stuk ontbrak. Waarschijnlijk was het ergens aan een struik blijven hangen onder het rennen en ze hoopte vurig dat Paul het niet zou vinden.

Ze wist dat ze weer schoten zou horen als de politie er was – misschien wel veel – en besloot zich tot die tijd te blijven verstoppen. Ze kende de weg in het bos niet en wilde niet verdwalen of in het kruisvuur terechtkomen en per ongeluk worden neergeschoten, of met opzet als Paul besloot haar te vermoorden. Ze had geen idee waar de politie was en wanneer ze zouden komen. Ze had alleen Charlies boodschap gekregen dat ze moest vluchten. Dat had ze gedaan en nu had ze zich verstopt.

De politie had zich aan de rand van het bos verzameld. De politiecommissaris was gekomen met de plaatselijke gendarme en een aantal agenten en het interventieteam wachtte op hun orders. Zij gingen als eerste het bos in met infrarood apparatuur zodat ze elke beweging die in het donker gemaakt werd konden zien. Robert Bercy stelde zich voor aan de politiecommissaris en bevestigde dat hij Aude gisteren langs de rivier had zien lopen en haar een teken had gegeven. Ze hadden ook kort mobiel contact met haar gehad en haar verteld dat er hulp onderweg was en dat ze moest vluchten als ze dat kon.

'Ik wist niet dat ze een mobiele telefoon bij zich had,' zei de commissaris.

'Die heeft ze niet,' liet Charlie hem weten. 'Pasquier had zijn telefoon laten liggen, dus heeft ze die van hem gebruikt en hopelijk alle berichten gewist voordat hij terugkwam.'

'Het bereik is hier niet altijd even goed, dus je hebt geluk dat je bericht is doorgekomen. Net voorbij het bos staat een zendmast, maar als je dieper het bos in gaat heb je vrijwel zeker geen bereik.'

Ze hadden de schoten van eerder allemaal gehoord en wisten niet zeker wat het betekende, maar de instructies van het interventieteam waren duidelijk: bevrijd de gijzelaar en schiet de gijzelnemer neer indien nodig. Het was Aude die ze probeerden te redden, niet Paul Pasquier. Ze was al vijf dagen weg, wat voor Charlie als een eeuwigheid voelde, en ze was nog steeds niet buiten gevaar.

Kort na elven kreeg het interventieteam hun bevelen. De politie zou met getrokken wapens achter hen aan komen als ze een teken hadden gekregen van het hoofd van het interventieteam. Het was essentieel dat dit proces snel en effectief verliep.

'Het is mogelijk dat jullie de gijzelaar tegenkomen,' vertelde Bercy hen. 'We hebben haar geadviseerd om te vluchten als ze dat kon, maar we weten niet of Pasquier haar heeft vastgebonden of vastgeketend. Ze heeft ons laten weten dat hij zich in de hut bevindt en zij in de schuur, dus wees voorzichtig in de buurt van de schuur.' Dit was nuttige informatie. De commissaris beval Robert en Charlie om zich afzijdig te houden. De politie wilde niet het risico lopen dat er burgers gewond raakten, zelfs geen burgers met militaire ervaring zoals Bercy, wiens pistool zichtbaar was. Dit was een zorgvuldig opgezette operatie. Charlie vond het vreselijk om hulpeloos langs de zijlijn te moeten toekijken, maar Robert vertelde hem dat het essentieel was. Ze zouden per ongeluk in de weg kunnen lopen en de poging om Aude te redden daarmee kunnen hinderen, en dat was het laatste wat ze wilden. Ze hadden haar gevonden, wat al een wonder op zich was, en nu zouden getrainde expertteams haar bevrijden van haar krankzinnige ex.

Het interventieteam kwam in beweging en baande zich stilletjes een weg dieper het bos in. Ze liepen langs de plek waar Aude zich verstopte zonder zich bewust te zijn van haar aanwezigheid, en ze waren zo stil dat zij hen ook niet hoorde. Tien minuten later bereikten ze het kleine groepje gebouwen. De hut werd omsingeld en twee mannen van het interventieteam braken de deur open. Ze stonden meteen oog in oog met Pasquier, die hen begroette door met zijn automatische geweer op hen te schieten. Hij miste en een van de mannen schoot hem in zijn been en drukte hem tegen de grond terwijl de rest van het team de gebouwen bestormde, op zoek naar Aude. Pasquier probeerde vloekend naar zijn wapen te grijpen, dat snel bij hem vandaan werd geschopt. De andere teamleden kwamen terug met de melding dat de schuur en het wc-hokje leeg waren. Ze zochten de omgeving af, maar er was geen teken van Aude.

'Ze is daarstraks weggelopen, dus ze moet ergens in de buurt zijn,' zei Pasquier. Hij wilde dat ze haar vonden zodat hij haar kon vermoorden. Dat verdiende ze.

De leider van het interventieteam drukte Pasquier met zijn volle gewicht tegen de grond. Hij haatte mannen zoals hij, die zwakkere en onschuldige mensen gijzelden en hun leven op het spel zetten. De politie wist nog steeds niet waar Aude was, wat Pasquier met haar had gedaan en in welke toestand ze verkeerde. Iedereen in de omgeving was ervan op de hoogte dat het geweervuur onder controle was en dat de gijzelnemer was overmeesterd. Nu moesten ze Aude alleen nog zien te vinden.

Na enige aarzeling verliet Aude haar schuilplaats en liep ze terug naar de hut. Dankzij de zaklampen van de politie kon ze zien wat er gebeurde: de politie en het interventieteam waren het gebied naar haar aan het afzoeken.

Aude haastte zich zo snel als ze kon terug naar de schuur. Ze struikelde, maar wist te voorkomen dat ze viel. Ze herkenden haar meteen toen ze eenmaal tussen hen in stond. Charlie en Robert Bercy hadden zich inmiddels ook bij de groep gevoegd. De actie was voorbij, dus er bestond niet langer gevaar dat ze in de weg zouden lopen.

Aude was net op tijd om te zien hoe twee leden van het interventieteam Paul de hut uit sleepten. Toen hij haar zag, begon hij te schreeuwen.

'Jij teef! Je bent een hoer!' Voordat iemand hem kon tegenhouden, stak hij zijn hand in een verborgen zak van zijn legerbroek en haalde hij een klein pistool tevoorschijn, dat hij recht op Aude richtte. Charlie slaakte een kreet en rende naar haar toe om haar te beschermen, maar een van de scherpschutters schoot Paul Pasquier neer voordat hij de trekker kon overhalen. Hij was dood voordat hij de grond raakte. Charlie rende naar Aude toe en nam haar in zijn armen. Paul was er uiteindelijk toch bijna in geslaagd om haar te vermoorden. Als hij niet had geschreeuwd en de politie niet zo snel had gehandeld, zou ze dood geweest zijn. Charlie huilde terwijl hij haar vasthield en ze klampte zich aan hem vast. Het waren de langste vijf dagen van hun leven geweest, maar het was voorbij. Ze had haar huis en alles wat zich daarin bevond verloren, maar niet haar leven.

Charlie maakte zich voorzichtig los uit haar omhelzing en schrok toen hij de blauwe plekken op haar gezicht zag. Ze was zwaar toegetakeld, maar haar gezicht was nog niets vergeleken met de rest van haar lichaam, dat hij nog niet had gezien.

Pasquiers lichaam werd snel weggehaald. De politie vroeg Aude of ze bezittingen had die ze mee wilde nemen en ze zei van niet. Ze was ontzettend dankbaar dat ze dit had overleefd. Er stonden minstens dertig mensen in groepjes rond de kleine gebouwen waarin ze gevangen had gezeten. Ze namen foto's van het gebied, meldden via de radio dat de gijzelaar veilig was en gingen toen langzaam terug naar waar ze vandaan kwamen. Bij de weg die naar het bos leidde stond een ambulance klaar om Aude naar het ziekenhuis te brengen. Ze zei dat dat niet nodig was, maar ze stonden erop. Charlie ging bij haar in de ambulance zitten en Bercy volgde hen in zijn SUV.

Aude verkeerde in een roes door alles wat er was gebeurd en zij en Charlie praatten onderweg naar het ziekenhuis zachtjes met elkaar. Ze was zo dankbaar om hem te zien, om vrij en nog in leven te zijn, en nadat hij vijf dagen in angst had geleefd dat hij haar nooit meer zou zien, wilde Charlie haar gewoon vasthouden en dichtbij zich voelen. Paul had haar bijna vermoord, maar nu was hij zelf dood.

'Zo was hij niet toen ik hem leerde kennen,' legde ze Charlie uit. 'Die krankzinnigheid kwam later pas. En nu was het nog erger. Zijn tijd in de gevangenis heeft hem echt gek gemaakt. De enige reden dat hij me niet vermoord heeft, is omdat hij me als lokaas bewaarde voor jou. Hij wilde jou ook vermoorden.' Ze trilde in zijn armen en hij streelde voorzichtig over haar haar.

Charlie was bij haar toen de verpleegsters haar in het ziekenhuis hielpen met uitkleden door haar kleren open te knippen. De blauwe plekken waren afschuwelijk – haar gezicht, rug, armen, benen en borsten waren ermee bedekt en op haar buik was de afdruk van zijn laars te zien. Haar hele lichaam was gehavend en dat gold ook voor haar geest. Ze had nog nooit zoveel angst moeten doorstaan. Vijf dagen lang was ze overgeleverd geweest aan een psychopaat, ervan overtuigd dat hij haar ging vermoorden. Ze was alleen met hem in het bos geweest en zou volkomen hulpeloos zijn als hij had besloten haar te vermoorden, neer te schieten of dood te slaan. In het ziekenhuis wachtte een psychiater op haar om met haar te praten en hij vond dat ze er beter aan toe was dan hij had verwacht. Ze had zich verbazingwekkend goed staande gehouden.

Charlie vond wat zij had meegemaakt een stuk heftiger dan toen hij van de klif was gereden. Dat was een ongeluk geweest, en angstaanjagend op zijn eigen manier, maar niet hetzelfde als iemand die dreigde je te vermoorden en je dagenlang opzettelijk pijn deed. Hij vroeg zich af of ze zich ooit nog veilig zou kunnen voelen, al zou hij er alles aan doen om daarvoor te zorgen. Hij hoopte dat de angstaanjagende herinneringen mettertijd zouden vervagen.

Robert Bercy liet hen achter in het ziekenhuis en Charlie bedankte hem hartelijk voor zijn deskundige, vriendelijke toewijding. Charlie en Aude waren in handen van experts geweest. Robert en het interventieteam hadden Paul onderworpen en Aude gered van zijn laatste krankzinnige poging om haar te doden. Paul had niet gewild dat ze het overleefde, hij wilde haar alleen maar straffen. Het was een ervaring waarvan Charlie en Aude wisten dat ze die nooit zouden vergeten.

De dokter adviseerde Aude om een nachtje in het ziekenhuis te blijven ter observatie, maar dat weigerde ze. Ze wilde weg en of ze wel of niet bleef zou niets uit maken voor haar blauwe plekken, die alleen tijd nodig hadden om te genezen.

Nadat een verpleegster de geïnfecteerde snijwonden in haar voeten had schoongemaakt en ze had verbonden, werd ze naar huis gestuurd in een ziekenhuispyjama en papieren slippers. Haar kleren hadden ze weggegooid. Charlie droeg nog steeds de camouflagekleding die Bercy hem had gegeven. Aude zei dat ze naar huis wilde en wierp Charlie toen een droevige blik toe.

'Ik heb geen huis meer, hè?'

Charlie schudde zijn hoofd. Hij had het huisje na de brand gezien, maar zij had het alleen gezien toen Paul het net aangestoken had. Dat was al erg genoeg geweest. 'Er is niets meer van over,' zei hij zachtjes.

'Mijn schilderijen zijn ook weg, inclusief het portret van jou,' zei ze. Dat was haar lievelingsschilderij geweest.

'Je kunt nieuwe schilderijen maken. Het enige waar ik om geef is dat jij het hebt overleefd, want jij bent onvervangbaar.' Hij kon niet van haar afblijven, hij wilde haar de hele tijd vasthouden en beschermen.

'Maar waar kunnen we nu naartoe?' vroeg ze Charlie toen ze het ziekenhuis verlieten. Het was halfdrie 's nachts en Charlie had net een auto met chauffeur geregeld om hen naar het strandhuisje te brengen dat ze als schuilplaats hadden gebruikt voor Paul Pasquier. Nu zouden ze overal veilig zijn, maar ze hadden geen van beiden een vaste woning. Isabelle woonde nog in het appartement dat Charlie terug wilde en Audes huisje was tot de grond toe afgebrand. Voorlopig hadden ze dus alleen het gehuurde huisje in Équemauville, en hoewel het een gezellige en fijne plek was, voelde het niet als thuis.

Ze kwamen om acht uur 's ochtends aan bij het strandhuisje en omdat Aude de trap nauwelijks op kon komen, besloot Charlie haar te dragen. Ze huiverde toen ze de keuken zag en dacht terug aan het moment waarop ze Paul daar had zien staan nadat hij zichzelf had binnengelaten. Ze wist dat het wel even zou duren voor ze dat beeld zou vergeten. Ze begon te trillen van angst, wendde haar blik af van de plek waar de nachtmerrie was begonnen en liep met Charlie naar de slaapkamer. Hij stopte haar in, ging naast haar liggen en hield haar vast tot ze in slaap viel. Hij bleef haar vertellen dat ze nu veilig was, maar ze wist dat het nog lang zou duren voordat ze zich echt weer zo zou voelen.

Later die ochtend belde Charlie Armand om hem te vertellen dat Aude veilig thuis was. Daarna belde hij Philippe Delacroix om hem hetzelfde nieuws mede te delen en hem te bedanken voor de verwijzing naar Robert Bercy, die buitengewoon was geweest.

‘Hij is geweldig, nietwaar?’ zei Philippe. ‘Ik ben blij dat alles goed is met je vriendin.’

‘Hij was fantastisch. Ik wil hem een keer uitnodigen voor een lunch om hem te bedanken. Hoe gaat het trouwens met mijn grote boze echtscheiding?’ Hij had Philippe niet meer gezien nadat hij zijn verklaring met betrekking tot het ongeluk had afgelegd. Het was moeilijk te geloven dat dat slechts een week geleden was.

‘Isabelle is een koppige vrouw. Je had wel lef om met haar te trouwen. Ik denk dat we in de buurt van een schikking komen, maar we zijn er nog niet. Zodra we haar zover krijgen dat ze het ene bedrag verlaagt, verhoogt ze een ander. Het concept van compromis en afweging is haar duidelijk niet bekend,’ zei Philippe met een zucht. Charlie lachte.

‘Dat klinkt precies als Isabelle. Ze is een meester in onderhandelen, dat heeft ze van haar vader geleerd, die echt een beest is in de zakenwereld.’ Dat was wat ze ook van hem had verwacht, maar zo zat hij simpelweg niet in elkaar.

‘Geef het nog een week of twee,’ zei Philippe optimistisch, ‘en dan zijn we er wel uit.’

Aude wilde het niet de hele tijd hebben over de vijf dagen die ze in het bos had doorgebracht, dus besloot ze over een onderwerp te beginnen dat minder traumatisch was. ‘Waar hebben jij en Isabelle eigenlijk ruzie over?’ vroeg ze aan Charlie. Ze was uitgeput en lag uit te rusten in bed.

Ze had nooit opdringerig willen zijn door hem naar

details over de scheiding te vragen. Ze wist dat het iets te maken had met onroerend goed en investeringen, maar meer niet. Charlie was er discreet over en ze wilde haar neus niet in zijn zaken steken.

'Het is een lang en ingewikkeld verhaal, en tamelijk absurd. Ik heb haar een chateau gegeven en dat mag ze wat mij betreft houden. Ze is er dol op en het is altijd meer haar huis geweest dan het mijne. Dat stond ook in mijn testament, dus voor nu is het van haar. Maar ik wil ons appartement in Parijs, dat heel ruim is, een prachtige tuin heeft en geweldig uitzicht biedt op de Eiffeltoren. Ik heb zowel voor het appartement als het chateau betaald, dus het lijkt me heel redelijk dat ik een van de twee zelf wil houden. En dan is er nog de kwestie van het pensioen dat ze van mijn baas heeft gekregen. Omdat ik niet dood ben heeft ze er geen recht op, dus ze moet het terugbetalen. En om het af te maken zijn er nog mijn investeringen en bezittingen. Ze heeft daar vijfentwintig procent van geërfd, maar ik wil de helft terug zodat wij ook geld hebben om van te leven. Ze wil het chateau, het appartement, het grootste deel van mijn bezittingen en het pensioen van een man die niet dood is. Met andere woorden, ze wil alles. Zelfs nu ze weet dat ik nog leef.' Hij was nog nooit zo gedetailleerd geweest tegenover Aude over zijn bezittingen en ze was er duidelijk van onder de indruk.

'Wacht eens even. Je hebt een chateau, en een appartement in Parijs – en waarschijnlijk geen kleintje – en beleggingen, en je hebt bijna vijf maanden bij mij in een huisje in het bos gewoond? Charlie, ik ben een arme kunstenares en ik heb niet eens een huis. Ik heb niets. Ik heb zelfs geen ondergoed of schoenen, want die zijn allemaal verbrand. Hoe kun je in vredesnaam gelukkig zijn met een vrouw die niets heeft?'

'Op dit moment heeft Isabelle ook niet veel, daarom wil ze alles wat van mij is en daarom geef ik haar het chateau.' Hij zei het zo onverschillig dat het klonk alsof het niets voorstelde. 'Op een dag zal ze veel geld van haar vader erven, dus ze heeft niets te klagen.' Charlie maakte zich absoluut geen zorgen over Isabelle.

'Charlie, ik heb überhaupt nog nooit een voet gezet in een chateau, laat staan dat ik er een bezit of erin woon. Hoe kun je gelukkig worden met mij?' vroeg ze droevig. Ze had niets om hem te geven behalve zichzelf en dat was alles wat hij wilde. Het enige wat hij nodig had in het leven was haar liefde.

'Dat is een van de vele dingen die ik zo leuk aan je vind,' zei hij. 'Dat die dingen je niets kunnen schelen. Isabelle heeft altijd meer gegeven om wat ik haar kon geven dan om mij. Als ze moest kiezen tussen ons huwelijk of het chateau, weet ik zonder twijfel wat ze zou kiezen. Ze hield van wat ik haar gaf en voor haar kon kopen. Ik denk dat ze nooit echt heeft geweten wie ik ben, of dat het haar iets kan schelen. Bovendien is mijn vermogen een stuk minder groot als ze klaar met me is. Ze is er heel goed in me financieel uit te kleden. Ik hou onvoorwaardelijk van jou, of we nu in een chateau, een huisje in het bos, een huisje aan het strand of een tent wonen. Ik wil dat je bij me komt wonen in het appartement als ik het terugkrijg, en ik zal het terugkrijgen.

Dat is niet meer dan eerlijk, aangezien zij het chateau al heeft.'

'Weet je het zeker?' Ze keek nog steeds bezorgd. 'Ben ik niet te gewoontjes voor je?'

'Vergeet niet dat ik de wereld liever liet geloven dat ik dood was dan dat ik terugkeerde naar dat leven. Geen van die dingen is belangrijk voor me. Jíj bent belangrijk voor me.'

'Ik zal je in verlegenheid brengen. Je vrienden zullen denken dat ik een boerenmeid uit een of ander gat ben.'

'Je bent geen boerenmeid, je bent een getalenteerde kunstenares. En ik heb geen idee wat ik nu ben, behalve werkloos. Misschien ga ik wel weer voor Armand werken, dan kun je met een monteur trouwen. Hoe klinkt dat? Is dat gewoontjes genoeg voor je?' Ze glimlachte naar hem. Hij liet het allemaal zo gemakkelijk klinken, alsof het bezitten van een chateau de normaalste zaak van de wereld was en deze overgang een makkie was.

'Je bent gek. Als je me had verteld dat je een chateau bezat, had ik je de avond van het ongeluk nooit binnengelaten.'

'Wat snobistisch van je,' zei hij plagerig.

'Ik wil het appartement zien. Misschien is het te chique voor mij.' Ze vermoedde van wel.

'Daar wen je wel aan, zeker als ik het voorzie van een schildersatelier.'

'Weet je zeker dat je niet liever iemand wilt uit je eigen wereld?' vroeg ze nogmaals en nogmaals schudde hij zijn hoofd.

'Daar wilde ik juist voor weglopen. Ik ben verliefd op

jou, niet op je werk, je huis, waar je vandaan komt of wat je doet. En ik hoop dat je hetzelfde over mij kunt zeggen, dat je van me kunt houden ondanks het feit dat ik een groot appartement heb. Wat heb je trouwens tegen grote appartementen?'

'Ze zijn zo ongezellig.'

'O, ik weet zeker dat ons appartement heel gezellig wordt.' Dat antwoord leverde hem een kusje op.

Het was zo'n opluchting om weer samen met hem thuis te zijn. Het voelde als een wonder. 'Hou nu je mond en geniet ervan,' zei hij. Ze lachte, maar bleef het feit dat hij een chateau had gehad schokkend vinden. Ze was blij dat hij het aan zijn ex-vrouw had gegeven. Aude wilde geen chateau. 'We zullen trouwens sowieso nog een tijdje in het strandhuisje moeten wonen, want Isabelle heeft een maand om uit het appartement te verhuizen. Of we kunnen in een hotel verblijven.'

'Het Ritz, neem ik aan,' zei ze plagerig, en hij knikte. 'Als je dat wilt, hoewel dat wel een beetje te chique voor me is.'

'Ik maakte maar een grapje!' riep ze uit, hoewel ze stiekem genoot van deze discussie. Het waren heerlijke problemen om te hebben na wat ze had meegemaakt. Hij vond het vreselijk om de blauwe plekken op haar gezicht te zien en het was een opluchting om met haar over het normale leven en hun toekomst te kunnen praten – zelfs over zijn scheiding – nadat ze vijf dagen voor haar leven had gevreesd. Ze had de afleiding nodig.

'Je zult eraan moeten wennen dat je vanaf nu verwend wordt door een man die van je houdt,' zei Charlie terwijl hij haar in zijn armen nam. Aude was op geen enkele manier voorbereid op de man die Charlie bleek te zijn nadat hij haar huisje was binnengestrompeld op de avond dat hij van een klif was gevallen en bijna was verdronken. Het had als het lot gevoeld dat ze hem ontmoette en hoewel zijn vermogen haar nerveus maakte, was dat gevoel niet veranderd. En nu had het lot haar gered. Ze hadden allebei iets gruwelijks overleefd.

Ze liet zich in de kussens zakken en sliep de rest van de dag, terwijl Charlie naar haar keek, dankbaarder dan hij ooit in zijn leven was geweest. Hij wist dat Aude tijd nodig zou hebben om te genezen na de beproeving die ze had doorgemaakt. Ze had ermee ingestemd om met een psycholoog te gaan praten, een beslissing die hun allebei verstandig leek. Maar het belangrijkste was dat ze het had overleefd. Paul had haar niet vermoord. Ze leefde nog en Charlie ook na zijn ongeluk in juni. Ze wisten nu allebei wat belangrijk was in het leven, en dat waren geen landhuizen, goedbetaalde banen of zelfs het huisje waar ze zo van gehouden had. Ze hadden elkaar en meer hadden ze niet nodig.

# 14

Het duurde nog drie weken voordat Isabelle de echtscheidingsovereenkomst ondertekende onder de voorwaarden die Charlie wilde en die volgens iedereen, zelfs haar advocaat, heel redelijk waren. Isabelle was de enige die vond dat ze recht had op zowel het chateau als het appartement.

'Koop zelf een appartement als je er zo graag een wil,' snauwde Charlie geërgerd. 'Ik geef je genoeg geld om een geweldig appartement te kopen in welke buurt in Parijs dan ook!' Ze gaf toe dat dat zo was, maar ze vond dat Charlie het haar 'verschuldigd' was haar te geven wat ze wilde. Ze was van mening dat ze recht had op alles, zonder er iets voor te hoeven doen.

Hij was nu gelukkig met Aude en de twee vrouwen konden niet meer van elkaar verschillen. Zodra Isabelle uit het appartement verhuisd was, waarbij ze het grootste deel van de kunst en al het meubilair meenam – waar hij niets over zei om de lieve vrede te bewaren – nam hij Aude ermee naartoe.

Ze was verbaasd over de grootte van het appartement. Het was vierhonderdvijftig vierkante meter elegantie met een spectaculair terras, een prachtige tuin en een geweldig uitzicht op de Eiffeltoren. Charlie vond het geweldig en Aude beloofde dat ze zou proberen eraan te wennen. Ze grapte dat ze een kaart nodig zou hebben om de weg te vinden, of een kompas. Ze was in alle opzichten het tegenovergestelde van Isabelle, wat een van de vele redenen was waarom hij zo van haar hield. Hij kon niet wachten om met haar in zijn appartement te gaan wonen. Hij vertelde haar dat ze het mocht inrichten zoals ze wilde. Ze was dol op het werk van een aantal minder bekende kunstenaars en liet Charlie kennismaken met hun werk. Ze wilde geen dingen om mensen mee te imponeren, maar omdat ze ze zelf mooi vond. De studio die hij voor haar wilde bouwen zou prachtig worden, met uitzicht op de tuin en de Eiffeltoren.

Isabelle was druk bezig met het bekijken van appartementen in de beste wijken van Parijs en bracht veel tijd door op de boot van haar nieuwe vriend. Ja, aan het leven op een jacht kon ze wel wennen.

Voorlopig pendelden Aude en Charlie heen en weer tussen het strandhuisje en verschillende hotels in de stad. Het zou drie maanden duren voor het appartement geschilderd was en de nieuwe meubels geleverd werden die ze samen hadden uitgezocht. Het zou er heel anders uit komen te zien nu zij erin woonde – veel knusser. Ze herstelde verder goed van haar beproeving met Paul, met hulp van een therapeut.

Tegelijkertijd praatte Charlie met mensen die hij kende

over een baan. Hij wilde terug naar een uitgeverij, maar niet op het niveau waarop hij eerder had gewerkt. Hij had geen zin in alle kopzorgen die hoorden bij het werk van een CEO, hij wilde senior redacteur worden. Hij had de afgelopen weken veel gelezen om op de hoogte te raken van nieuwe auteurs en actuele boeken, iets waar hij voor het eerst in jaren weer energie voor had.

Gedurende de dertien jaar dat hij niet in de uitgeverswereld had gewerkt, was hij volwassen geworden en waren zijn fouten hem vergeven. Hij kreeg een aanbod van een uitgeverij die hij geweldig vond. Ze vertegenwoordigden auteurs die hij respecteerde en ze zouden nooit overwegen om softporno uit te geven. Hij nam de baan aan en kon niet wachten om in het nieuwe jaar te beginnen. Het appartement zou dan nog niet af zijn, dus hij zou heen en weer blijven pendelen vanuit het strandhuisje tot het klaar was.

Het salaris dat hij als senior redacteur ging verdienen was bescheidener dan dat van een CEO en slechts een fractie van wat Jerome Jansen hem had betaald, maar hij had niet langer een schoonvader die hij moest imponeren, of een vrouw die een vraatzuchtige honger had naar alles wat duur was zodat ze indruk kon maken op haar vrienden. En als senior redacteur kon hij veel thuiswerken, wat hem aansprak. Hij kon manuscripten redigeren terwijl Aude schilderde. Tijdens haar herstel waren ze nog onafscheidelijker geworden.

Ze genoten van het strandhuisje zolang ze het nog hadden en dachten erover om in de zomer een ander huisje te huren, iets wat zijn kinderen misschien leuk zouden vinden. Ze bespraken het met ze en Olivier en Judith waren enthousiast. Maar voor het zover was, maakten ze lange wandelingen over het strand en genoten ze van hun samenzijn. Hun tijd samen maakte deel uit van Audes genezingsproces.

Zodra Charlies baan als redacteur zeker was, ging hij naar Armand in de garage om hem een voorstel te doen waar hij erg enthousiast over was. Hij hoopte dat Armand dat ook zou zijn. Hij wilde investeren in de garage en Armand helpen zijn bedrijfsvoering te moderniseren. Hij vertelde Armand dat zijn werk in de garage de beste baan was die hij ooit had gehad en dat zelfs zijn nieuwe baan bij de uitgeverij daar niet bij in de buurt zou komen. Armand was onder de indruk van het aanbod en blij met het extra geld. Hij had het ook geweldig gevonden om met Charlie samen te werken. Ze schudden elkaar de hand voor een bedrag dat voor Charlie zeer bescheiden was en die avond vertelde hij Aude erover.

'Ik heb vandaag een geweldige deal gesloten,' vertelde hij haar tijdens een etentje in een van zijn favoriete bistro's. Hij had een hekel aan chique restaurants, maar Isabelle had er altijd op gestaan dat ze in restaurants als La Tour d'Argent, Lasserre of Le Taillevent aten. Hoe chiquer hoe beter. Charlie voelde zich echter meer op zijn gemak in knusse Parijse bistro's, waar ze al zijn favoriete gerechten serveerden. Aude gaf er ook de voorkeur aan.

'Wat was de afspraak?' vroeg ze hem. 'Zeg me alsjeblieft dat je geen chateau hebt gekocht.' Dat idee leek haar oprecht zorgen te baren.

'Je bent vast heel blij om te horen dat ik me er geen meer kan veroorloven. Mijn ex trouwens ook niet, als ze mijn geld erdoorheen blijft brassen zoals ze dat altijd heeft gedaan, maar dat is mijn probleem niet meer. Nee, ik heb vandaag geïnvesteerd in Armands garage. We zijn nu partners en ik ben van plan er in de weekenden te gaan werken.' Ze lachte toen ze zag hoe enthousiast het vooruitzicht hem maakte. De twee mannen waren goede vrienden geworden en Charlie werkte nog steeds graag met auto's.

'Gefeliciteerd,' zei ze, en ze proostten op zijn nieuwe partnerschap met een fles goede wijn.

Er stond nog een andere belangrijke gebeurtenis op de planning. Charlie was zes weken eerder teruggekeerd uit de dood, maar zijn kinderen hadden het tot nu toe te druk gehad met hun werk om naar huis te komen. En hij was zelf ook bijna een week weggeweest toen Aude werd gegijzeld. Hij had lange gesprekken gevoerd met Judith en Olivier over de telefoon, maar hij had ze nog niet gezien. Over een paar dagen kwamen ze echter allebei naar Parijs om te vieren dat hun vader terug was. Hij wilde dat Aude hen zou ontmoeten en ze waren nieuwsgierig naar haar. Ze hadden de nieuwe vriend van hun moeder ook al ontmoet en waren er nog niet zeker van wat ze van hem vonden. Hij leek hen een beetje oud voor haar, maar zijn boot was leuk.

Ze hadden afgesproken dat hun vader met hen zou dineren en dat Aude zich later bij hen zou voegen. Hij wilde eerst tijd alleen met hen doorbrengen om de scheiding te bespreken en uit te leggen waarom hij na het ongeluk was verdwenen en er zo lang over had gedaan om terug te komen. Waarom hij zelfs had overwogen om helemaal niet meer terug te komen, wat een grote fout zou zijn geweest. Aude had gelijk gehad.

Hij wilde de tijd nemen om hun vragen te beantwoorden en hun de kans geven om vrijuit te spreken zonder dat er een vreemde bij was – wat Aude voor hen was. Dat begreep ze. Ze was wel een beetje nerveus voor hun ontmoeting. Charlie hoopte dat zijn kinderen zouden begrijpen waarom hij van haar hield. Hij gedroeg zich erg netjes over hun moeder en uitte geen kritiek over haar. Isabelle gedroeg zich lang niet zo netjes, maar dat was haar keuze. Het had hem bijna kapotgemaakt om zijn leven al die jaren om haar te laten draaien. Zijn kinderen hoefden dat niet te weten, maar zelf was hij zich volledig bewust van alle dingen die fout waren gegaan in hun huwelijk. Hij hoopte met Aude niet dezelfde fouten te maken, of hij nu met haar getrouwd was of niet. Ze waren er nog niet uit wat hun plannen op dat gebied waren en bovendien was de scheiding pas over een jaar definitief, wat hun tijd gaf. Diep vanbinnen wist hij echter dat hij niet dezelfde fouten met Aude zou maken. De twee vrouwen verschilden als dag en nacht en zelf was hij ook veranderd. Hij was eerlijk tegen zichzelf geweest over waar hijzelf de fout in was gegaan, hoewel Isabelle hem maar al te graag overal de schuld van gaf.

Ze was van plan om zo snel mogelijk met Yves te trouwen en praatte onophoudelijk over zijn boot en zijn privéjet. Charlie vond dat ze met hem wilde trouwen om de verkeerde redenen. Het ging haar alleen om de materiële aspecten. Stephanie was het echter volledig met haar vriendin eens. Ze vond Isabelles nieuwe vriend fantastisch omdat hij veel geld had. Charlie wilde meer uit het leven halen dan dat en had het geluk dat hij Aude gevonden had.

Het etentje met zijn kinderen verliep nog beter dan hij had gehoopt. Olivier stelde meer vragen over de scheiding dan zijn zusje, omdat zij jonger was er nog altijd van uitging dat haar vader altijd gelijk had. Olivier was negenentwintig en probeerde erachter te komen wie hij was en wie hij wilde worden. 'Stoort het je niet, pap, dat je nu een minder belangrijke baan hebt dan eerst en dat je geen CEO meer bent?' Olivier wilde de ladder naar succes beklimmen en het verwarde hem dat zijn vader een stapje naar beneden deed en daar blij mee was.

'Helemaal niet. Ik ben al CEO geweest van twee bedrijven. Het ene bedrijf vond ik geweldig en het andere haatte ik. Ik verpestte mijn kansen bij mijn eerste baan en ben ontsnapt aan de tweede. Ik heb niet langer behoefte aan de druk die een baan als CEO met zich meebrengt. Als ik jonger was geweest, had ik het misschien nog wel overwogen, zeker als ik jouw leeftijd had gehad. Maar nu wil ik kunnen ademhalen. Ik wil werk doen waar ik trots op kan zijn en dat zinvol voelt. Ik wil me goed voelen over mezelf en mijn leven als ik 's avonds in bed lig. Ik hoef niet langer indruk op iemand te maken. Ik heb het geluk dat ik nu met een vrouw ben die niet zoveel om dit soort dingen geeft, dus kan ik het echt voor mezelf doen.' Isabelle was een en al uiterlijk vertoon geweest, maar Aude was een vrouw met inhoud en duidelijke waarden.

'Mis je mama?' vroeg Judith hem voorzichtig.

'Soms. We hebben het heel lang heel goed gehad samen, vooral toen we allebei jong waren. Maar het is al heel lang duidelijk dat we te verschillend zijn. We konden gewoon niet meer getrouwd zijn. Soms veranderen mensen en dat gold ook voor ons.'

Olivier deed er lang over om de vraag die al de hele tijd door zijn hoofd spookte te stellen, maar het was een belangrijke vraag waar hij een antwoord op moest hebben. 'Waarom deed je er zo lang over om terug te komen na het ongeluk en liet je ons denken dat je dood was? Judith en ik waren er kapot van en mama denk ik ook, hoewel ze te trots is om het te laten zien.' Dat laatste betwijfelde Charlie, maar dat deed er niet toe.

'Ik was zo ongelukkig – met mijn leven, mijn baan, mijn carrière, mijn relatie met jullie moeder. Ik zat in een negatieve spiraal en wist niet hoe ik eruit kon komen, tot ik opeens de kans kreeg om opnieuw te beginnen. Ik kon een nieuwe identiteit aannemen en eindelijk mezelf zijn. Ik dacht dat het de juiste manier was om mijn leven weer op de rit te krijgen, maar dat was niet zo. Ik wilde spoorloos verdwijnen. Misschien voelen we ons allemaal weleens zo als de dingen verkeerd gaan, en zo voelde ik me de avond dat ik bijna verdronk.

Maar het werd me al snel duidelijk dat ik de dingen anders moest aanpakken. Ik moest eerlijk zijn tegen mezelf en de mensen om me heen. Ik moest uitzoeken hoe ik mezelf kon zijn, hoe ik degene kon zijn die ik wilde zijn en niet degene die anderen verwachtten dat ik zou zijn. Ik had niet weg moeten lopen en zo lang weg moeten blijven en daar bied ik jullie mijn excuses voor aan. Ik heb altijd geweten dat ik bij jullie terug zou komen. Ik zou jullie nooit in de steek laten. Maar ik moest uitzoeken wie ik was voordat ik thuiskwam, anders zou ik meteen weer in die neerwaartse spiraal zijn beland.'

Olivier knikte. Hij begreep het nu beter, en Judith ook. Ze hadden zich nooit gerealiseerd hoe ongelukkig hun vader was geweest. 'Ik ben blij dat ik thuis ben en doen alsof ik dood was, was stom van me. Het spijt me echt dat ik jullie en jullie moeder pijn heb gedaan. Ik wil deel uitmaken van jullie levens, tijd met jullie doorbrengen, genieten van mijn werk en samen zijn met een vrouw die dezelfde idealen, doelen en principes heeft als ik. Als je die niet deelt, kan het huwelijk heel moeilijk zijn. Jullie moeder en ik waren niet zo verschillend toen we trouwden, maar nu zijn we dat wel.

Het klopt wat Judith ooit een keer tegen me zei: "Ik ben graag gewoontjes en jullie moeder is graag chic".' Daar moesten ze alle drie om lachen.

'Ze wordt nu wel heel chic,' merkte Judith op. 'Haar nieuwe vriend heeft een grote boot in Monaco en een vliegtuig waar tien mensen in passen.'

'Misschien koopt hij wel een luchtvaartmaatschappij voor haar,' zei Charlie lachend. 'Of een cruiseschip.'

'Stephanie zegt dat mam met hem moet trouwen,' zei Judith, 'omdat hij zoveel geld heeft. Ze zegt dat het niet uitmaakt dat hij heel oud is. En hij heeft geen kinderen, dus als hij sterft laat hij al zijn geld misschien wel aan haar na.'

'Dat is precies hoe ik niet wil zijn,' zei Charlie peinzend.

'Maar het is wel leuk voor mama. Ze kan kopen wat ze wil,' zei Judith. Zij en Olivier moesten hun eigen normen en waarden nog ontdekken. Charlie wist dat hij de zijne alleen maar met hen kon delen en dat ze uiteindelijk zelf zouden bepalen wat ze belangrijk vonden en wat hun doelen in het leven waren. Hij hoopte dat ze wijzere keuzes zouden maken dan hij.

Na het diner gingen ze naar Bar Vendôme in Hôtel Ritz, waar Aude op hen wachtte. Het was er erg chic. De inrichting was traditioneel en luxueus. Er was zelfs een pianist die zachte muziek speelde op een vleugel. Aude keek een beetje geïntimideerd toen ze hen ontmoette, meer vanwege de weelderige omgeving dan Charlies kinderen. Judith was meteen warm en vriendelijk. Olivier was wat gereserveerder en had tijd nodig om haar te leren kennen, maar warmde op naarmate de avond vorderde en ze meer over elkaar te weten kwamen. Ze was een oprecht aardig persoon en dat was te merken.

Natuurlijk hadden ze het over het ongeluk, want zo hadden zij en Charlie elkaar ontmoet. Ze zei dat hun vader eruitzag als het monster van Loch Ness toen hij die avond voor haar deur stond. Het was een heftig ongeluk geweest en het was een wonder dat hij het had overleefd. Een wonder en een zegen, en ze zei dat ze heel dankbaar was dat ze hem was tegengekomen en dat ze nu samen waren. Charlie wilde niet dat zijn kinderen dachten dat zijn relatie met Aude zijn huwelijk kapot had gemaakt, want dat was niet zo. Dat was al lang voordat Aude in beeld was al gebeurd.

Aude praatte over het kunstenaarschap en haar studie aan de Beaux-Arts en de kinderen vertelden over hun levens in Londen en New York. De avond vloog voorbij en iedereen voelde zich op zijn gemak toen ze Hôtel Ritz verlieten. Aude zei dat ze hoopte dat de kinderen het leuk vonden wat zij en hun vader met het appartement aan het doen waren. Ze waren een thuisbioscoop aan het installeren, en een fitnessruimte en een sauna omdat Charlie die graag wilde. Aude wilde dat het appartement een fijne plek zou worden voor hen allemaal. Judith en Olivier waren onder de indruk en konden niet wachten om het te zien. Ze logeerden bij hun moeder, die momenteel een woning huurde, maar samen met Yves op zoek was naar een koopappartement. Charlie zei dat ze hun oude kamers konden houden en beloofde hun dat ze konden komen logeren zodra alles klaar was.

Toen Charlie hen bij hun moeder afzette, omhelsden ze eerst hem en daarna Aude.

'Bedankt dat je het hebt uitgelegd, pap,' zei Olivier. 'Ik denk dat ik het nu begrijp. Het moet moeilijk zijn geweest om toe te geven dat je ongelukkig was en dat je niet wist hoe je weer gelukkig kon worden.'

'Soms moet je gewoon dapper zijn en de dingen onder ogen zien. En dat is verdomd moeilijk. Maar ik had het eerder moeten doen. Hoe eerlijker je bent tegen jezelf en de mensen in je leven, hoe minder rommel je maakt. Ik heb er een grote puinhoop van gemaakt door niet meteen na het ongeluk naar huis te komen, maar ik heb geluk gehad. Er zijn goede dingen uit voortgekomen en alles is goed gekomen.' Hij was niet langer bang om dat toe te geven en Aude kon zien dat zijn zoon en dochter hem respecteerden om zijn eerlijkheid. Ze bewonderde Charlie om hoe hij het met hen had aangepakt en had ervan genoten hen te leren kennen. Ze waren allebei nog zo jong en hadden nog een lange weg te gaan. Ze benijdde hen niet om de fouten die ze ongetwijfeld nog zouden maken. Ze had zelf ook grote fouten gemaakt. Maar Judith en Olivier hadden het geluk dat ze Charlie hadden. Hij was een eerlijke man en een goede vader. Dat gaf hun een geweldige voorsprong in het leven, een die zij niet had gehad omdat ze haar ouders zo jong had verloren. Charlie was niet bang om zijn fouten en zwakheden toe te geven aan zijn kinderen, haar, of zichzelf.

Toen ze terugreden naar het hotel waar ze logeerden, boog ze zich naar hem toe en kuste ze hem.

'Je kinderen zijn geweldig. Ik zei toch dat je hen uiteindelijk weer op zou zoeken, omdat je nu eenmaal een eerlijke en dappere man bent. Het zou laf zijn geweest als je gewoon spoorloos was verdwenen, en je bent geen lafaard.' Ze zei het vol overtuiging, ze was trots op hem.

'Het was verleidelijk om mijn oude leven achter me te laten, maar uiteindelijk kon ik het niet. Je had gelijk, ik zou ze veel te erg zijn gaan missen. Bedankt dat je ze vanavond wilde ontmoeten.' Hij wierp haar een warme glimlach toe, hij was ook trots op haar.

'Ik heb ervan genoten,' zei ze glimlachend. 'En ik vond Hôtel Ritz ook leuk,' zei ze met een schuldbewuste grijns.

'Kijk maar uit... het is een behoorlijk chique tent...' Ze gaf hem een speelse duw en lachend liepen ze hun hotel binnen. Het beste aan het ongeluk was dat ze zoveel tijd hadden gehad om elkaar echt te leren kennen en nu was Charlie eindelijk samen met een vrouw die hij bewonderde en respecteerde. En zij voelde hetzelfde voor hem. Ze waren door een hel gegaan, maar ze waren er sterker en verliefder dan ooit tevoren uitgekomen. Hij had het zich niet beter kunnen wensen.

# 15

Charlie reed de volgende dag naar Normandië om zijn nieuwe zakenpartner op te zoeken. Armand had net een kop koffie ingeschonken toen Charlie aankwam in de garage. Ze praatten over de toestand in de wereld, de huidige regering, de komende verkiezingen, de zaken in de garage en hun kinderen. Twee van Armands dochters maakten keuzes die hem zorgen baarden, maar de andere twee deden het goed, wat in ieder geval beter was dan eerst. Charlie was trots op zijn kinderen. Ze deden het goed op hun werk en waren dol op de steden waar ze woonden. Hij vertelde Armand dat hun kennismaking met Aude de avond ervoor soepel was verlopen.

'Ze is een goede vrouw,' zei Armand glimlachend. 'Is ze een beetje over het trauma heen van die nachtmerrie met die ex van haar?'

'Ik denk het wel. Ze praat er niet graag over en dat neem ik haar niet kwalijk. Maar gelukkig is die klootzak dood en is ze veilig.'

Toen ze hun koffie op hadden, pakte Charlie zijn

overall van een haak aan de muur en trok hij hem aan. Armand glimlachte naar hem.

'Het bevalt me wel om een partner te hebben. Ik had nooit gedacht dat we samen zaken zouden doen toen ik je een baan gaf na het ongeluk. Ik dacht dat je op de vlucht was voor de wet of zo.'

'Ik was op de vlucht voor mezelf.' Armand knikte en ze gingen aan de slag. Charlie verliet de garage om zes uur om naar Aude te gaan in het strandhuisje voor het avondeten. Hij beloofde het volgende weekend terug te komen en Armand zwaaide hem uit toen hij wegging. Het was een goede dag geweest.

Charlie reed over de vertrouwde weg en toen hij langs de plek kwam waar hij van de klif was gereden, was hij voor de zoveelste keer dankbaar dat hij het had overleefd. Toen het gebeurde was hij er klaar voor geweest om zijn leven achter zich te laten en nooit meer terug te keren. De gedachte om zonder een spoor te verdwijnen was verleidelijk geweest, maar nu was hij blij dat hij dat niet had gedaan. Dat hij Aude in zijn leven had om van te houden, en Armand als vriend, en een nieuwe baan als redacteur en, als hij dat wilde, als automonteur.

Het had allemaal perfect uitgepakt. Terwijl hij door Normandië naar de vrouw reed die de nacht van het ongeluk zijn wonden had verzorgd en de liefde van zijn leven bleek te zijn, was hij dankbaar dat hij die nacht niet voor altijd verdwenen was. Je wist nooit hoe de dingen zouden uitpakken en wat er zou kunnen gebeuren. Charlie was daar het levende bewijs van. Zes maanden later voelde hij zich levendiger dan ooit. Alles in zijn leven was veranderd op een manier die hij zich nooit had kunnen voorstellen. Hij was gelukkig met Aude en ondanks de trauma's die ze hadden opgelopen was er zoveel om dankbaar voor te zijn. Moed was altijd het juiste antwoord. En liefde de beloning.

*Van Danielle Steel zijn verschenen:*

Hartslag * Geen groter liefde * Door liefde gedreven * Juwelen * Palomino * Kinderzegen * Spoorloos verdwenen * Ongeluk * Het geschenk * De ring van de hartstocht * Gravin Zoya * Prijs der liefde * Kaleidoscoop * Souvenir van een liefde * Vaders en kinderen * Ster * Bliksem * Het einde van een zomer * Vijf dagen in Parijs * Vleugels * Stille eer * Boze opzet * De ranch * Verslag uit Vietnam * De volmaakte vreemdeling * De geest * De lange weg naar huis * Een zonnestraal * De kloon en ik * Liefde * Het geluk tegemoet * Spiegelbeeld * Bitterzoet * Mijn Russische oma (Oma Danina) * De bruiloft * Onweerstaanbare krachten * De reis * Hoop * De vliegenier * Sprong in het diepe * Thuiskomst * De belofte * De kus * Voor nu en altijd * De overwinning * De villa * Zonsondergang in St.Tropez * Eens in je leven* Vervulde wensen * Het grote huis * Verleiding * Veranderingen * Beschermengel * Als de cirkel rond is * Omzwervingen * Veilige haven * Losprijs * Tweede kans * Echo * (On)mogelijk * Het wonder * Vrijgezellen * Het huis * Het debuut * De kroonprinses * Zussen * Hollywood hotel * Roeping * Trouw aan jezelf * De casanova * Een goede vrouw * Een tijd van hartstocht * Een speciaal geval * Geheimen * Familiealbum * Elke dag is er een * Door dik en dun * De weg van het hart * Het warme Zuiden * Familieband * Erfenis * Hoop is een geschenk * Charles Street 44 * De verjaardag * Hotel Vendôme * Bedrog * Vrienden voor het leven * De fouten van de moeder * Tot in lengte van dagen * Op het eerste gezicht * Puur geluk * Winnaars * Het spel van de macht * Een perfect leven * Pegasus * Verloren zoon * Pluk de dag * Dubbelleven * Van onschatbare waarde * Magie * Vriendschap * Een vrouw van adel * De maîtresse * Het juiste moment * De hoogste eer * Een sprookje * Een rijk verleden * De hertogin * Een nieuw leven * De goede zaak * In het voetspoor van zijn vader * Onverwacht geluk * Kinderspel * De bruidsjurk * Stille nacht * Royal * Buren * Toevallige helden * De spionne * Beauchamp Hall * Moreel kompas * Op zoek naar Ashley * De affaire * Alles wat schittert * De butler * Onzichtbaar * Reddende engelen * Een hoge prijs * Verdachten